RACHEL ET SES AMOURS

CHARLES EXBRAYAT

RACHEL ET SES AMOURS

Chronique villageoise

ROMAN

Albin Michel

22, rue Huyghens, 75014 Paris

ISBN 2-226-03120-0

Au cousin Robert Sabatier et à la mémoire de sa mère — Marie Exbrayat — que j'ai connue et aimée à travers les livres de son fils.

C. E.

Prologue

Je venais de prendre ma retraite après trente années passées dans l'enseignement secondaire, au service d'une cause perdue, celle des Lettres. Dans ce vingtième siècle finissant où le profit est la règle essentielle, on ne voit guère, en effet, ce que pourrait rapporter l'étude du grec et du latin sinon ces joies secrètes dont nos pères étaient si friands et que nos cadets ne soupçonnent même pas. Je suis persuadé que mon bon génie m'a soufflé de partir au moment opportun. Ainsi, je n'assisterai pas à la déchéance définitive de la langue française et je laisse à d'autres le soin de s'indigner de ce que leurs derniers élèves fassent cohabiter Rabelais et Corneille, La Fontaine et Victor Hugo. Pour moi, c'est fini. Je vais enfin pouvoir vivre à plein temps avec ceux dont les œuvres ont enchanté mon existence sans plus avoir à en expliquer les beautés à des jeunes gens que cela n'intéresse pas.

J'ai eu la chance de poursuivre toute ma carrière au sud de la Loire. Périgueux, Aurillac, Albi, et enfin Nîmes ont marqué les étapes successives de mon parcours universitaire. Je ne me suis jamais marié. Comment prendre femme quand on aime Antigone et Bérénice ? Les comparaisons obligées eussent été cruelles, les déceptions profondes. J'ai voulu m'éviter ces épreuves.

Pour égayer des travaux dont l'inutilité m'apparaissait

chaque jour davantage, je m'étais découvert un goût immodéré pour les vieux papiers dormant au fond des mairies rurales ou dans les presbytères de paroisses quasiment ignorées. Je passai des heures délicieuses à fouiller des registres dont il fallait d'abord secouer la poussière du temps. Par l'imagination, je partageai les bonheurs et les malheurs de nombre de Nicolas, de Marion, de Michel ou de Catherine, par l'intermédiaire de mariages, de baptêmes, d'enterrements. Ce n'était pas le moins étrange que de vivre en compagnie d'ombres à qui je donnais des visages, dont j'inventais l'histoire et qui, pourtant, demeuraient proches de moi parce que mêlées au sol que je foulais. Je me constituai, de la sorte, une vaste famille que j'augmentai à chacune de mes expéditions.

Au cours de mes pérégrinations académiques, j'avais rencontré pas mal de fonctionnaires originaux et notamment à Aurillac où j'eus le plaisir d'avoir pour collègue un certain Ulysse Saugue qui sut faire naître en moi les prémices de cette passion dont je suis encore possédé aujourd'hui. Ulysse enseignait la philosophie d'une manière très personnelle. À l'entendre, la *Critique de la raison pure,* le *Discours de la méthode,* la *Monadologie* ou *L'Évolution créatrice* devenaient — nettoyés de leur aspect rébarbatif — des espèces de légendes plus ou moins absurdes devant lesquelles il importait d'avoir le même état d'esprit que dans un muséum d'histoire naturelle lorsqu'on passe en revue les monstrueux squelettes d'animaux disparus depuis des millénaires. En général, les inspecteurs de tout poil redoutaient le professeur Saugue et évitaient de l'importuner, mais quand sonna, pour mon ami, l'heure de la retraite, personne ne le retint.

Nous avions sympathisé tout de suite, Ulysse et moi, du fait que, tous deux, nous refusions les règles strictes de l'enseignement et que nous trouvions, ailleurs, un de nos plaisirs de vivre. Ainsi, durant les trois années où nous cohabitâmes à Aurillac, Saugue m'expliqua les raisons de ses recherches historiques. Pour moi, contrairement à mon guide, je ne m'intéressais qu'aux hommes et aux femmes dont je tentais de reconstituer les visages et les modestes aventures à travers les détails que je pouvais apprendre. Saugue et moi, le jeudi, voire le dimanche, nous parcourions à pied la campagne auvergnate à la recherche de vieux registres dénichés dans les débarras de mairies et de cures figées dans le passé.

Mes premières vacances qui n'étaient pas obscurcies par les cours à préparer et l'inconnu — toujours un peu inquiétant — de la rentrée ! Une impression profonde de vraie liberté. J'allais ne pouvoir lire que pour moi et me plonger, avec une ardeur sans cesse renouvelée, dans mes recherches particulières qui, tout ensemble, m'emportaient dans le rêve et la réalité. J'éprouvais, cependant, cette mélancolie légère qui — quoi qu'ils en disent — étreint tous ceux obligés, par l'âge, d'abandonner leur tâche si longtemps poursuivie. Pour dissiper cette brume risquant de m'assombrir l'esprit, je partis pour le Gers où j'avais envie de fouiller les archives gasconnes et, pendant un mois, j'errai de bourgades en villages, amassant une récolte qui enchanterait ma réclusion hivernale. C'est ainsi que, le 20 août de cette année-là, je me trouvai à Fleurance. Si le lendemain de mon arrivée il n'avait pas plu, je serais passé à côté d'une histoire fort riche en personnages hors du commun.

Enfermé dans ma chambre, je regardais tomber la pluie et, pour apaiser mon ennui, selon une vieille habitude, je feuilletais l'annuaire du téléphone afin de noter quels étaient les patronymes les plus répandus dans la cité dont j'étais l'hôte. Brusquement, j'éprouvai un choc en lisant, entre un Savatin et un Samuel, le nom d'un Saugue U. Était-il possible que mon Ulysse d'Aurillac se soit transplanté dans le Gers ? Je calculai que mon ami d'autrefois devait être septuagénaire. Une pareille découverte relèverait un peu du miracle. Je me sentais légèrement fébrile en composant le numéro du Saugue qui était, peut-être, mon Ulysse.

C'était lui.

Sa voix, plus sourde que jadis, devenait, parfois, inaudible, mais j'eus le sentiment qu'il témoignait d'un réel plaisir à la perspective de nos retrouvailles. Il m'indiqua son adresse et m'invita à déjeuner pour le lendemain. Cela m'arrangeait car je devais partir pour Condom dans la soirée de ce jour-là.

* * *

À travers les barreaux de la grille protégeant le jardin, je regardais venir une grande femme maigre, aux épaules larges, vêtue de noir et qui ne me parut pas, du premier abord, déborder d'amabilité. Avant que je la puisse questionner, elle me demanda sèchement :

— C'est vous, le monsieur qu'on attend ?

— Je crois, oui.

Après avoir refermé la porte donnant sur la rue, elle m'ordonna :

— Suivez-moi.

J'obéis. Le seuil franchi, elle m'introduisit dans un petit salon, affreusement et solidement meublé. Ulysse m'y accueillit comme si nous nous étions quittés la veille. L'âge avec ses misères physiques nous ayant à peu près épargnés l'un et l'autre, nous n'eûmes pas besoin de nous forcer pour sauter dans le passé. Alors que nous nous jetions joyeusement nos souvenirs à la tête, celle qui m'avait reçu apporta, sur un plateau, deux verres accompagnés d'une carafe à moitié pleine d'un liquide à base d'orange qui, de loin, sentait la préparation familiale. Un peu embarrassé, Saugue m'assura :

— C'est une décoction dont ma fidèle Madeleine a le secret. Il paraît, d'après les commères de Fleurance, qu'il s'agit d'un fortifiant sans égal.

Avec une certaine hypocrisie, je crus de mon devoir de

féliciter ladite Madeleine. Elle ne parut pas apprécier particulièrement mon compliment.

À table, nous continuâmes à bavarder, Ulysse et moi. Nous en étions au fromage lorsque, brusquement, nous ne trouvâmes plus rien à nous dire. Le repas, parfait en dépit de sa rusticité, nous offrit encore matière à discussion et je fus beaucoup plus sincère qu'à l'apéritif pour applaudir le talent culinaire de Madeleine qui, de nouveau, n'eut pas l'air de m'entendre.

Revenus au salon, je me demandais comment j'allais employer les heures me séparant du départ de mon autocar pour Condom lorsqu'une idée salvatrice me vint :

— Avez-vous poursuivi vos recherches d'histoires enfouies dans le temps ?

— Bien sûr ! Elles m'ont procuré les plus belles heures de mon existence. Mais, vous-même, avez-vous persisté dans votre chasse aux fantômes ?

— Sans doute. J'en ai repéré quelques-uns qu'il eût été intéressant de connaître de leur vivant.

— Tenez, à ce propos, j'ai terminé, ces jours-ci — entendez du point de vue de la rédaction — un fait divers auquel je tiens particulièrement. Il s'est déroulé il y a une vingtaine d'années. J'en ai rencontré des témoins et le décor m'est familier. Vous plairait-il que je vous en parle ?

— Avec joie !

— Le théâtre de cette aventure est l'Ardèche et plus précisément le Coiron. Vous connaissez ?

— Ma foi...

— Il s'agit d'un plateau basaltique qui s'étend du col de l'Escrinet au Rhône, une sorte de barrière séparant la vallée de l'Ardèche de celle de l'Ouvèze. Sur ces pentes battues par les vents, on élève essentiellement des moutons et quelques bovins. Un endroit où l'existence est difficile. Par-ci par-là, de rares villages dont les habitants, tous huguenots, vivent au plus près des Écritures, si bien que depuis plusieurs siècles, malgré des répressions, les enfants ont toujours porté des prénoms pris dans la Bible. Le village de Vivezargues n'échappe pas à la règle commune et la seule distraction qu'on y puisse goûter est le marché qui s'y tient le premier jeudi de chaque mois. C'est précisément un jour de marché que commence mon histoire.

I

Rachel

— ALLONS, le père, faut vous secouer sinon le Conseil, il se tiendra en votre absence !

Joignant le geste à la parole, Esther Novechaze secoua le vieux ramassé sur lui-même, dans son fauteuil d'osier.

— Vous vous décidez, oui ou non !

Le bonhomme eut une sorte de petit cri plaintif fort désagréable à entendre. Un visage tout en plis et en poils dont les yeux se remplissaient sans cesse de larmes. Le nez gouttait à intervalles réguliers. De la bouche édentée, coulait inlassablement une salive que le vieillard essuyait avec un grand mouchoir à carreaux jaunes encadrés de rouge.

— Sûr qu'ils vont commencer sans vous ! Vous savez pourtant que le Josuah, il rigole pas avec l'exactitude !

L'autre se plaignit :

— J'ai nonante-six ans...

— Et moi, près de septante !

— T'es encore jeune...

— Vous trouvez !

L'Ezechiel aimait bien son Esther. Si elle n'avait pas été là, il aurait été depuis longtemps à l'hospice de Privas, mais il la craignait. Tous les autres avaient disparu : sa femme, ses trois garçons, sa cadette, à cause de la guerre et de la maladie. Il ne lui restait qu'Esther, une grande femme sèche, dépourvue de poitrine et de hanches, mais d'une force peu commune acquise dans les durs travaux de la ferme. Le pays entier savait qu'elle n'avait jamais de ces défaillances féminines de plus en plus fréquentes depuis que la jeunesse, renseignée par le journal, s'efforce de copier les mœurs de la ville. On appelait Esther à la rescousse tant pour assister une femme en gésine que pour aider à l'époque de l'agnelage. Une personne de confiance qui n'avait pas le temps d'être aimable.

Empoignant le père par les revers de sa grosse veste de velours elle l'obligea à se lever. Debout, l'Ezechiel, agité d'un léger tremblement, faisait penser à un arbre aux trois quarts mort mais que le vent s'obstinait à taquiner.

— Vous avez pensé à pisser, au moins ?

— Je crois...

— Rappelez-vous qu'à la dernière séance, vous avez tout lâché dans votre pantalon ! Il m'a fallu le lessiver !

Le pépé haussa les épaules pour signifier que ces contingences le laissaient indifférent.

— Prenez votre canne, père. On y va.

Glissant son bras sous celui du pépé, Esther l'entraîna.

On regardait passer le couple avec une sorte de déférence amusée, d'abord parce qu'on redoutait la rude franchise d'Esther, ensuite parce que Novechaze appartenait à la légende de son village, ce Vivezargues accroupi sur les contreforts du Coiron.

Il y avait déjà beaucoup de monde sur la place jouxtant le foirail où s'entassaient les moutons. L'air était empli du bruit des parlotes tenues à haute voix, de l'écho répété d'appels lancés à pleine gorge dans l'espoir d'être entendu. Enfin, les bêlements chevrotés des bêtes ajoutaient encore à cette masse sonore où, de temps en temps, se fichaient de gros rires. Ezechiel et sa fille, cramponnés l'un à l'autre, fendaient sans trop d'efforts cette foule d'hommes et de femmes sentant la savonnette bon marché et le suint.

Les Anciens se retrouvaient derrière le temple où l'on

mettait à leur disposition la salle réservée aux réunions paroissiales. A l'abri des curiosités, les patriarches de Vivezargues se donnaient l'illusion d'être toujours des personnages importants dont les avis faisaient force de loi. Bien sûr, il y avait longtemps que la hiérarchie protestante avait supprimé le Conseil des Anciens mais, par charité, on en laissait les derniers membres dans l'ignorance de leur inutilité. Le jeune pasteur — Joseph Espalem — feignait de prendre leur opinion en considération et si, parfois, il ne les abusait pas complètement, il les rendait toujours heureux.

Son père installé, Esther attendit l'arrivée des membres du Conseil pour retourner à ses travaux. Josuah se chargeait de ramener Ezechiel. Le premier à se montrer était Amos Béage qui venait de fêter ses nonante ans en ayant conservé bon pied bon œil. Isaac Mouleyris, un plaisantin de quatre-vingt-cinq printemps, s'amenait ensuite, le regard malicieux, le rire aux lèvres. Josuah Collonges arrivait le dernier. Il aimait se faire attendre. Quoiqu'il fût le plus jeune — à peine septante-six ans — sa personnalité s'imposait à ses compagnons qui, sans se consulter longuement, l'avaient admis pour guide. Josuah, sec, raide, ressemblait à ces arbres frappés à mort par la foudre et qui dressent vers le ciel des carcasses obstinées. Toute sa vie, Josuah avait commandé. L'âge n'avait, en rien, affaibli son autorité. A Vivezargues, ce qu'il disait était tenu pour avis à suivre car nul, mieux que lui, ne s'y connaissait dans les phénomènes du ciel et de la terre ou encore dans le monde des animaux. Un homme qui savait, qu'on écoutait. Il vivait avec sa bru, Judith — une veuve qui atteignait la cinquantaine — et sa petite-fille Rachel que ses vingt ans rendaient un peu folle. Rachel préoccupait beaucoup les mâles du pays sans qu'il se produisît, cependant, la moindre anicroche. À Vivezargues, la foi huguenote demeurait vive, les mœurs encore sévères.

Après qu'ils eurent parlé de l'état des récoltes, des

bêtes, des maladies, ils se livrèrent avec délices aux critiques touchant les gens qu'ils rencontraient tous les jours. Amos parla aigrement d'une dont les fromages ne faisaient jamais le poids. Isaac s'indigna de ce qu'une femme, habitant une ferme isolée, se rendît au culte sans fichu sur les épaules. Comme d'habitude, on décida de charger Esther de morigéner les fautives. L'esprit désormais en repos jusqu'au mois suivant, les Anciens s'apprêtaient à se retirer lorsque, de nouveau, Josuah prit la parole.

— J'ai besoin de vous, amis.

Ils se figèrent sur place, attendant la suite.

— Tous, vous connaissez ma petite-fille, Rachel...

Avec un rire évoquant une horloge à poids qui se dérègle, Ezechiel croassa :

— Si j'avais seulement soixante ans de moins, j'y courrais après votre Rachel, Josuah, tant je la trouve mignonne.

Ils sourirent par amitié, les facéties du doyen n'amusaient plus depuis longtemps et Josuah reprit :

— La Rachel, je crois qu'elle est amoureuse.

Impatient, Amos demanda :

— De qui ?

Josuah secoua la tête.

— Si vous vous figurez que la petite, elle s'est confiée, mais je me doute. La pauvre, elle s'efforce de jouer les indifférentes sans penser que c'est pas aux vieux singes qu'on apprend à faire des grimaces.

Isaac soupira.

— Ces jeunesses, elles se figurent qu'on sait pas ce que c'est !

Il y avait quelque chose ressemblant à du regret dans sa voix.

— J'ai pas été long à découvrir celui qui troublait ma Rachel. Des regards échangés discrètement, des rougeurs subites, des gênes inexplicables. Bref, je suis sûr que ma petite et son galant souhaiteraient fréquenter. Est-ce que je dois donner la permission ?

Amos remarqua :

— Ça dépend qui c'est le garçon ?

— Joseph Espalem, notre pasteur.

Isaac et Amos se regardèrent avant de s'exclamer :

— Elle pouvait pas mieux tomber !

Quant à Ezechiel, il eût été vain d'attendre son avis, il dormait.

— Vous êtes sûrs, hein ?

— Et comment !

— Alors, je vais les autoriser à fréquenter.

* * *

Tout Vivezargues s'accordait pour estimer que Deborah Espalem la sœur aînée du pasteur, était la plus belle femme du pays malgré ses trente-cinq ans. De taille assez élevée, elle s'affirmait comme un des types les mieux réussis de la solide race cévenole. Brune, les traits nets dans un visage au teint mat, il émanait de toute sa personne une dignité et une bonté qui mettaient, dans son regard, une lumière à nulle autre pareille. Pour l'heure, elle était attablée en face de son frère qui, physiquement, lui ressemblait. Cela expliquait que sa seule apparition au temple fît battre le cœur de nombre de demoiselles à marier et, notamment, celui de Sarah Aïlhac, unique héritière de la boulangerie Aïlhac dont le propriétaire, Saül, avait la réputation de posséder pas mal d'écus.

Deborah avait ressenti une joie profonde le jour où Joseph lui avait confié son intention d'entrer au service de l'Éternel. Elle avait vécu de rien pour que son « petit » pût mener à bien ses études. Elle connut un instant d'orgueil (dont elle s'efforça d'avoir honte et dont elle demanda pardon à Dieu) lorsque Joseph prit, pour la première fois, la parole en public afin de commenter un passage de l'Évangile.

Habitués aux mœurs paysannes, les Espalem n'échangeaient pas un mot tant qu'ils n'avaient pas mangé la soupe. Depuis quelques semaines, leur silence dépassait le temps consacré au vieux rite. Joseph aurait souhaité annoncer à sa sœur qu'il désirait se marier et fonder une famille, mais il n'osait pas, étant loin de soupçonner que son aînée avait deviné ce qu'il croyait être son secret. La différence d'âge, le fait que Deborah avait remplacé la maman disparue imposaient, entre le frère et la sœur, des liens plus proches de ceux unissant la mère à son fils que de ceux réputés fraternels.

Joseph était convaincu que Deborah serait toujours jalouse de celle que le pasteur installerait à son foyer. Elle ne comprendrait jamais que ce qui rapprochait Espalem de Rachel n'avait rien à voir avec la tendresse inébranlable qu'il portait à celle à qui il devait tout. De son côté, Deborah s'irritait de ce que son « petit » ne devinât point son angoisse à l'idée qu'une autre femme — avec qui elle devrait partager son pouvoir ménager — s'installerait dans cette maison où, jusqu'alors, elle avait régné en maîtresse. L'éventualité du mariage de son frère constituait une ombre qui, chaque jour davantage, obscurcissait sa vie. Elle s'efforçait de n'en rien laisser paraître. Sachant qu'il lui faudrait, à un moment ou à un autre, se résigner, elle s'employait, assez naïvement, à orienter le choix de son cadet.

— J'ai rencontré la Sarah Aïlhac chez le boucher. Elle se fait bien cette gamine. D'ici un an ou deux (un peu de répit, Seigneur !) elle sera belle et fera une bonne épouse.

— Pour quelqu'un qui aime les crânes vides !

— Joseph ! de par ta situation, tu n'as pas le droit de porter un pareil jugement !

— Être pasteur n'implique pas qu'on doive avancer dans la vie les yeux fermés ! On peut avoir pitié, sans pour autant être dupe !

— Tandis que la Rachel Collonges, ce n'est pas de la pitié qu'elle t'inspire.

À la manière dont son frère la regarda, Deborah eut l'impression d'être soudain enveloppée d'un souffle glacé.

— Non, je pense que c'est de l'amour.

Il avait dit ça tranquillement. La jalousie, la peur d'une solitude promise unissaient leurs forces pour bouleverser Deborah et lui ôter son sang-froid.

— L'amour ! Mais qu'est-ce que tu y connais à l'amour, mon pauvre garçon !

Brève, incisive, la réplique jaillit.

— Et toi ?

Il y eut un grand silence au cours duquel tous deux réalisèrent qu'ils étaient en train, pour la première fois, de se quereller. Douloureusement atteinte, Deborah murmura :

— Tu ne m'as guère laissé le temps de m'y intéresser...

À son tour, Joseph comprit qu'il s'était affreusement conduit. Déjà, sa tendresse pour Rachel le poussait à oublier que sa sœur lui avait tout sacrifié. Il s'élança vers elle et la prit dans ses bras.

— Je te demande pardon, Borah.

Quand il avait de la peine et sentait le besoin d'être consolé, il retrouvait, pour lui parler, l'appellation de son enfance.

* * *

Chez les Collonges aussi, on observait le rite de la soupe silencieuse et on attendait que les écuelles fussent vides pour écouter le pépé qui, seul, parlait, les femmes écoutant. Josuah était servi le premier, comme il se doit, puis Rachel installée de l'autre côté de la table. Pour s'asseoir, Judith attendait que le vieux, d'un hochement de tête, ait jugé la soupe à son goût, alors elle soupirait délivrée, et consentait à manger. Brave Judith... Une bonne grosse que les travaux des champs avaient équarrie. Lorsqu'ils la voyaient, ceux qui ne la connaissaient pas avaient l'impression d'un bloc qui, du cou aux jambes, n'offrait pas la moindre discontinuité. Une courageuse dont l'esprit un peu lent avait été longtemps une occasion de plaisanterie. Au début, elle s'était fâchée, inutilement. Alors, elle s'était résignée et, sans crainte du ridicule, se faisait expliquer longuement ce que les autres comprenaient tout de suite. Judith travaillait. En dehors des tâches quotidiennes, elle trouvait son bonheur dans une piété sans faille et dans l'amour aveugle qu'elle portait à sa fille. Elle respectait et redoutait son beau-père. A la vérité, Josuah et Rachel se montraient assez égoïstes pour ne pas se soucier tellement de cette masse de tendresse vivant à leur côté.

Ayant vidé un verre de vin et s'étant essuyé la moustache, Josuah annonça tout de go :

— Tu te doutais, Rachel, que t'avais un amoureux au village ?

La petite, croyant son secret découvert, rougit jusqu'aux oreilles tandis que sa mère, heureuse, s'exclamait :

— Oh ! merci, Seigneur ! Dites-nous vite qui c'est, grand-père ?

Plissant ses paupières sur un regard malin, le vieux répliqua :

— Ezechiel.

Si Rachel, déconfite mais comprenant la moquerie, s'efforçait de masquer son désarroi et en voulait à Josuah de sa plaisanterie stupide, Judith — comme d'habitude — marchait à fond.

— Quel Ezechiel ?

— Eh bien ! Ezechiel Novechaze, il n'y en a pas d'autre !

— Mais il va avoir cent ans !

— Justement, c'est ce qui le gêne pour se déclarer.

Rachel s'emporta :

— Enfin, maman, tu ne comprends pas que c'est une de ses farces ?

Pas très convaincue, Judith grommela :

— Cet Ezechiel, tout de même, à son âge !

Le vieux sourit, un peu ému.

— Calme-toi, ma grosse, et apporte-nous la suite.

Judith s'en fut chercher le ragoût de mouton en remarquant que les hommes, quel que soit leur âge, étaient tous des sans-pudeur.

Josuah dégustait son café quand, reposant sa tasse, il remarqua tout à trac :

— Ça doit être difficile d'être femme de pasteur.

Il lança cette réflexion en l'air, semblant ne s'adresser qu'à lui-même. La petite, qui mangeait un fruit, avala de travers et on dut lui taper dans le dos pour l'empêcher d'étouffer. Judith cria :

— Voilà que tu t'encoucourles, à présent ! Tu sais donc plus te tenir à table ?

Josuah ricana. Sa bru se fâcha.

— Ça vous fait rire que ma pauvre Rachel s'estrangouille à moitié ? On pourrait penser que vous avez plus de cœur !

Hypocrite, et continuant le jeu, il feignit l'étonnement.

— Elle est pas morte, va, et j'ai idée qu'elle a pas envie de mourir, surtout maintenant. Pas vrai, Rachel ?

La demoiselle baissa la tête, évitant de répondre. Complètement perdue, Judith protesta :

— Pourquoi que tu dis rien, Rachel ? et qu'est-ce que ça peut lui faire la façon dont vit la femme du pasteur ? À propos, on m'avait pas appris qu'il était marié...

Exaspérée, Rachel cria :

— Tais-toi, maman, je t'en prie ! Tais-toi !

— Comme tu me causes !

Elle hésitait, ne sachant plus que décider, partagée entre l'incompréhension et la colère. Puis, brusquement, elle craqua. Levant les bras vers le ciel, elle se plaignit :

— C'est pas dieu possible ! Je comprends rien à ce que vous racontez, tous les deux ! La femme du pasteur ! On se demande en quoi nos histoires la regardent, celle-là ? Y a des gens, je vous jure... Tiens, je préfère laver la vaisselle !

Elle s'éloigna, très digne. Demeurés seuls, Rachel et Josuah s'examinèrent mutuellement. D'une voix sourde, la petite demanda :

— Qui c'est qui vous a raconté ?

Malgré ses vingt ans, elle n'était encore qu'une gamine avec ses cheveux bouclés, son nez légèrement retroussé et ses fossettes.

— J'ai eu besoin de personne et si j'avais pas su, les belles manières que tu fais, pour l'heure, m'ouvriraient les yeux. Y a longtemps que tu l'aimes ?

— Depuis toujours !

— Y a pas deux ans qu'il est à Vivezargues. Tes « toujours » sont pas tellement longs, hein ? Et lui, il t'aime ?

— Oh ! oui.

— Il te l'a dit ?

— Non, bien sûr !

— Dans ce cas, qu'est-ce qui te fait croire que...

— Y a pas besoin de parler, grand-père ! Ces choses-là, ça se sent.

— Ah ? Je dois plus me rappeler... Tu veux l'épouser ?

— Avec votre permission.

— T'auras pas une vie facile.

— Ça m'est égal !

— Tu devras l'aider dans ses travaux parfois difficiles.

— Je l'aiderai !

Josuah pensa à Esther Novechaze, sans raison. Il lui compara Rachel et soupira :

— Ma pauvre enfant... Tu n'auras pas beaucoup d'argent.

— Je m'en passerai !

Le vieux secoua la tête. Sans cesse les mêmes illusions, les mêmes entêtements chez les filles amoureuses.

— Toi, qu'est-ce qui te permet de croire qu'il t'aime puisqu'il t'a rien dit ?

— La façon qu'il a de me regarder, de me sourire. Quand je lui apporte le livre des psaumes, je sens qu'il a envie de m'embrasser.

— Voyez-vous ça ! et si tu te trompais ?

— Risque pas !

Josuah bourra sa pipe, l'alluma et annonça à celle qui tremblait d'impatience :

— Des fois que tu rencontrerais la Deborah, préviens-la qu'elle peut venir me causer

— Oh ! pépé !

Judith qui rentrait faillit lâcher les assiettes qu'elle transportait en voyant sa fille sur les genoux du grand-père et l'embrassant à perdre haleine.

* * *

Le pasteur regardait sa sœur se mirant dans la glace fendue accrochée au mur, témoignant d'une coquetterie dont il ne l'aurait jamais soupçonnée. Pourquoi, bien qu'on fût en semaine, avait-elle mis sa robe des dimanches, celle qu'elle passait pour se rendre au temple ? Elle s'efforçait d'aplatir des mèches rebelles lorsque, n'y pouvant plus tenir, Joseph demanda d'un ton détaché :

— Tu vas au village ?

— Oui.

— Pourquoi ne m'en as-tu pas parlé ?

— Parce que tu ne me l'as pas demandé.

De plus en plus intrigué par la mauvaise foi qui transperçait dans les réponses de sa sœur, le pasteur s'irrita :

— À la fin du compte, qu'as-tu besoin d'aller à Vivezargues en grande tenue ?

— Une visite.

— Une visite ! À qui donc ?

— Au Josuah Collonges.

Depuis quelques semaines, sitôt qu'on faisait allusion aux Collonges, Joseph se mettait à bafouiller.

— Qu'est-ce... que... que... tu lui veux?

Avec une exaspérante indifférence, Deborah répondit :

— Moi? Rien.

— Mais, alors, pourquoi?

— Je ne sais pas. C'est lui qui m'a priée.

Abasourdi, le pasteur répétait sottement les phrases de sa sœur.

— C'est lui qui...

— Rachel m'a fait la commission.

— Rachel! oh! mon Dieu! et tu ne m'en as pas soufflé mot?

— Pour quelles raisons l'aurais-je fait, puisque j'ignore ce qu'il me veut. Et toi?

— Comment voudrais-tu que...

— Tu ne t'en doutes pas un peu?

Le ton acerbe de Deborah ne le toucha guère. L'esprit bloqué, refusant l'évidence, Joseph demeurait immobile, jusqu'au moment où quelque chose parut craquer en lui et qu'il s'écria :

— Borah! Tu penses vraiment que...? Un pareil bonheur!... Je prierai pendant que tu seras absente!

Il parlait, parlait sans parvenir à retrouver son calme. L'œil sec, sa sœur assistait à ce délire qu'elle jugeait grotesque.

— Ça suffit, Joseph, calme-toi et écoute-moi.

Apaisé, il la regarda, déjà inquiet.

— Qu'est-ce qu'il y a?

— Tu tiens vraiment à te marier?

— Certainement. Cela ne te semble pas normal, à mon âge?

— Tu ne trouves pas qu'on a été heureux, nous deux ensemble, pendant tant et tant d'années?

— Si, bien sûr...

— Alors, pourquoi démolir nos existences?

Il était bourré de raisons qu'il n'osait exprimer, de

sujets impossibles à aborder sans blesser la rigide pudeur de son aînée, des problèmes qui le turlupinaient et qui la laisseraient de glace, du moins le supposait-il, pour excuser son attitude. Sans conviction, il tenta une pauvre explication :

— Ce n'est pas ça...

— Rappelle-toi toutes ces heures où nous avons bataillé dur, toi pour arriver où tu es arrivé, moi simplement pour vivre, pour tenir.

Chaque fois qu'elle évoquait le passé, Joseph se sentait désarmé.

— Je n'ai rien oublié, je t'assure.

— Dans ce cas, pourquoi renier ce que nous avons souffert ensemble ?

— Tu te montes la tête...

— Allons donc ! Si tu étais heureux avec moi, irais-tu chercher une autre femme qui ne saura rien de nous et qui, sans le vouloir, brisera notre seul bien : nos souvenirs où elle n'aura aucune part.

Elle défendait furieusement cet autrefois qu'elle croyait menacé par celle qui s'immiscerait dans leur foyer. Son frère, qui n'avait pas sa pugnacité, ne savait que répondre. Il était persuadé qu'elle se trompait parce qu'elle ne voyait le problème que sous le seul angle de sa quiétude menacée et qu'il y avait tout un côté de la question qui lui échappait. Sans réfléchir, il s'écria :

— Je ne peux quand même pas coucher avec toi !

Elle demeura la bouche ouverte, incapable de répliquer à ce coup inattendu. À la voir, on devinait qu'elle avait complètement perdu pied. Le pasteur, emprunté, ne voyait pas quoi ajouter. Enfin, apparemment vaincue, Deborah soupira, avec une amertume teintée de dégoût :

— C'est donc ça...

Joseph eut l'impression d'avoir été giflé comme jadis quand, garçonnet, il commettait une sottise.

— Écoute... Réfléchis... Pardonne-moi de t'avoir parlé aussi crûment, mais tu devrais comprendre. Je suis pasteur, mais je suis aussi un homme et je sens le besoin de fonder une famille.

— Et moi ? T'es-tu jamais demandé si j'avais eu envie de me marier ? Tu étais la seule excuse à mon existence manquée... J'espérais que tu en prendrais conscience... Si c'est ça que tu désires, ce que tu attends du mariage, Rachel fera parfaitement l'affaire, j'en suis sûre, il n'y a qu'à la regarder se tortiller lorsqu'elle traverse le village...

— Ne sois pas méchante.

— Rachel n'est pas la compagne qu'il te faut.

— Qu'en sais-tu ?

— Elle t'affole parce qu'elle est une gentille gamine en dépit de son âge, mais, Joseph, ses boucles d'angelot, ses fossettes et son nez retroussé ne sont pas des garanties. La première fois qu'elle t'accompagnera pour consoler un agonisant, elle ne saura que pleurer au pied du lit. Tu sais mieux que moi que l'épouse d'un pasteur se consacre autant que lui à ses paroissiens.

Joseph ne pouvait plus rien entendre tant sa passion était vive. Il se contenta de remarquer sèchement :

— J'ai confiance. Si Rachel veut de moi, elle assumera tous ses devoirs.

* * *

Pour loger son pasteur, Vivezargues ne possédait pas de presbytère. Cette carence tenait au fait que, bien des années avant l'arrivée d'Espalem, il s'était produit un heurt important entre la municipalité et un serviteur de l'Église réformée. On a beau être protestant et se vouloir plus près du Christ que n'importe qui, il n'empêche que la vivacité des caractères demeure ce qu'elle est depuis toujours. Quand on sait la ténacité cévenole, on comprend que des générations successives aient fait leur une attitude dont plus personne ne connaît exactement les motifs. Le résultat de cette interminable bataille fut l'écroulement du vieux presbytère que ceux ayant à charge la vie de la commune n'avaient jamais consenti à réparer.

Lorsque des gens moins obstinés — ou d'esprit plus ouvert — mirent fin aux dissensions que, jusqu'alors, on recevait en héritage, la question se posa de loger le nouveau pasteur que le synode envoyait à Vivezargues demeuré sans desservant pendant tout le temps de la dispute. N'ayant pas les moyens de bâtir un logement pastoral, le Conseil municipal acheta une petite ferme abandonnée à six cents mètres du village. On procéda aux réparations indispensables. C'est ainsi que les Espalem purent s'installer dans une demeure correctement remise en état. Un bout de terrain qui, jadis, avait été un jardin, attenait à la maison. Deborah et son frère, sitôt arrivés, se mirent à la tâche. À force de volonté, de courage, de durs efforts physiques, ils réussirent à transformer leur refuge en une habitation agréable dont Mlle Espalem était fière. Quant au pasteur, il consacrait les instants de liberté que lui laissaient les devoirs de sa charge à cultiver son jardin.

* * *

Elle marche, sans prendre garde au paysage trop familier. Parfois, elle trébuche sur une pierre qu'elle ne voit pas. Dans une heure ou deux, son existence sera, peut-être, complètement bouleversée. Elle ne nourrit aucune illusion : si Josuah l'a prévenue de son intention de lui parler, c'est qu'il se conforme à la tradition et qu'il approuve sa petite-fille. Rachel exigera-t-elle le départ de sa belle-sœur pour devenir seule maîtresse ? Elle n'ignore pas que Deborah lui préférerait la paisible Sarah Aïlhac. Le lui pardonnera-t-elle ? Mlle Espalem marche à la façon d'un automate. Son cerveau se bloque à l'idée qu'il lui faudra, peut-être, boucler sa valise, mais pour aller où ? En temps normal, elle sait que Joseph ne tolérerait pas un instant la perspective de son éloignement, mais il est amoureux.

Les gens, qui sur le pas de leur porte, qui derrière les carreaux des fenêtres, regardent passer la demoiselle, s'étonnent de sa mise recherchée et leur curiosité insatiable flaire anguille sous roche. Deborah ne leur prête pas attention.

* * *

Josuah s'était rasé de « fin ». Une légère estafilade à côté de l'oreille gauche témoignait de son application. Propre, net, avec ses veines saillantes mettant des traînées bleues sur ses mains et à ses tempes, avec ses muscles du cou réduits à des cordes, on dirait une idole taillée dans un vieux bois par un sculpteur primitif. Ramassé sur son siège, il évoquait un rapace guettant une proie. Il intimidait les plus fragiles, ce qui l'enchantait. Jamais encore il n'avait eu l'occasion de se heurter à Deborah dont il n'ignorait pas la sévère réputation. D'avance, il se persuadait que la sœur du pasteur s'inclinerait comme les autres. Il en ressentait une sorte de jubilation intérieure.

À l'instar de sa fille, Judith ne parvenait pas à maîtriser sa fébrilité. Elle avait revêtu sa plus belle robe et se déplaçait avec peine tant ses chaussures neuves la faisaient souffrir. Elle avait mis tellement de bigoudis qu'elle paraissait coiffée à la ressemblance des angelots qui, dans les églises des catholiques, volettent autour de la Vierge montant au paradis. L'excitation enflammait les joues de Rachel postée en sentinelle dans la cour, près du bachot où jadis buvaient les animaux lorsqu'on exploitait encore le domaine. Elle entra en coup de vent dans la pièce où sa mère et son grand-père, figés dans des attitudes hiératiques, attendaient la visiteuse.

— Elle va pas tarder ! Elle a tourné devant chez Chassagny !

Josuah gourmanda la petite.

— Un peu de tenue, s'il te plaît ! Tu lui ouvriras la porte et tu disparaîtras. Toi, Judith, monte dans ta chambre. On t'appellera.

Judith ne comprenait pas pourquoi on l'éloignait alors qu'il s'agissait de l'avenir de sa fille. Elle voulut protester. Le beau-père ne lui en laissa pas le temps.

— Discute pas ! C'est pas le moment !

Vaincue, la pauvre femme renonça et s'en fut, le cœur gros. A peine était-elle sortie que Rachel accueillait la sœur du bien-aimé. Elle en bafouillait d'émotion.

— Bon... bonjour... De... Deborah.

D'un coup, la nouvelle venue sentit fondre son hostilité devant l'émouvante inquiétude de la fille de Judith.

— Bonjour, Rachel.

Tout de suite, le vieux coupa court à cette amorce d'entretien.

— Bonjour, Deborah.

— Bonjour, monsieur Collonges.

— Asseyez-vous là. Dans le fauteuil de ma défunte. Laisse-nous, petite.

Conformément aux conventions, Rachel s'éclipsa. Il y eut un long silence pendant lequel Josuah chercha de quelle façon porter son attaque. Deborah, impavide, attendait. Tous deux résolus à feindre l'étonnement à seule fin de respecter la tradition.

— Alors, comme ça, vous êtes en promenade ?

— Si l'on veut...

— Et comment se porte notre pasteur ?

— Bien. Il doit guetter mon retour avec impatience.

— Tiens, donc ! et pourquoi ?

Deborah faillit craquer et s'emporter, mais elle pensa à Joseph, se calma et entra dans le jeu.

— Allez savoir ! les jeunes, aujourd'hui...

Josuah eut du mal à cacher son dépit. Il avait bien cru gagner. La conviction n'y était plus quand il s'enquit :

— Ouais... Aurait-il des soucis ?

— Ceux de son âge.

— Pas avec ses supérieurs, j'espère ?

— Oh ! non... Je pense plus simplement qu'il est peut-être amoureux.

— Voyez-vous ça ! et vous ne l'avez pas interrogé ?

— Sur ce sujet, les garçons sont encore plus discrets que les filles.

— Il paraît... Le temps n'est pas mauvais pour la saison...

Il disait n'importe quoi pour l'exaspérer. Il n'y parvint pas. Deborah répondait sur le même ton :

— Espérons qu'il durera...

On repartit dans les banalités, chacun attendant de l'autre qu'il abordât le sujet lui tenant à cœur. Énervée, la visiteuse se leva.

— Vous m'excuserez, je ne peux rester plus longtemps.

Les paupières du vieux se plissèrent. Elle cédait.

— Quel dommage ! mais vous reviendrez, n'est-ce pas ?

— Pour quoi faire ? Je travaille, moi, et tant que mon frère ne sera pas marié, tout le poids de la maison repose sur mes épaules.

— Vous croyez que le pasteur désire se marier ?

— Il n'y a que lui qui pourrait vous répondre. Au surplus, je me demande en quoi cela vous regarde ?

Cette fois, le bonhomme était ferré, il lui fallait vider son sac.

— En rien, bien sûr. Pourtant, voyez-vous, je crains d'avoir avec ma Rachel, et d'ici peu, le même genre de souci que vous pourriez connaître avec votre frère.

À hypocrite, hypocrite et demi. Deborah prit un air apitoyé.

— Pas possible !

S'il ne s'était retenu, Josuah eût craché quelques vigoureux jurons. La mâtine menait la partie. Il essaya d'un faux embarras.

— Elle mange plus comme avant. Elle néglige son

boulot. Elle passe son temps à rêver et, quand elle se réveille, c'est pour se pomponner. Elle serait pas amoureuse, des fois ?

— Elle seule le sait.

— Je suis trop vieux pour me rappeler à quel point j'étais idiot lorsque je courtisais ma défunte.

— Je ne risque pas de vous aider. Je n'ai jamais été amoureuse et on ne m'a jamais fait la cour.

Dépité, Josuah fut contraint de brûler ses vaisseaux.

— Votre frère, il pourrait pas nous aider ?

— Il bénit les mariages, il ne les organise pas. Pour quelles raisons irait-il se mêler d'une histoire qui ne le concerne en rien ?

Collonges commençait à en avoir assez et s'emporta.

— Ça ne le concerne pas, ça ne le concerne pas, c'est vite dit !

Deborah s'entêta à jouer les indifférentes tout en ayant pleinement conscience que son hôte n'était pas dupe.

— Je ne comprends pas ?

Josuah acheva de perdre son sang-froid et hurla :

— Bon Dieu de bois ! Vous comprenez très bien, au contraire ! Ma Rachel voudrait épouser votre frère, serait-il d'accord ?

— Je lui poserai la question.

L'aïeul s'emporta :

— Finissons-en ! Vous avez répondu à mon invitation, donc vous êtes au courant.

— De quoi ?

Collonges faillit prendre un coup de sang. Cette sacrée femelle non seulement ne cédait pas, mais encore elle se moquait de lui.

— Oui ou non, le pasteur serait-il d'accord pour épouser ma Rachel ?

— Je crains que oui.

— Vous craignez !

— Deux maîtresses dans une même maison...

— Ouais... Faudra régler ça avec la petite.

C'était là un aspect du problème n'intéressant absolument pas Josuah qui n'avait jamais pris au sérieux les histoires de bonnes femmes.

— Et maintenant, si on causait gros sous ?

Elle allait voir de quel bois il se chauffait, cette insolente ! De son côté, Deborah se reprit à espérer que tout allait craquer en se heurtant à la rapacité naturelle de gens qui avaient si péniblement gagné le peu qu'ils possédaient. La sœur de Joseph ne laissa pas à son hôte le temps de développer la moindre explication. Elle affirma d'un ton sans réplique :

— On n'aura pas à parler longtemps. Mon frère n'a que ce que lui accorde la paroisse et moi je n'ai rien, au point que si le jeune ménage ne veut plus de moi, je serai obligée d'entrer en condition.

Le vieux se gratta longuement le crâne, bourra sa pipe, l'alluma avant d'exprimer son opinion :

— Ça fait pas beaucoup, hein ?

— On ne peut donner que ce que l'on a. Nous ne possédons rien.

— Vraiment rien ?

— Rien de rien. On se demande comment le ménage pourra vivre.

— Ma foi...

Collonges ne savait plus quelle attitude adopter. Lâcher son argent sans recevoir quoi que ce soit le scandalisait. Une envie folle le poussait à renvoyer cette miséreuse, mais, du même moment, il croyait entendre les pleurs de Rachel et, ça, il ne pouvait pas en supporter l'idée. De son côté, Deborah reprenait confiance. Tout n'était peut-être pas perdu. Josuah trouverait, sans peine, un prétexte pour rompre l'entretien et remettre à beaucoup, beaucoup plus tard, sa réponse. Sans doute, Joseph serait-il malheureux, mais le temps... Alors on retrouverait la quiétude un instant menacée par ces grotesques histoires d'amour. Collonges lui enleva ses dernières illusions.

— J'ai suffisamment du « de quoi » pour ne point exiger de l'argent d'un serviteur de l'Éternel. J'aiderai le ménage et, lorsque le Seigneur me rappellera à Lui, ils se partageront, avec Judith, tout ce que je laisserai.

Deborah commenta brièvement et d'une voix atone cette générosité.

— C'est très gentil à vous.

— Rachel et M. Espalem pourront se fréquenter. Je donne la permission. Prévenez votre frère que nous le recevrons dimanche, après ma sieste, et il pourra emmener ma petite-fille pour leur première promenade. Je compte que vous les accompagnerez. Moi, je suis trop vieux et Judith a de plus en plus de mal à se déplacer. Il faut, pourtant, que nos amoureux soient surveillés, c'est la loi de nos pères et j'entends qu'on la respecte.

* * *

Deborah avait à peine refermé la porte des Collonges que Rachel entrait et se précipitait sur son grand-père.

— Alors ?

Taquin, Josuah feignit de ne pas comprendre.

— Alors... quoi ?

— Oh ! pépé ! Vous savez bien ce que... Elle est d'accord ?

Rogue, il décréta :

— Elle me plaît pas !

— Deborah ?

— Et même pas du tout ! Elle se permet de me tenir tête ! de me faire enrager ! Un vrai poison, cette fille ! Je plains son frère !

Judith, qui possédait à fond l'art de se trouver toujours là où il ne fallait pas, choisit cet instant pour apparaître et s'étonner :

— Tiens ! Mlle Espalem est partie ? Vous deviez m'appeler ?

On ne lui répondait pas, elle insista :

— Pourquoi que vous l'avez pas retenue, beau-père ?

— Elle était pressée.

La bru secoua sa grosse tête.

— Je pensais qu'on aurait bu le café avec des biscuits. Si j'avais su, j'aurais pas passé ma belle robe et je n'aurais pas mis des bigoudis...

Rachel, qui se souciait peu de la déception maternelle, secouait Josuah.

— Elle est d'accord, oui ou non ?

La mère ne comprenait pas grand-chose à ce qui se disait et se passait sous ses yeux. Timidement, elle interrogea :

— Sur quoi qu'elle serait d'accord ?

Le vieux daigna s'adresser à elle.

— Elle accepte que son frère et Rachel se fréquentent.

La jeune fille poussa un cri de joie et se jeta sur son grand-père.

— Pépé, je vous adore !

Judith qui n'avait rien compris ni deviné s'exclama :

— Le pasteur !

Josuah ironisa :

— Elle a pas d'autre frère, sinon on le saurait.

Abasourdie, la belle-fille répétait :

— Le pasteur ! Le pasteur et Rachel... c'est pas possible !

Prête à la lutte, la petite répliqua rageusement :

— Et pourquoi que c'est pas possible ?

La maman écarta les bras dans un geste d'impuissance.

— Je sais pas, mais... un pasteur !

Méchant, heureux de la choquer, le vieux répliqua :

— Les pasteurs vont au lit comme tout le monde et pas toujours pour y dormir !

L'indignation suffoqua Judith.

— Vous devriez avoir honte, beau-père ! Sûr et certain que le Seigneur vous punira pour vos paroles impies !

— Pour avoir dit la vérité ?

— Pour avoir dit ce qu'il fallait pas dire ! C'est un vilain exemple pour votre petite-fille !

— Bah ! quand elle sera couchée à côté du pasteur, elle s'apercevra que j'avais raison.

La grosse femme leva les bras au ciel pour implorer, sans doute, le secours de l'Éternel.

— Entendre des abominations pareilles ! J'ai la fierté de prétendre, monsieur Collonges (lorsqu'elle l'appelait de la sorte c'est que les choses tournaient très mal) que j'ai bien élevé mon enfant et c'est scandaleux de supposer qu'elle pourrait se conduire mal avec un pasteur !

— Sauf s'il est son mari.

— Dans ce cas, évidemment...

Subitement, le visage de Judith s'empourpra. Son regard ressembla à celui du bœuf au moment où le tueur lève son maillet. Quelques secondes de flottement puis, peu à peu, sa large figure s'éclaira. Un sourire, d'abord incertain, flotta sur ses lèvres, puis ses traits s'éclairèrent à la lumière d'une lente compréhension. On eût dit la faible clarté du jour naissant s'imposant, par étapes, au paysage nocturne. Bientôt, une joie profonde apporta une jeunesse inattendue qui balaya la mollesse naturelle de la brave femme.

— C'est vrai ? Ma Rachel va devenir...

— Mme Espalem.

— Seigneur mon Dieu !

Sans transition, la maman éclata en sanglots. Josuah s'en fut, ne pouvant supporter les pleurnicheries.

* * *

Le pasteur ne parvenait pas à réaliser ce qu'il lui arrivait. Ce garçon approchant la trentaine, solide, gai, confiant, avait toujours vécu sans se heurter au moindre problème qui ne fût pas matériel. L'égoïsme aidant, il avait suivi, sans inquiétude ni impatience, la voie choisie par sa sœur. D'une intelligence moyenne, il aimait l'étude, convaincu que Dieu suivait ses efforts d'un œil attentif et paternel. Sa dévotion à l'égard de l'Éternel et son attachement quasi filial à Deborah remplissaient jusqu'alors sa vie sans qu'il songeât à autre chose. Puis il avait remarqué Rachel Collonges.

Incapable de rester en place en attendant le retour de son aînée, Joseph tournait en rond dans la cour. À seule fin de tromper son impatience, il revécut par la pensée les prémices de son aventure amoureuse à laquelle, dans un instant, Deborah apporterait un dénouement.

Deux années plus tôt, en prenant possession de son poste, le jeune pasteur — d'abord étonné, ensuite attendri — avait écouté les avis du Conseil des Anciens. Il avait également suivi les recommandations, à la fois sévères et maternelles, d'Esther Novechaze qui se voulait son guide dans l'organisation de sa pieuse tâche. Tout de suite, Joseph avait été heureux dans son petit univers paisible. Il aimait particulièrement le jardin au sommet de la pente herbeuse dominant la maison. Ce jardin constituait son domaine privé, même sa sœur n'y allait qu'en cas de nécessité urgente imposée, du genre d'une arrivée impromptue. Joseph préparait ses sermons parmi les légumes, binant des pommes de terre ou repiquant des poireaux. Éclaircir les carottes, arroser les salades l'imprégnaient d'une quiétude à nulle autre pareille. Âme pure, dénuée de soucis métaphysiques, le pasteur découvrait une preuve de l'existence de Dieu aussi bien dans l'enseignement de la Bible que dans la pousse des radis.

Depuis l'enfance, Joseph n'avait jamais rencontré que des femmes sévères vivant dans la crainte de Dieu et dans le respect sourcilleux de ce qu'elles tenaient pour leur devoir. Elles avaient aidé Deborah dans des tâches qui, souvent, dépassaient ses jeunes possibilités. Toujours vêtues de noir, prêtresses d'une religion aux espérances jalonnées de menaces, elles n'étaient pas faites pour enseigner une joie de vivre qu'elles refusaient ou ignoraient.

En débarquant à Vivezargues, le jeune pasteur brûlait du zèle des néophytes. Esther Novechaze appartenait à la lignée des femmes jusqu'alors fréquentées et Joseph ne s'étonnait pas que Deborah tranchât parmi elles par une grâce naturelle dont les autres manquaient. Cela ne le surprenait pas parce que Deborah était Deborah. Cette affirmation simplette et ce raisonnement enfantin lui avaient suffi jusqu'au jour où, au moment de prononcer son sermon dominical, il avait remarqué, au premier rang de son auditoire, l'éblouissante jeune fille qu'était Rachel Collonges.

À Vivezargues, Rachel avait un sentiment profond de dépaysement. Elle ne se sentait plus du village abandonné sept années plus tôt, à la mort de son père. En mémoire de son fils, Josuah — contre l'avis de Judith — avait voulu que la petite devienne une demoiselle et, pour ce, l'avait expédiée faire son éducation dans un pensionnat de Valence dirigé par des dames de la Religion. Rachel, qui n'était pas particulièrement douée pour les études, dut redoubler plusieurs classes et ne décrocha son brevet qu'à l'heure où celles qui avaient à charge de l'instruire étaient sur le point d'y renoncer. Durant ces sept années, Rachel était revenue fort irrégulièrement chez les siens qui l'allaient voir tous les deux mois. Elle ne se plaisait pas à Vivezargues et, lorsqu'elle s'y trouvait, elle ne sortait guère de la ferme des Collonges. Elle s'ennuyait à mourir et, pour tromper son ennui, rêvait. Désemparé par le comportement de sa petite-fille, le grand-père commençait à se demander s'il avait été bien inspiré en l'obligeant à étudier. Les gens qu'elle ne pouvait éviter semblaient à Rachel lourds d'esprit et de mœurs grossières. Ce mépris d'autrui qu'elle croyait cacher transparaissait suffisamment pour que les villageois la tinssent pour une mijaurée. On ne l'aimait pas. En outre, elle scandalisait en manquant souvent les cérémonies dominicales du culte, en arborant des toilettes qui suscitaient la jalousie des plus jeunes et la réprobation des plus âgés.

La petite-fille de Josuah en était à un point d'exaspération tel qu'elle se disait prête à épouser le premier garçon qui ne ressemblerait pas à ses contemporains de Vivezargues. Elle était donc toute disposée aux aléas du coup de foudre lorsqu'elle fit attention à Joseph Espalem. Parce qu'il était encore jeune, qu'il était beau et parlait de Dieu avec ferveur, elle l'assimila aux Apôtres vivant dans la familiarité de Jésus. Elle le jugea intelligent du fait qu'elle comprenait ce qu'il disait. Dans l'instant, elle décida qu'elle ne pourrait jamais épouser un autre que lui. Pendant ses années de pensionnat, Rachel — ainsi que ses compagnes — avait beaucoup songé à l'amour, synonyme de délivrance et de liberté. Partager l'existence d'un pasteur ne la rebutait pas car elle imaginait le sacerdoce de son éventuel mari (dont elle envisageait d'assumer sa part) à travers les *Fioretti* du Poverello que Mlle Scolastique — bien qu'il fût papiste — leur lisait le dimanche tandis que le cours des repas de la semaine était rythmé par une lecture à haute voix de la Bible. Forte de ces convictions, Rachel entreprit de séduire Joseph Espalem. Mais elle manquait, à la fois, de technique et d'expérience. Ses armes essentielles consistaient en œillades qu'elle imaginait langoureuses et dont personne ne se souciait ou en soupirs profonds qui inquiétaient ses parents plus qu'ils ne troublaient le desservant du temple de Vivezargues. Les choses n'eussent guère avancé si, un dimanche de printemps...

Par malice ou par hasard, Rachel, ce jour-là, avait pris place au premier rang des fidèles, à côté d'Esther dont la puissante stature, la peau cuite par tous les soleils et la robe sombre mettaient merveilleusement en évidence la fragile blondeur de Mlle Collonges. L'étrange émotion que le pasteur ressentait pour la première fois manqua le faire bafouiller d'abord, perdre le fil de son discours ensuite. Il se rappelait, tandis qu'il attendait fébrilement le retour de sa sœur, que, le dimanche ayant vu naître son amour, il avait choisi pour thème de son commentaire des Évangiles le classique « Vanitas Vanitatum... », devant lui permettre de témoigner d'un talent oratoire que ses supérieurs avaient reconnu très tôt. La présence capiteuse de Rachel troubla le frère de Deborah au point d'assécher sa mémoire, de dégonfler lamentablement ses anathèmes contre les orgueilleux, de ramener au sol ses envolées et, enfin, de briser la cadence de ses périodes pourtant si soigneusement mises au point. Deborah éprouvait une grande honte de ce comportement incompréhensible et chaque sourire, chaque hochement de tête, chaque soupir apitoyé surpris autour d'elle la blessait de façon cruelle. Le pasteur ne s'apercevait de rien car il ne parlait que pour cette adorable fille qui semblait l'écouter avec ravissement. À la sortie du temple, Esther se montra sévère dans ses commentaires. Les Anciens émirent des jugements plus modérés. Sourds et durs d'oreille, ils avaient peu entendu du prêche discuté. De retour chez eux, Deborah blâma son cadet avec vigueur après qu'elle se fut, toutefois, assurée qu'il n'était pas malade. Joseph ne l'écouta pas, l'esprit encore tout occupé de la jeune fille semblant boire ses paroles sans se soucier de leur début anarchique.

De son côté, Mlle Collonges rentrait chez elle dans une sorte d'état second. Jamais encore il ne lui avait été donné de voir près d'elle, à le toucher, un si beau garçon. Avec une fougue juvénile et innocente, elle se jurait — en traversant Vivezargues — que le pasteur serait l'homme de sa vie et qu'elle n'accepterait personne d'autre pour époux. Elle aussi effectua, en rêvant, les gestes coutumiers de l'existence familiale, si bien qu'elle manqua renverser la soupière, s'entailla un doigt et se piqua une lèvre en portant à sa bouche une fourchette inutile. Son comportement bizarre attira les remontrances de son grand-père. Sa mère, inquiète, lui conseilla de se purger — remède traditionnel —, un pareil comportement ne pouvait, selon elle, que trahir un dérangement du ventre.

* * *

En atteignant les dernières maisons de Vivezargues, Deborah rencontra Sarah Aïlhac, celle qu'elle eût préférée à toutes les autres comme belle-sœur. Sarah, en dépit de ses vingt ans avait gardé un visage poupin qu'éclairaient des yeux couleur noisette au regard confiant. Sa poitrine déjà forte promettait de bons allaitements et le bassin, large, laissait présager des enfantements faciles. Ni grande ni petite, la fille des boulangers semblait le type même de ces femmes solides qui se changent vite en mères attentives et en compagnes sur qui on peut toujours compter. Deborah eût aimé avoir Sarah dans sa maison. Elle se serait parfaitement entendue avec elle, c'est-à-dire qu'elle eût continué à commander. De plus, Sarah présentait l'avantage plus prosaïque d'être l'enfant unique de gens riches. Sa déception, fruit de la démarche réussie auprès des Collonges, rendait la sœur du pasteur amère et la renforçait dans sa conviction quant à l'incapacité des hommes à choisir sagement celles qu'ils épousaient. Deborah intimidait Sarah.

— Bonjour, mademoiselle.

— Bonjour, Sarah. Tu vas faire tes courses ?

— Seulement chez Mlle Sagnette, notre couturière. Maman voudrait qu'elle me fasse une robe pour la fête du mois prochain.

— Elle a raison. Tout le monde se porte bien, chez toi ?

— Oui, merci et... et... (elle se mit à rougir) M. le pasteur ?

Émue, Deborah fut sur le moment de la prendre aux épaules, de la secouer en lui criant :

— Ma pauvre enfant, ne pense plus à mon frère ! Ce sot est incapable de distinguer le solide du clinquant !

Mais, à quoi bon ?

* * *

Elle l'aurait battu si sa tendresse ne le lui avait interdit et si sa nature profonde ne refusait la violence. Sitôt que sa sœur eut rendu compte de sa mission, Joseph s'était conduit comme un enfant au soir de la Saint-Nicolas. Il avait pris les mains de son aînée, les avait embrassées en clamant qu'il était un homme comblé. Il n'y avait plus aucun rapport entre ce garçon délirant et celui, grave et raisonnable, auquel on était habitué. Le Joseph posé, respectueux des convenances, toujours prêt à écouter les conseils, cédait la place à un exalté débitant des sottises. Deborah éprouvait, en le regardant, l'impression d'une trahison. D'un ton sec, elle demanda :

— Tu as bientôt fini tes pitreries ?

Il s'arrêta net, la contemplant, stupéfait.

— Qu'as-tu, Deborah ?

— Moi ? rien ! c'est toi qui te conduis d'une façon insensée.

— Parce que je manifeste ma joie d'épouser celle que j'aime ?

— Elle te plaît ? D'accord ! Mais l'amour, il me semble que ça doit être autre chose, non ?

— Je suis, au moins, aussi renseigné que toi sur la question !

A son tour, elle s'approcha de son cadet et le supplia :

— Je t'en conjure, mon petit, ouvre les yeux ! Rachel est une jolie poupée gâtée par sa mère et son grand-père. Elle n'est pas la femme qu'il te faut.

— Et tu la connais, toi, celle qui me conviendrait ?

— Oui... Sarah Aïlhac.

— Cette grosse mollasse ? Je te remercie !

— Sans doute Sarah est-elle moins plaisante à regarder que ta Rachel pour ceux qui ne se soucient que des apparences, et je trouve que, pour un serviteur de Dieu, tu attaches beaucoup d'importance au physique.

— Ce sont là mes affaires et non les tiennes !

— Jusqu'ici, c'étaient les mêmes...

Joseph, qui commençait à se sentir mauvaise conscience, devint méchant.

— Tu veux que je t'apprenne la vérité sur ta réaction ? Tu es jalouse !

Elle se contenta de hausser les épaules. Il insista :

— Jalouse ! Rachel ne te déplaît pas particulièrement, mais tu as peur qu'elle prenne ta place !

Deborah se leva de sa chaise où elle s'était laissée tomber en écoutant les paroles coléreuses de son frère.

— Bonne nuit. Je ne pense pas que je méritais ta remarque.

Demeuré seul, le pasteur, après un moment d'hésitation, se mit à genoux sur le sol et pria l'Éternel de lui pardonner. Plus que n'importe qui, il savait ce qu'il devait à sa sœur et, pour témoigner sa reconnaissance, il venait de la blesser. Il était trop jeune dans son sacerdoce pour avoir acquis l'expérience des êtres l'entourant et appris à les juger avec infiniment de miséricorde. Il ne connaissait pas grand-chose aux aventures du cœur. Parce que, jusqu'ici et grâce à Deborah, l'existence lui avait été simplifiée, il se persuadait que tout eût été facile sans les complications apportées dans les problèmes de tous les jours par les hommes et les femmes dont les âmes avaient perdu la limpidité de l'enfance. Il aimait Rachel, il en était sûr, et il était non moins certain de chérir Deborah. Pourquoi ces deux tendresses si différentes devraient-elles s'opposer ? Il ne comprenait pas. S'il avait été le consulter, Josuah lui aurait conseillé la patience et dit que seul le temps apporte les réponses aux questions qu'on se pose.

À son tour, Joseph monta se coucher, pas très fier de lui.

* * *

Ainsi qu'il fallait s'y attendre, dès le lendemain de leur première querelle, le frère et la sœur se réconcilièrent. Toutefois leurs rapports faillirent se gâter à nouveau le dimanche suivant. Pour son prône, abandonnant les austères conseils de l'Évangile, Joseph avait choisi de paraphraser la recommandation salvatrice de Jésus : « Aimez-vous les uns les autres. » Si l'ensemble des fidèles ne vit point malice dans ce choix, il n'en fut pas de même pour Deborah qui aurait souhaité se cacher en écoutant son frère roucouler à travers les pieux conseils du Fils de Dieu. Il roulait des yeux enamourés en direction d'une Rachel l'écoutant la bouche entrouverte, le regard empli de douceur car elle entendait fort bien, dans les paroles du pasteur, une déclaration d'amour. L'attitude de la petite-fille de Josuah et les expressions du visage de Joseph mirent la puce à l'oreille d'Esther Novechaze qui se promit d'entreprendre une enquête sérieuse.

Après le culte, chez les Collonges, Rachel se fit moquer par le grand-père pour les airs supérieurs qu'elle affectait et qui l'empêchaient de s'intéresser à ce qu'elle mangeait. Pour une fois, tout finaud qu'il était, Josuah se trompait. Simplement, Rachel vivait dans un rêve où la nourriture n'avait aucune importance.

Chez les Espalem, la querelle éclata sitôt le seuil franchi. Deborah porta l'attaque en ôtant son chapeau et passant son tablier.

— J'imagine que tu es content de toi ?

— Pardon ?

— Ne joue pas les benêts ! Ton prêche ridicule, scandaleux...

— Tu juges scandaleux de commenter la Parole ?

— Ouais ! Scandaleux de transformer l'enseignement de Jésus en une déclaration d'amour éhontée à cette dinde de Rachel qui buvait tes phrases !

— Tu as une imagination !

— Joseph, quand cesseras-tu de prendre les autres pour des imbéciles ?

— Tu racontes n'importe quoi !

— Tu crois ! Tu vas voir l'Esther Novechaze en action car elle non plus n'est pas tombée de la dernière pluie. À la manière dont elle vous épiait tous les deux, j'ai deviné qu'elle avait compris votre dégoûtant manège.

— Quelle importance puisque tout le pays sera bientôt au courant ?

— Tu joues les cyniques, à présent ? Dommage que tu aies trop grandi pour que je ne puisse encore te gifler !

* * *

Un vent de folie semblait avoir soufflé sur les femmes de la maison Collonges. Judith trottait — gros bourdon désorienté — d'une pièce à l'autre sans savoir où elle allait, en poussant des exclamations inutiles et en adressant des avertissements on ne savait à qui ni pourquoi. Rachel imposait l'image à éclipses d'un feu follet. Elle ne courait pas, elle bondissait. À peine la croyait-on là qu'elle était déjà ailleurs. Assis derrière la fenêtre — son poste habituel quand il ne mangeait pas —, Josuah guettait l'arrivée des Espalem. Lorsqu'il les signala, l'activité désordonnée des femmes se figea d'un seul coup. Un silence tendu remplaça le tumulte qui emplissait la maison depuis le repas. Judith se mit à gémir à petits coups sans qu'on sût pour quelles raisons. Rachel paraissait changée en statue. Josuah dut ouvrir lui-même la porte aux hôtes attendus. Les présentations eurent lieu dans les règles, avec la solennité exigée, bien que tous se connussent parfaitement. Lorsqu'on eut pris place sur les sièges dépareillés, on entama le grand jeu traditionnel des propos hypocrites ou mensongers ne trompant personne, pas plus ceux qui les proféraient que ceux qui les écoutaient. Les Espalem et les Collonges observaient scrupuleusement les rites et les figures imposés par l'usage lors de la première visite du futur fiancé. On feignait gentiment l'indifférence. On jouait la surprise. Josuah avait ouvert le bal.

— Alors, comme ça, vous êtes de sortie ?

Deborah et le vieux menaient leur partie sans se soucier de Judith qui, affalée dans un fauteuil, reniflait en se tamponnant les yeux, ni du pasteur ni de Rachel qui, muets, échangeaient des regards langoureux.

— Oui, mon frère et moi avons eu envie de prendre l'air et, en passant devant chez vous, Joseph m'a proposé de venir vous saluer, n'êtes-vous pas le président du Conseil des Anciens ?

— Parfait... parfait. Monsieur le Pasteur, avez-vous pensé au thème sur lequel vous prêcherez dimanche prochain ?

Arraché à ses amours muettes, Joseph mit un temps à reprendre ses esprits.

— Pardon ?... Ce que... Ah oui ! Je... je crois que je commenterai ce qu'ordonne l'Ecclésiaste au sujet du mariage... L'homme et la femme ne formeront qu'un seul être...

Josuah émit un ricanement qui rappelait le croassement d'un corvidé.

— Ça me paraît, en effet, de circonstance... À ce propos, monsieur le Pasteur, vous ne songez toujours pas à vous marier ?

Attaqué de plein fouet, Joseph resta muet et, comme à l'ordinaire, Deborah se précipita à la rescousse :

— Si, bien sûr... c'est normal, n'est-ce pas ? Seulement, la position de mon frère le contraint à un choix minutieux. Il ne saurait épouser n'importe qui. La compagne d'un pasteur doit posséder des qualités qu'on ne rencontre pas toujours chez les jeunes filles d'aujourd'hui.

Oubliant les règles du jeu, Judith s'exclama :

— Ma Rachel, elle a tout ce qu'il faut !

Ils se regardèrent, gênés par ce manque de savoir-vivre. Rachel lança un « Maman ! » qui était plus une plainte qu'un reproche. Brusquement consciente de sa gaffe, la bru de Josuah éclata en sanglots. À l'adresse de ses visiteurs, le vieux dit :

— Faites pas attention... Elle a eu la typhoïde dans son enfance.

Deborah approuva :

— Ça marque...

Judith quitta la place. Rachel fut sur le point de la suivre dans sa retraite afin de la consoler une fois de plus, mais elle n'eut pas le courage d'abandonner son bien-aimé, même pour un court instant. Sa bru disparue, Josuah voulut reprendre le rituel.

— Peut-être que vous avez d'autres visites ? Faudrait pas qu'on vous retarde ?

Rachel, désespérée, se figura que, par suite de la sottise maternelle, tout était perdu. Elle dut s'imposer un rude effort pour ne pas protester. Volant au secours des amoureux, Deborah reprit la situation en main.

— Joseph a besoin de se dépenser... Nous nous proposons de grimper jusqu'au Creux du Vent qui domine la combe des Sangliers.

— Quelle bonne idée ! Une longue promenade presque d'un bout à l'autre sous les arbres... mais, attention, hein ? Il y a un sacré trou là-haut...

— Nous connaissons parfaitement le coin... Il y a une si belle vue...

— Je sais... on voit jusqu'au Rhône... Ah ! si j'avais encore mes jambes d'autrefois... Tenez, si j'osais...

— Quoi donc, monsieur Collonges ?

— Ma petite-fille se promène presque jamais...

Chacun poussa un soupir de délivrance. Ça y était ! Le bonhomme avait assez joué.

— Elle peut pas demander à sa mère de l'accompagner et moi, dans l'état où je suis... Quant à la laisser sortir seule dans la campagne, ça serait pas prudent, et puis je tiens à sa réputation. Alors, des fois que vous l'emmèneriez avec vous, si ça doit pas vous gêner, comme de juste ?

— Ce sera un plaisir pour nous, pas vrai, Joseph ?

— Oh oui !...

Personne ne voulut remarquer la chaleur excessive de cette approbation.

* * *

Joseph épanoui, heureux, marchait à petits pas près de Rachel, se récitant intérieurement des prières pour remercier le Seigneur de l'avoir fait entrer, de son vivant, au paradis. Rachel ne parlait pas, tendue, le cœur battant, dans l'attente d'une étreinte soudaine et passionnée qui trahirait l'impatience amoureuse de son compagnon. Deborah suivait le couple d'assez loin ne voulant pas, par sa présence, embarrasser les jeunes gens, sans pour autant autoriser, le cas échéant, des attouchements incompatibles avec la décence.

Côte à côte, Rachel et Joseph avançaient sagement sur un sentier qui, les derniers champs franchis, s'enfonçait sous les arbres. Lui, il parlait. Elle, elle écoutait ou feignait d'écouter. À dire vrai, son beau pasteur la décevait quelque peu. Elle ne savait pas trop ce qu'elle avait espéré de cette promenade mais n'importe quoi plutôt que ce discours interminable sur leur bonheur futur, l'insipide énumération des charges et devoirs qui constitueraient son apanage lorsqu'elle serait mariée. Au long du chemin bordé de lauriers de Saint-Antoine, Rachel était la proie d'une sorte de désenchantement qui lui mettait les larmes aux yeux. Joseph, loin de se douter du désarroi de son aimée, continuait à pérorer sur la joie profonde qu'on peut ressentir à faire cohabiter dans un même cœur l'amour divin et l'amour terrestre. Rachel était, pour l'heure, beaucoup plus préoccupée du second que du premier.

Deborah était loin de se douter des soudaines incertitudes de celle que, déjà, elle jalousait âprement. Qu'importaient sa beauté, sa jeunesse, l'amour qu'elle semblait porter à Joseph ! Elle était, elle serait toujours l'intruse, celle qui, surgissant dans la paisible existence des Espalem, en aurait brisé l'harmonie, l'entente, en bref tout ce qui les avait aidés à vivre avec la présence continue de l'Éternel. Par voie de conséquence, Deborah se voyait réduite à réviser son jugement quant aux qualités intellectuelles de son cadet. Il ne fallait vraiment pas qu'il fût très finaud pour désirer lier son sort à celui d'une gamine sans cervelle ! Elle en voulait d'autant plus à celle-ci de l'obliger à penser ce qu'elle pensait.

Le trio s'enfonça dans les bois qui couronnent les hauts plateaux au nord de Vivezargues. Il y régnait une moiteur lourde que dissipaient, à peine, les brusques poussées d'un vent venu de la vallée du Rhône. Rachel, forte de lectures romanesques et secrètes, commençait à désespérer d'avoir à subir les assauts amoureux de celui qu'elle tenait, désormais, pour son fiancé. Par suite de cette carence, l'avenir lui paraissait moins rose qu'au matin. Il est vrai qu'à écouter le pasteur, on eût difficilement décidé s'il prêchait ou s'il imaginait faire sa cour. Il évoquait, avec enthousiasme, les heures merveilleuses que goûterait le couple entre le temple et son foyer. On chanterait des hymnes de reconnaissance avant chaque repas et on ne se mettrait au lit qu'après avoir préparé les commentaires dominicaux des Écritures.

Le trio arriva à ce qui, depuis toujours, marquait le terme de cette randonnée champêtre : le Creux du Vent. Lieu maléfique pour ceux ayant des enfants jeunes et aventureux, cet accident géologique, au fil des générations et des légendes, avait gagné sinon une explication du moins une histoire. Un ravin profond d'une centaine de mètres et large d'une cinquantaine, sorte de monstrueuse blessure infligée à la montagne — on ignorait par quelle puissance mauvaise — et dont les bords sournoisement dissimulés sous d'énormes fougères, des arbrisseaux touffus, tendaient des pièges mortels aux imprudents et aux ignorants. Nombre de bêtes avaient disparu dans ce gouffre. Pour se faire peur ou, plus simplement pour être écoutés, on y avait — au cours de récits terrifiants racontés aux veillées — dépêché des princesses attachées à d'impossibles amours, des amants infidèles, des petits garçons désobéissants et, pour le plaisir, quelques prêtres ayant osé venir prêcher le mensonge et l'imposture en pays huguenot. Bien qu'elle connût l'endroit depuis qu'elle avait été en âge de comprendre, Rachel poussa des cris effarouchés en s'approchant du trou. Deborah se contenta de hausser les épaules, mais Joseph crut bon d'attraper sa compagne par la taille et de la serrer contre lui sous prétexte d'apaiser ses feintes angoisses. La demoiselle en ronronna de satisfaction.

Au retour de sa promenade, malgré les efforts qu'elle s'imposait, Rachel ne parvint pas à convaincre ses parents qu'elle avait vécu de belles heures et Josuah, secrètement, s'en inquiéta.

* * *

Ce qu'il se passa ressembla à un feu de forêt. Au début, il n'y eut qu'une petite flamme qui ne retint guère l'attention puis, peu à peu, l'incendie prit de l'ampleur et finit par embraser le village tout entier.

La première à donner l'alarme fut Sarah Aïlhac. Elle avait été la seule à les voir : le pasteur, Rachel et Deborah partant en promenade. Cette découverte lui avait porté un rude coup. Elle aurait souhaité trouver une explication banale au spectacle qu'elle avait surpris : le trio s'éloignant sans hâte et Joseph marchant à côté de la Collonges tandis que Mlle Espalem suivait à quelques pas. Mais force lui était d'en revenir à la tradition et donc d'admettre que le desservant du temple et la petite-fille de Josuah... Lorsqu'elle se fut convaincue qu'elle n'avait plus aucune illusion à nourrir pour se consoler, Sarah monta dans sa chambre, s'y enferma et pleura toutes les larmes de son corps. Le soir, à l'heure de la soupe, sa mine défaite, ses yeux rougis, ses paupières gonflées intriguèrent puis inquiétèrent la maman qui eut recours au vieux remède.

— Mange donc ta soupe, Sarah.

— J'ai pas faim.

— T'as pas faim ? En voilà une réponse idiote ! Pourquoi que t'aurais pas faim ? Tu veux me dire ?

— Je sais pas...

— T'entends ça, Saül ?

Le boulanger s'arracha, avec peine, à l'euphorie dans laquelle il se perdait chaque fois qu'il se mettait à table. À le regarder, on l'eût pris, à cause de son volume et de son visage sanguin, pour une brute. Une grosse erreur. Malgré son aspect, Saül était un tendre qui ne devenait dangereux que lorsqu'on le mettait en colère. Encore lui fallait-il de sérieuses raisons pour qu'il perdît son sang-froid. Par exemple, qu'on élevât quelque doute sur le poids de son pain ou qu'on s'en prît à sa femme ou à sa fille. Alors, il devenait dangereux. Heureusement, le pain d'Aïlhac pesait toujours le bon poids et, dans Vivezargues, nul n'aurait trouvé à redire sur le compte de Zelpha et de Sarah.

S'étant essuyé la moustache après avoir fini sa soupe et bu un verre de vin, Saül regarda son enfant.

— Quelque chose qui tourne pas rond, petite ?

La demoiselle ne répondant pas, la mère s'énerva :

— Fais pas ta tête de mule, Sarah ! Cause à ton père !

— Qu'est-ce que tu veux que j'y raconte ?

— Pourquoi que t'es toute retournée ?

Saül posa tendrement sa grosse main poilue sur l'avant-bras de Sarah.

— Tu voudrais pas nous faire des cachotteries, hein, ma cocotte ?

La cocotte en question secoua négativement la tête, mais ne pipa mot. La mère recourut au remède suprême :

— Je vas faire appeler le médecin. T'as sûrement quelque chose de détraqué dans le corps !

Sarah protesta et, vaincue, raconta ce qu'elle avait vu. Contrairement à ce qu'elle attendait, son récit ne souleva ni étonnement ni curiosité. Les Aïlhac étaient des cœurs simples. La maman avoua :

— Je comprends pas ce qu'il y a d'extraordinaire dans cette affaire. Et toi, Saül ?

— Moi non plus et je devine pas davantage pour quelles raisons la petite se tourne les sangs en eaux ?

Tant d'incompréhension galvanisa l'héritière du boulanger.

— Mais, vous vous rendez pas compte ? Ils partaient se promener tous les trois ! Le pasteur et Rachel entamaient « la promenade » que Deborah surveillait.

Il y eut un court moment de silence avant que Zelpha ne demandât à voix basse :

— T'es sûre ?

— Sûre et certaine ! Si tu les avais vus marcher doucement l'un contre l'autre. C'est tout juste s'ils se tenaient pas par la main !

— Oh !

Saül, d'esprit plus lent, avait du mal à suivre la conversation.

— Et quand bien même, ça serait comme tu dis, pourquoi que ça te ferait dépit, Sarah ?

Faussement apitoyée, Zelpha s'exclama :

— Mon pauvre homme ! alors, tu t'es pas encore aperçu que notre enfant, elle a un sentiment pour le pasteur ?

Le boulanger, vexé, s'emporta :

— Pour le... Et sans ma permission ! Aurais-je une fille qui se conduirait mal ?

Outragée (indirectement), Mme Aïlhac se dressa de toute sa hauteur pour clamer :

— Est-ce que tu as conscience, Saül, que tu injuries la chair de ma chair ? Si qu'elle avait de vilaines manières notre Sarah, où c'est qu'elle les aurait prises ? Pas de mon côté, on y a toujours été sans reproche !

— Alors, chez moi, peut-être ?

— J'affirme pas, mais ça n'empêche que ton oncle Samson, il a été en prison, non ?

— Deux jours !

— C'est un commencement !

Après une apparente et courte méditation où il chercha une réplique qu'il ne trouva pas, Saül changea de tactique.

— Tout compte fait, ça me déplairait pas d'avoir un pasteur pour gendre, à condition qu'il nous prêche pas la journée entière.

Cette remarque paternelle qui incluait le pardon, loin de calmer Sarah, la replongea dans un déluge de larmes. Décontenancé, le boulanger avoua qu'il ne comprenait plus grand-chose. Avec condescendance, son épouse lui fournit les explications réclamées.

— Enfonce dans ta grosse tête que notre fille, elle a une grande peine, parce que la Rachel, elle a mis le grappin sur le pasteur.

— Cette poupée de rien du tout !

— Pasteur ou pas, les hommes se conduisent comme des idiots dès qu'ils s'occupent des filles ! Les serviteurs de l'Éternel peuvent manquer de flair et préférer une Rachel pomponnée — même quand c'est pas dimanche — à notre Sarah aux qualités indiscutables qu'elle a héritées de moi.

Le père essaya d'une conclusion maladroite :

— Tant qu'il y a rien d'officiel...

Le dimanche suivant, la femme et la fille du boulanger ne surprirent pas les amoureux ou réputés tels, simplement parce qu'ils avaient choisi un nouvel itinéraire. Elles en furent dépitées et ne sortirent de leur morosité que le lendemain quand Sephora Chalignac, la femme de l'épicier, confia à Sarah qu'elle avait aperçu, la veille, sur le coup de trois heures de l'après-midi, les Espalem et

Rachel empruntant le chemin qui conduit, après une bonne course dans la campagne, à la grand-route de Privas. Pour donner plus de véracité à son récit, elle ajouta que, malgré sa belle robe, Deborah portait un panier d'où émergeait le goulot d'une bouteille. Sephora atteignait la quarantaine. Sèche et jaune, elle avait le teint des chandelles qu'elle vendait. Sarah l'aimait beaucoup. Elle était facile à vivre. Avec elle, la fille des boulangers se sentait délivrée de sa timidité naturelle et la maigreur affligeante de son amie rendait plus agréable, plus réconfortant à regarder, son léger embonpoint. Les imperfections d'autrui nous invitent à des comparaisons rassurantes.

La nouvelle apportée par Mme Chalignac ôta toute illusion aux Aïlhac. Saül lui-même dut convenir que le malheureux pasteur était bel et bien tombé dans le piège tendu par les Collonges. En temps ordinaire, l'histoire ne l'eût absolument pas intéressé, n'étant guère enclin à s'occuper des affaires des autres, mais parce que Sarah en avait du chagrin, il jugeait cette aventure scandaleuse et injuste. Il aurait été embarrassé d'expliquer pourquoi.

Lorsqu'elles furent persuadées que la partie était perdue, les femmes de la boulangerie se déchaînèrent. Dans leur magasin d'abord où chaque jour défilaient les ménagères de Vivezargues, ensuite au cours de visites insolites chez les plus réputées commères du pays. Elles feignaient alors une gêne pudique avant de laisser entendre que le pasteur et sa sœur ne donnaient pas l'exemple qu'on était en droit d'attendre d'eux. Elles insinuaient qu'il serait peut-être du devoir de tous d'alerter les autorités religieuses de Privas. Ces propos empoisonnés ne tardèrent pas à venir aux oreilles d'Esther Novechaze qui ne tolérait pas qu'une autre qu'elle se permît d'assumer la surveillance des mœurs villageoises.

Quand elles virent entrer Esther rigide, solennelle, vêtue de noir, les Aïlhac connurent un moment de panique. Elles la reçurent cependant avec les égards dus à la fille d'Ezechiel, le plus ancien des Anciens. Une fois le café bu, Esther prit la parole.

— Je suis là à propos des bruits qui courent.

Zelpha tenta de jouer la surprise.

— Des bruits ?

La visiteuse la fixa sévèrement.

— Il s'agit des Espalem et de la petite Collonges. Des bruits dont — d'après ce qu'on m'a rapporté — vous seriez à l'origine. Je réclame des éclaircissements, des détails précis pour établir mon opinion. Je vous écoute.

La mère et la fille se regardèrent et, après une ultime hésitation, la première décida :

— On a cru agir en bonnes chrétiennes.

— Il n'y a que l'Éternel pour en décider.

Tout le monde, à Vivezargues, estimait et respectait Esther. Personne ne l'aimait. Sa morale étroite, son aversion pour la jeunesse et ses jeux, son exécration des histoires d'amour et les saletés qu'elles entraînaient inspiraient la crainte. Celles qui s'imaginaient la connaître à fond mettaient son intransigeance au compte d'une virginité longuement et péniblement supportée jusqu'à ce que l'âge lui eût apporté l'apaisement. Néanmoins, Esther haïssait, chez les autres, les plaisirs qu'elle n'avait pas goûtés. En son âme et conscience, elle se croyait pure et encline au pardon. Elle se trompait.

— Trois dimanches de suite, expliquait la boulangère, on a vu la Rachel Collonges partir en promenade avec les Espalem.

— Et alors ?

— Voyons, vous n'ignorez pas ce que signifient ces promenades traditionnelles ?

— Je ne vois rien là qui justifie des médisances.

— Mais enfin, on ne peut pas laisser cette fille qui nous méprise tous prendre le pasteur dans ses filets !

— Le moyen de l'en empêcher ?

— Une personne de votre réputation pourrait essayer d'ouvrir les yeux de ce jeune homme, lui montrer qu'il commet une erreur alors que, dans notre village, tant d'autres jeunes filles lui conviendraient mieux !

Esther jeta un coup d'œil ironique à Sarah.

— Toi, par exemple ?

Incapable de dissimuler, la petite boulangère s'écria :

— Mais, moi, je l'aime pour de vrai !

La visiteuse soupira :

— Pauvre sotte...

Elle se leva.

— Je penserai à cet ennui et je ferai ce que je pourrai, en espérant travailler à la gloire du Seigneur. Un conseil valable pour vous deux : cessez de mal parler, en public, des Collonges. Josuah n'est pas gâteux et vous risqueriez qu'il vous cause des ennuis.

Les dames Aïlhac s'engagèrent à observer un silence prudent et raccompagnèrent Mlle Novechaze jusque sur le seuil. Regardant s'éloigner la haute silhouette noire, la boulangère confia à sa fille :

— Vaut mieux pas tomber dans ses griffes, à celle-là...

* * *

Rachel se sentait un peu déprimée. Trois dimanches qu'elle sortait avec Joseph et celui-ci persistait à se conduire, à son égard, avec une réticence que d'aucuns eussent appelée de l'indifférence. Elle avait imaginé tant et tant de choses sur la foi de lectures bêtifiantes. Toutefois, elle était certaine que son pasteur l'aimait, et elle-même le jugeait si beau ! En guise de consolation, Rachel s'efforçait de se persuader que seule la présence de Deborah obligeait l'amoureux à refréner ses élans.

À chaque retour de leurs incursions dominicales dans les champs et dans les bois, les Espalem se prenaient de querelle, sans grande violence (ils éprouvaient trop de tendresse l'un pour l'autre) mais avec une ténacité qu'aucun argument ne parvenait à réduire. Joseph continuait à vivre dans son rêve et entendait ne permettre à personne de tenter de l'en arracher. De son côté, Deborah se persuadait tous les jours avec plus de force que son cadet se fourvoyait et qu'on allait à la catastrophe.

En regagnant leur petite maison qui, avec le temple, constituait leur univers, ils goûtaient, mangeant de grandes tartines de pain beurré (le beurre étant réservé au dimanche) qu'ils trempaient dans des bols de chicorée au lait. En semaine, on supprimait la chicorée. Ils ne parlaient pas, prévoyant que la moindre réflexion risquerait de déclencher une âpre discussion. Cependant, oubliant toute prudence, Deborah attaqua sur un ton doucereux :

— Tu comptes toujours épouser ta Rachel ?

— En voilà une question ! Pourquoi aurais-je changé d'avis ?

— Au cas où tu aurais retrouvé ton bon sens !

— Borah...

Elle s'en voulait, ayant conscience que la jalousie dont elle souffrait tendait à fausser son jugement. Elle chercha un refuge dans la mauvaise foi.

— N'essaie pas de m'attendrir ! À Vivezargues, on raconte que tu te conduis comme un enfant incapable de raisonner.

— Que les gens s'occupent de leurs affaires !

— La vie privée de leur pasteur, que tu le veuilles ou non, est aussi leur affaire. Même moi, on commence à me critiquer pour prêter la main à vos manigances.

— C'est honteux !

— Non ! Tu es le seul coupable, celui par qui le scandale arrive.

— En quoi, je te prie ?

— En choisissant pour femme celle qui, dans le village, est la moins digne de l'être !

— Je te défends de...

— Tu n'as rien à me défendre ! Tu oublies...

Subitement calmé par ce très court rappel du passé, Joseph prit sa sœur par les épaules.

— Non, je n'oublie pas, je n'oublierai jamais ce que je te dois. Mais tu es ma sœur, non mon épouse. J'aspire à fonder une famille. Essaie de te mettre à ma place ? Ce que tu as fait pour moi, j'aspire à le faire pour d'autres. Est-ce un crime ?

— Personne ne parle de crime, mais de sottise. Tu prends la seule qui, dans Vivezargues, est incapable de t'apporter ce que tu souhaites. Tenir une maison, élever des enfants sont des tâches difficiles.

— Qu'est-ce qui te permet d'estimer que Rachel en sera incapable ?

— Elle ne désire que s'amuser. Elle n'aura aucun sens de ses responsabilités.

— Qu'en sais-tu ?

Deborah, soudain très lasse, capitula.

— Je perds mon temps, je renonce. Je te demande seulement de m'avertir, quand je devrai partir.

— Partir ! Mais pourquoi partirais-tu ?

— Rachel commandera au foyer de son mari. C'est normal. Seulement moi, je ne sais pas obéir, surtout à une gamine.

— Tu ne m'abandonnerais pas !

— Toi, tu m'as déjà abandonnée !

— Je te jure que ce n'est pas vrai ! Comment peux-tu croire que je pourrais vivre sans toi !

— Il y aura Rachel.

— Ne te moque pas ! Rachel, c'est Rachel et toi, c'est toi !

Bien qu'elle s'imposât de garder un visage sévère, Deborah savourait ces moments merveilleux où « son » garçon lui avouait sa tendresse filiale qu'il n'était au pouvoir de personne — même pas de Rachel — de briser. Toutefois, elle ne put s'empêcher de remarquer :

— Tu as pourtant besoin de la présence d'une autre femme.

— Tu le fais exprès ou quoi ? Pour quelles raisons

t'obstines-tu à tout placer sur le même plan ? Tu ne voudrais pas que je couche avec toi, n'est-ce pas ?

— Joseph ! Tu oses. . des horreurs pareilles !

— Pour que tu comprennes la différence qu'il y a entre Rachel et toi..

— Entendu ! Puisque ces histoires d'alcôve ont tant d'importance à tes yeux, épouse ta Rachel. Je n'en dirai plus un mot.

Ils échangèrent un baiser froid avant de s'engager dans l'escalier étroit menant aux chambres. La porte refermée, le bougeoir posé sur la table de chevet, Deborah commença à se déshabiller tout en repensant aux paroles de son frère. L'irritation la secoua encore lorsqu'elle pensa que Rachel, dans la pièce à côté de la sienne, goûterait, en toute impunité, à ces plaisirs de la chair dont elle n'avait jamais entendu parler qu'à voix basse, comme de choses honteuses hautement dénoncées par les ministres de la foi. De nature calme, la jeune femme ne s'était guère préoccupée jusqu'ici de ces histoires définitivement tenues pour sordides, ayant accepté de remplacer, auprès de Joseph, leurs parents disparus. « Tu ne voudrais pas que je couche avec toi, hein ? » avait protesté le petit. Cette réplique de son cadet l'avait, du même moment, scandalisée et troublée. Si elle n'avait pas été la sœur de Joseph, elle eût aimé qu'il la prît dans ses bras et lui fît découvrir ces étranges et déshonorants plaisirs. Seigneur ! Que lui arrivait-t-il ? Le sang aux joues, elle tomba à genoux sur la descente de lit pour supplier l'Éternel de lui pardonner cet instant d'égarement. Toutefois, ni ses prières ni son repentir n'empêchèrent Deborah de se tourner et de se retourner dans son lit et d'avoir des rêves qui bravaient la plus élémentaire pudeur.

À la ferme des Collonges, Rachel, sur sa couche, s'agitait, en proie à des songes identiques à ceux où se perdait sa future belle-sœur mais, contrairement à celle-ci, elle n'avait pas honte. En bref, des trois personnages plongés dans la même aventure, seul Joseph dormait d'un sommeil paisible.

* * *

Dans sa longue chemise de nuit dont, par répugnance envers ces colifichets, elle avait enlevé la dentelle ornant le col, Esther Novechaze récitait sa prière matinale. Quand elle en eut terminé avec le Ciel, la vieille fille redescendit sur terre pour établir son programme de la journée. Résolue à tirer au clair ce que lui avaient rapporté les Aïlhac, elle estima de son devoir d'en parler d'abord à son père en dépit de son gâtisme avancé mais que le respect filial l'empêchait de reconnaître ouvertement.

Ezechiel mangeait salement la bouillie remplaçant la soupe aux choux dont on le privait sous prétexte de ménager son estomac. L'arrivée de sa fille ne troubla pas son rythme de déglutition. Esther, après avoir posé ses lèvres sèches sur le front paternel, demanda :

— Père, qu'est-ce que vous pensez de la Rachel Collonges ?

Le vieux cessa brusquement de manger pour répéter, l'œil vague :

— La Rachel Collonges... la Rachel Collonges... Qui c'est, celle-là ?

— Allons, voyons, père, la petite-fille de Josuah !

— Ah ! Josuah... brave ami... veut toujours commander, Josuah.

— Il ne s'agit pas de ça, mais de Rachel...

Le regard du bonhomme qui flottait à la recherche d'un point d'ancrage se fixa et un air malicieux lui rajeunit un instant le visage.

— Oui... oui... la Rachel... jolie gamine...

— Qu'est-ce que vous pensez d'elle ?

Ezéchiel donna l'impression de réfléchir puis décréta :

— Elle manque de fesses et de tétons.

— Père !

— Pas comme sa mère, la Judith Chaussan... c'était le plus beau cul de Vivezargues.

— Père, je vous en prie !

— Que tu le veuilles ou non, le plus beau cul !

Esther comprit qu'elle ne tirerait pas une parole du vieux.

— Bon, vous finissez votre soupe pendant que je m'en vais faire les courses et tâchez de pas en mettre partout qu'après il faut que je nettoie.

— Tu te rappelles pas la Judith avant qu'elle épouse le dernier fils de Josuah ?

— Bien sûr, oui... Vous oubliez que je suis son aînée !

— Alors, tu dois te souvenir comment qu'elle avait un beau cul ? Pas une qui pouvait rivaliser avec elle.

— Oui, oui...

Esther quitta la cuisine, laissant son père à ses rabâchages libidineux. Elle se hâta vers la demeure des Collonges, tout en se répétant que les hommes âgés sont aussi cochons que les jeunes et, une fois de plus, elle se félicita de leur avoir échappé.

Josuah qui tenait à honneur de ne pas porter de lunettes, sauf pour lire le journal, ne reconnut la vieille fille qu'au moment où elle entrait dans la salle basse en lançant un...

— Bonjour la compagnie !

Salutation qui grinça à l'égal d'une faux mal aiguisée mordant dans le regain. Or Josuah était seul. Il ironisa :

— La compagnie te salue, ma grande. Qu'est-ce qui t'amène de si bonne heure ? L'Ezechiel n'est pas malade, au moins ?

Hargneuse, elle répliqua :

— Risque pas !

— Parole ! t'as l'air de le regretter ?

— Y a des jours où ça dépasse mon vouloir ! Ah ! il a de la chance d'être mon père !

— Faudrait connaître son avis, tu crois pas ?

— Il passe son temps à manger de façon répugnante et, quand il parle, c'est pour dire des saletés.

— Bah ! quand t'étais un bébé et qu'il aidait ta pauvre mère à te torcher, il se plaignait pas.

— D'accord, mais je suis là pour vous causer d'autre chose.

— Je m'en doute. Vas-y.

— Voilà. C'est a propos de votre Rachel et du pasteur.

— Tiens donc !

— On parle beaucoup, dans le pays...

— Tu m'étonnes !

— On raconte ça et ça... C'est pas sain pour l'honneur des Collonges.

— T'es très aimable de t'en soucier.

Emportée par son sujet, la visiteuse ne prenait pas garde du ton de son hôte.

— Je veille sur la réputation de nos filles et nos commères s'en donnent à cœur joie quand elles voient Rachel partir se promener avec les Espalem.

— Et ça les regarde ?

— Naturellement ! Rappelez-vous la parabole du mouton noir dont la seule présence souille le blanc troupeau.

— Esther, je vais te confier un secret.

La vieille fille en frétilla d'impatience.

— Allez-y... C'est quoi ce secret ?

— Oh ! il est simple : tu m'emmerdes.

Elle sauta sur sa chaise.

— Quoi !

— Tu m'emmerdes, ma belle, comme tu emmerdes tout le monde à Vivezargues depuis que tu as décrété de te faire gardienne des vertus.

— Mais vous... vous... un Ancien !

— Ta virginité obligée t'a monté à la tête. Sous prétexte qu'on t'a jamais donné l'occasion de traîner tes fesses dans le lit d'un mâle bien pourvu, tu en veux à la terre entière.

— Scan... vous ! quelle honte !

— Si nous étions plus jeunes, toi et moi, je te culbuterais dans le foin. Après, tu te sentirais mieux.

Perdue dans une sorte de délire l'incitant à mélanger le vrai et le faux, la fille d'Ezechiel se sauva en poussant un cri qui fit surgir Judith.

— C'est Esther qui était là ? Elle court là-bas... qu'est-ce qu'elle a ?

— Comment veux-tu que je sache ? Je lui ai simplement appris ce que, tous, nous pensons d'elle.

— La pauvre !

— Quand tu auras fini de la plaindre, tu avertiras Rachel que dimanche prochain, à la fin du culte, j'annoncerai ses fiançailles.

* * *

Esther avançait sans rien voir, à la façon d'un somnambule, l'esprit en déroute, horrifiée par les abominations que lui avait lancées ce monstre de Josuah ! Qu'on ait osé lui parler de la sorte, à elle, Esther Novechaze, lui bloquait l'entendement. Elle passait devant le café du Coiron et, sur le point de défaillir, le souffle court, les jambes tremblantes, elle en poussa la porte, pour la première fois de sa vie.

Isaac Mouleyris, Amos Béage, les deux Anciens, jouaient à la manille coinchée avec Jacob Chalignac l'épicier et Ezrah Malvières le boucher, sous l'œil globuleux mais attentif de Siméon Bauzile, le cafetier. L'irruption de Mlle Novechaze arracha les joueurs à leur quiète occupation. Ils la regardèrent. L'état dans lequel elle semblait être, tout autant que sa présence en un tel lieu, les rendait muets. Enfin, le patron se décida. Il n'aimait pas Esther qui, à plusieurs reprises, en public, avait traité son établissement d'antre de la perdition et de danger pour les âmes non corrompues. Néanmoins, cette cliente inattendue paraissait si mal en point que, pris de pitié, Siméon se porta à son secours.

— Qu'est-ce que je peux pour vous, mademoiselle ?

— Un marc !

La commande claqua comme un coup de fouet dans un silence incompréhensif. L'Esther aurait troussé sa robe jusque par-dessus sa tête qu'ils n'eussent pas été plus stupéfaits. Incrédule, le tenancier répéta :

— Un marc...

— Oui, un marc ! Vous voyez donc pas que je suis prête à tourner de l'œil !

Du coup, les clients abandonnèrent leurs cartes pour entourer la vieille fille qui avala d'un trait l'alcool servi par Siméon. Cette absorption précipitée fut suivie d'une série alarmante d'étouffements, de rots, de couinements, de râles, de soupirs dont l'enchaînement fit, pendant une minute ou deux, craindre le pire. Quand Esther fut calmée, Amos qui l'avait vue naître s'enquit :

— Qu'est-ce qui t'a mise dans un état pareil ?

— Josuah !

Ensemble, ils arborèrent un air incrédule.

— Notre Josuah ?

— Tout juste !

Le boucher, qui aimait à rire, insinua :

— Il t'aurait pas proposé des malhonnêtetés, des fois ?

— Presque !

Esther sentit que ces imbéciles ne la croyaient pas. Elle protesta en fournissant des détails qui, à son idée, devaient convaincre ses auditeurs.

— J'étais allée chez lui pour parler de sa Rachel. Elle se conduit pas des mieux, cette petite. Savez-vous ce qu'il m'a répondu votre Josuah ? Que je l'emmerdais.

Mouleyris hocha la tête et constata :

— Il a toujours eu son franc-parler.

Sans prendre garde à la remarque, Esther poursuivit :

— Et non seulement que je l'emmerdais mais que j'emmerdais tout le monde au village ! Vous auriez pensé qu'on pouvait me dire des choses pareilles, Jacob Chalignac ?

— C'est pas vrai que vous nous emmerdez, Esther, vous nous cassez les pieds, simplement.

— Oh ! parce que j'essaie de vous empêcher de pourrir la jeunesse ? Tous, tant que vous êtes, vous valez pas mieux que Josuah, un vrai verrat !

Amos grogna :

— Tu devrais pas causer de cette façon d'un homme comme Collonges. Ça te ressemble pas.

— Vous trouvez ! Quand il me conseille — ce gros grossier — d'aller traîner mes fesses dans le lit d'un mâle vigoureux, vous jugez que c'est des manières pour s'adresser à une demoiselle ?

Ezrah donna son avis qu'on ne lui demandait pas :

— C'était peut-être pas une mauvaise idée.

Patelin, le boulanger susurra :

— Si je pouvais vous rendre ce petit service ?

Ils s'amusaient d'affoler la malheureuse qui, soudain, poussa un hululement. Le phénomène les impressionna. Esther les fixa, haineuse :

— On m'a pincée ! Qui c'est ?

Les vieux visages se plissaient sous le rire intérieur qui les agitait. La colère d'Esther prenait des proportions démentes. Elle manqua se jeter, la bave aux lèvres, les griffes en avant sur Chalignac qui essayait d'une hypocrite consolation.

— Prenez ça comme un hommage.

Et Amos d'ajouter, conciliant :

— Tu vois que c'est pas si désagréable que ça ?

— Pire que des bêtes, voilà ce que vous êtes ! Je le crierai partout ! Cochons ! Des gens de votre âge ! Des pères de famille ! Vous devriez mourir de honte ! Vous êtes, tous, possédés du démon.

Amos insista :

— Calme-toi, Esther. Tu transformes en drame une bêtise.

— Une bêtise ! me faire pincer le... !

Ezrah, cynique, s'enquit :

— Vous trouvez que c'est tellement désagréable ?

— Vous êtes pareils aux vieillards qui espionnaient Suzanne prenant son bain !

Amos s'entêtait à vouloir la calmer :

— Reprends-toi, ma fille, il n'y a pas de quoi fouetter un chat !

— Votre opinion, elle m'étonne pas ! Vous valez pas mieux que vos amis.

La mésaventure d'Esther, vite connue, suscita les rires et l'indignation selon qu'on voyait, dans la vieille fille, un parangon de vertu ou une personne aussi bornée que dangereuse. Quant à la demoiselle Novechaze, aveuglée par sa volonté de tirer vengeance de ceux lui ayant manqué de respect, elle échafaudait des projets incohérents dont l'aboutissement était la confusion de ses ennemis. Assez curieusement, Josuah (le premier qui l'avait traitée avec une insolente grossièreté) demeurait, à ses yeux, le plus coupable de tous. Chez les commerçants l'approuvant, ou feignant, par crainte, de l'approuver, elle tenait de virulentes conférences sur les débordements inventés de Rachel, sur l'imposture du grand-père Collonges supposé donner le bon exemple au village et sur les propos libidineux d'Amos Béage, de l'épicier et du boucher. Au passage, le cafetier recevait son paquet. Esther fatiguait, mais on l'écoutait. On éprouve toujours un vilain plaisir à entendre blâmer ses voisins, même si l'on refuse d'ajouter foi aux calomnies débitées. L'ennui venait de ce que les gens rapportant les propos d'Esther en rajoutaient pour intéresser leur auditoire du moment. Si bien qu'en toute conscience, nombreux étaient ceux qui finissaient par croire qu'il n'y avait pas une grande différence entre Salomé et Rachel et que le naïf pasteur risquait de tenir le rôle de Jean le Baptiste, sous l'œil pervers de Josuah Hérode. Les plus jeunes, jaloux de Rachel, prenaient des airs faussement gênés pour chuchoter qu'ils avaient entendu dire que la petite-fille du vieux Collonges acceptait les hommages de n'importe quel garçon et que le malheureux Joseph Espalem n'était qu'un numéro parmi tant d'autres. Le bon sens n'avait aucune peine pour déceler le mensonge, cependant on goûtait une ignoble satisfaction à entendre salir une innocente quelque peu coquette.

D'abord, le mal fut circonscrit au centre du village, ensuite il fit tache d'huile. Les fermes les plus proches furent les premières atteintes et, finalement, la commune entière s'embrasa. Miraculeusement, la demeure des Collonges était préservée. Cela tenait au fait qu'à chaque fois, lorsque le grand-père et les femmes de sa maison approchaient les foyers empoisonnés, leur arrivée était signalée par les consciences les moins fermes. Peu à peu, ce silence subit intrigua Josuah jusqu'au jour où il rencontra son ami Amos qui, avec un bon rire, demanda :

— Paraît que tu fais encore le gamin avec les demoiselles ?

— Qu'est-ce que tu racontes ?

— L'Esther affirme à qui veut l'entendre qu'en visite chez toi, elle t'a échappé à grand-peine !

— Échappé ?

— Elle raconte partout que tu lui as débité des tas de cochonneries et que c'était, en somme, un prélude...

— Un prélude à quoi ?

— À une partie de jambes en l'air.

— N... de D... !

— Elle aurait eu toutes les peines du monde à se défendre... Elle affirme qu'elle n'a trouvé son salut que dans la fuite !

— Elle est vraiment folle !

— Je le crois aussi. Malheureusement, on peut pas en parler à son pauvre père, mais si le médecin de Privas passait par là...

Chez lui, Josuah fit rire Rachel avec ce que lui avait appris Amos. Seule la pudique Judith s'offusqua de ce qu'on pût parler de ces choses en méprisant la pudeur.

Le lendemain du jour où ils avaient eu la preuve de la folie d'Esther, les Collonges faisaient les quatre heures lorsqu'on frappa à leur porte. N'attendant personne, ils n'allèrent pas ouvrir tout de suite, vieille habitude campagnarde voulant que l'on doive se méfier de l'imprévu. On frappa de nouveau et Rachel, après en avoir reçu permission, fit entrer Agar Bruchet.

Une vieille femme, veuve depuis tant et tant d'années que rares étaient ceux qui se souvenaient encore du Moïse Bruchet, un bûcheron écrasé par un arbre tombé du mauvais côté. À quatre-vingt-trois ans, Agar n'était pas morte de faim grâce à l'amitié de quelques familles qui l'avaient employée autrefois et, parmi celles-ci, les Collonges. Discrète, elle ne se rendait chez les gens que si on l'en priait. Pour qu'elle se soit permis de venir sans être convoquée, il fallait qu'elle ait une grosse nouvelle à apporter. Mais les usages exigeaient qu'on ne lui posât aucune question avant qu'elle n'ait dit le motif de sa visite. On l'invita à s'asseoir et Judith, dont toutes les émotions passaient d'abord par l'estomac, lui offrit un gros morceau de tarte aux pêches tandis que Rachel préparait le café. Josuah qui ne voulait pas brusquer la bonne femme tenta de la mettre plus vite en confiance.

— Nous sommes contents de vous voir, Agar.

— Il fallait que je vienne.

— Bien sûr. Comment va la santé ?

— J'ai de la peine à marcher.

— On a tous nos misères surtout nous, les vieux.

— Mais il fallait que je vienne.

La première, Judith, s'impatienta.

— À cause ?

— À cause de la petite. Je l'aime bien.

— Quelle petite ?

— La vôtre, ma pauvre Judith.

— Ma Rachel ?

— Je veux pas que cette grande bique d'Esther continue à débiter des horreurs sur son compte.

Tandis que sa mère se dressait, le visage dur, statue de la vertu outragée, Rachel piaillait :

— Pourquoi qu'elle dit du mal de moi ?

Toute à son idée, Agar ne répondit pas à la question, obsédée par son désir de justifier sa visite.

— J'ai pensé que je devais vous avertir.

Josuah prit la direction des débats et les autres se turent. Contrairement à ses femmes, il s'adressa à la vieille Agar presque avec douceur.

— Si j'ai bien compris, l'Esther raconte des saletés sur ma petite-fille ?

— Tout juste ! et qu'elle va avec celui-ci, avec celui-là, une vraie Marie-couche-toi-là !

Contrairement à son habitude Judith ne pleurait pas. A la contempler, immobile, on eût pu croire qu'elle n'avait pas entendu. Elle n'esquissait pas le moindre geste pour aider Rachel que l'indignation suffoquait. Josuah ne s'étonnait pas du manque de réaction de sa belle-fille. Il était la proie d'une fureur telle qu'il ne pouvait penser à personne d'autre qu'à ce monstre d'Esther. Elle avait osé ! C'était la première fois, depuis plus d'un demi-siècle, que quelqu'un se permettait d'attaquer les Collonges en public ! Une sorte de voile rouge s'étendait devant ses yeux. Il ne voyait ni Agar ni celles l'entourant. Une terrible colère l'occupait tout entier.

* * *

Chez le pasteur, pour d'autres raisons, le climat n'était pas meilleur que chez les Collonges, mais, à propos d'Esther, les avis étaient partagés. Si Joseph dénonçait avec force l'attitude de la calomniatrice, Deborah essayait d'analyser les raisons profondes de son comportement.

— Au fond, c'est parce que ton futur mariage apparaît

à tous comme une erreur que la médisance se déchaîne. Persuade-toi qu'Esther se fait l'écho de l'opinion générale.

— Je ne l'admets pas !

— Aucune importance, mon pauvre grand. Tu ne peux rien contre ceux qui te blâment et qui, à travers leurs reproches, témoignent de leurs inquiétudes, de leurs angoisses devant la promesse d'un scandale.

— Mais quel scandale, à la fin du compte ? C'est scandaleux, qu'un pasteur, encore jeune, veuille se marier ?

— Non pas ! Le scandale tient au choix que tu fais.

— Tu cries avec les autres, hein ? Ça ne m'étonne pas ! Tu détestes cette pauvre Rachel !

— Pas du tout ! Simplement, je te répète qu'elle n'est pas l'épouse qu'il te faut !

— Qu'en sais-tu ?

— Arrêtons-nous là, Joseph. Nous sommes en train de reprendre inutilement une discussion qui mène à pas grand-chose. Parce que tu es amoureux, tu es incapable de raisonner.

— C'est facile !

— Je vais préparer le dîner. Tu devrais aller passer quelques instants au jardin. Ça te calmerait.

— Merci ! Je n'ai pas besoin de me calmer !

Sans répondre, Deborah commença à remuer ses casseroles pour bien montrer qu'elle n'entendait pas poursuivre la dispute. Quant à Joseph, il était trop ulcéré pour accepter sans protester les méchancetés répandues sur le compte de Rachel. Il s'entêtait dans le débat.

— Deborah, quelles raisons te poussent à te montrer si dure envers cette petite qui ne t'a jamais fait de mal ? Elle est un peu coquette, sans doute, plus sensible, peut-être, à l'apparence qu'à la réalité, mais quoi ! elle est encore jeune et changera dès qu'elle aura des responsabilités conjugales.

— Et si elle ne change pas ?

— Oh ! avec des si...

— Joseph, fais un effort. Essaie de voir les choses en face et non à travers ta passion. Quoi que tu en penses, je ne suis pas l'ennemie de Rachel, mais de sa jeunesse, de son éducation de demoiselle. J'ai peur du mal qu'elle pourrait infliger sans en prendre conscience. Alors, qui te consolera ?

— Toi.

— Mon petit, mon rôle ancien s'effacera dès qu'une autre prendra place à notre foyer. En cas de malheur, je ne pourrai pas t'aider.

— Ça y est ! Toujours ta jalousie qui t'empêche d'accepter l'idée de la présence d'une femme qui, en tant qu'épouse, aura barre sur toi.

Au contraire de son frère, Deborah ne se départissait pas de son calme.

— Sûrement pas !

— Sûrement pas ?

— Le lendemain de tes noces, je quitterai cette maison.

— Pour aller où ?

— Ça ne te regarde pas.

— Comme tu voudras ! Ton chantage à l'amour fraternel ne servira à rien, cette fois. Si tu as envie de partir plus tôt, ne te gêne pas !

— C'est la deuxième fois que tu me conseilles de partir, Joseph. Tu n'auras pas à me le répéter une troisième fois.

Ils se turent, effrayés tous les deux par les mots qu'ils venaient de prononcer et qu'ils n'auraient même pas osé penser quelques semaines plus tôt.

* * *

Au Conseil des Anciens, Josuah parlait. On l'écoutait, sauf Ezechiel qui bavait, le menton appuyé sur ses deux mains chevauchant la poignée de sa canne.

— Voilà pourquoi j'ai tenu à vous mettre au courant. On ne peut pas laisser cette demi-folle d'Esther semer la zizanie dans le village.

En entendant le nom de sa fille, Ezechiel s'imposa un rude effort pour s'arracher à sa torpeur habituelle.

— L'Esther ? une sacrée vraie garce ! Jamais, elle me permet de boire une goutte ! Elle prétend que ça me ferait du mal ! à mon âge ! Elle se figure quand même pas que je vais rajeunir !

Josuah s'emporta :

— Tu pourrais pas ordonner à ta fille de me foutre la paix ? Et de cesser d'insulter ma Rachel ?

Mais l'esprit d'Ezechiel — ou ce qu'il en restait — était reparti.

— Á dix ans, je buvais déjà la goutte et à présent que j'ai plus de nonante-cinq ans, elle veut m'en priver ! c'est pas juste !

Ils l'abandonnèrent à ses soucis. Ezechiel n'était plus parmi eux. Amos remarqua :

— Quand on se rappelle ce qu'il était à quarante ans, c'est triste...

Isaac renchérit :

— Lorsqu'il arrivait dans une assemblée, les filles regardaient plus que lui.

Josuah soupira :

— Si elles le voyaient, aujourd'hui...

— Bah ! Celles de son temps, qui sont encore là, doivent plus être bien fraîches !

Leurs rires firent un bruit de crécelle. Soudain, Novechaze frappa violemment le plancher avec sa canne, en criant :

— Il faut la purger ! Elle retient tout et ça lui gâte le sang ! Il faut la purger !

Pour le calmer, ils s'engagèrent, sans rire, à purger la

vieille demoiselle. Promesse plus facile à annoncer qu'à tenir! Débarrassés d'Ezechiel retourné au vide où il végétait, les Anciens décidèrent de saper la renommée d'Esther en dénonçant les mœurs — supposés infâmes — de la demoiselle. Si la morale ne trouvait pas son compte, la stratégie y trouvait le sien en mettant en garde les indécis contre l'hostilité éventuelle des Collonges et, pour tous, la crainte des gendarmes, suprême recours des querelles villageoises.

* * *

Ce n'était pourtant pas dimanche et, cependant, la Judith s'habillait comme si elle devait se rendre au culte. Sa fille avait tenté de l'interroger sans obtenir autre chose que cette réplique sibylline :

— Je vais faire mon devoir.

Une fois prête, au moment de sortir, elle s'adressa à Josuah :

— Votre bénédiction, père?

— Qu'est-ce qu'il te prend?

— Donnez-moi votre bénédiction, père.

Haussant les épaules, le vieux s'exécuta. En ouvrant la porte, la grosse femme se tourna vers Rachel :

— Si je suis pas rentrée pour midi, il y a du petit salé cuit dans le placard, t'auras qu'à faire bouillir des pommes de terre.

À travers la fenêtre, ils la regardèrent traverser la cour. Elle faisait penser à une grosse barque tanguant sur une mer un peu forte. Inquiète, Rachel demanda à son grand-père :

— Où va-t-elle?

Le vieux grogna :

— Comment le savoir?

— Depuis qu'Agar est venue, elle n'est plus la même.

— Moi, je crois qu'elle est partie à la recherche d'Esther pour lui demander des explications à propos des saloperies qu'elle a débitées sur notre famille.

— Pourvu qu'il lui arrive rien !
— Que veux-tu qu'il lui arrive ?

* * *

Elles écoutaient, en étouffant des rires intempestifs, Esther raconter de sales histoires sur Rachel et son aïeul. Sous le regard inquiet de Jacob Chalignac et de sa femme Sephora, les épiciers, les clientes formaient un demi-cercle autour de la Novechaze adossée à des cageots de légumes et de fruits.

— Je vous répète que tant qu'on n'aura pas chassé cette fille perdue de Vivezargues, l'Éternel n'étendra plus Sa main sur nous !

— C'est pas la main du Seigneur mais la mienne que tu vas recevoir sur la gueule, espèce de piquée !

Sous l'impact de cette masse propulsée par une fureur indignée, les rangs des auditeurs s'écartèrent devant Judith qui se dressa face à Esther.

— Paraît que tu traînes ma Rachel dans la boue, sacrée vieille chèvre ?

On était tellement habitués à la mollesse résignée de Judith que nul — et surtout pas Esther — ne prenait son emportement au sérieux. Tous avaient tort.

— Ta fille, c'est une pute !

Chalignac, désireux de séparer les deux femmes, fut brutalement écarté et Esther encaissa une paire de gifles qui la laissa la bouche ouverte sur un râle furieux. Elle entendait répliquer de la même façon, mais elle n'était pas de taille. Un second assaut la fit reculer. De mémoire de Vivezarguois, on n'avait jamais vu Judith Collonges dans un tel état. Elle fonçait sur son adversaire avec une violence que rien ne semblait pouvoir arrêter. Animée d'une passion égale, Esther avait réussi à attraper sa rivale aux cheveux. Un coup de poing sur le nez lui fit lâcher prise et pousser un hurlement d'agonie. En plus des horions, les combattantes échangeaient des injures dont on se demandait, avec effarement, où elles les avaient apprises. Zelpha Aïlhac s'assit sur un tabouret, le déchaînement des bagarreuses, tout en l'excitant, la fatiguait. Une fois encore, Chalignac essaya d'interrompre le combat. Une bourrade l'envoya directement sur les genoux de Zelpha qui lui demanda, d'une voix sévère, pour qui il la prenait. L'éclatement d'une tomate sur son front sonna l'hallali pour Esther. Aussitôt, avec cette lâcheté commune aux attroupements, tout le monde prit le parti de Judith. La Novechaze et sa dictature sur les mœurs villageoises étaient subies depuis trop longtemps pour que la défaite d'Esther ne libérât point des peurs, des rancunes, voire des haines jusqu'ici dissimulées. On se mit à moquer, puis à houspiller et, enfin, à injurier celle en train de perdre la bataille. Esther esquissa un suprême geste de défense, mais une botte de poireaux, massue vigoureusement maniée par Judith, l'atteignit à la nuque, l'obligeant à ployer le genou. Une pastèque bien mûre acheva sa défaite. Alors, échevelée, superbe, la mère de Rachel respira profondément et lança à celles qui l'applaudissaient :

— Voilà le sort que je réserve à celui ou à celle qui se permettrait de calomnier mon enfant !

Puis, se tournant vers l'épicier :

— Vous ferez le compte des dégâts, Jacob, nous vous les paierons. Nous avons les moyens.

Judith quitta l'épicerie dans un silence admiratif, à la façon d'une reine ayant rendu la justice.

Ce ne fut pas l'admiration mais la stupeur qui firent se dresser Josuah et sa petite-fille lorsque leur bru et mère apparut dans l'état où elle revenait. Avant qu'ils n'aient eu le temps de réagir, Judith annonça :

— Je viens de corriger Esther. Ça m'a soulagée.

Sans autre explication, elle monta se changer dans sa chambre. Josuah se contenta de remarquer à l'adresse de Rachel :

— Ta maman, au fond, c'est quelqu'un...

— Je ne m'en doutais pas.

— Moi non plus.

Renseigné par Elisabeth, son épouse, Ruben Brenat, le maire, se laissa, d'abord, aller à une bonne et saine gaieté. Il écouta avec plaisir les détails du combat et assura sa compagne que cette vieille bique d'Esther l'emmerdait depuis si longtemps qu'il ne pouvait que se féliciter de ce qu'il venait de lui arriver. Cependant, sa femme lui rappela que la Novechaze était dans ses septante ans et qu'à cet âge on savait jamais ce qui pouvait arriver. En foi de quoi, elle conseilla vivement d'alerter la gendarmerie. Ruben lui obéit.

* * *

Les gendarmes — le chef Bardet et son collègue Épalle — se montrèrent dès le lendemain matin. Ils ne prisaient guère, en général, ces empoignades paysannes susceptibles de rancunes tenaces. Quand ils apprirent, du maire, qu'il s'agissait de deux femmes s'étant flanqué une peignée, ils témoignèrent d'une mauvaise humeur évidente, se plaignant qu'on les dérangeait inutilement alors qu'ils avaient tant de travail par ailleurs. Néanmoins et quoiqu'il n'y eût pas de plainte déposée, ils se rendirent chez la victime, en compagnie d'un médecin de Privas qu'ils avaient réquisitionné au cas où il y aurait eu des blessés.

Ezechiel les regarda entrer sans témoigner le moindre intérêt pour cette visite inattendue. Le brigadier, qui le connaissait depuis des années, lui demanda :

— Paraîtrait que votre fille s'est battue, hier ?

— Il faut la purger.

— Pardon ?

— Faut la purger, je vous dis !

Décontenancé, le brigadier jeta un coup d'œil au médecin qui n'admettait pas qu'on empiétât sur ses prérogatives. Très sec, il réclama des explications.

— Et pourquoi, je vous prie ?

— Elle garde tout, la dénaturée, même la bouteille de goutte qu'elle cache, cette abominable! Faut la purger!

Le docteur pronostiqua, à l'intention des gendarmes :

— Il est complètement gâteux. On l'emmène à Privas. Où est votre fille, pépé?

— J'en sais rien et je m'en fous!

Le gendarme ricana :

— C'est beau, l'amour paternel...

Le brigadier, que l'âge amollissait, murmura :

— Pauvre vieux... Esther, où est-elle? dans sa chambre?

— Faut la purger!

— Entendu...

— Tant mieux! Comme ça, elle nous embêtera plus!

Sur ce, se désintéressant de la suite des événements, Ezechiel se mit à pisser benoîtement sur sa chaise.

Abandonnant le bonhomme à ses misères, les gendarmes grimpèrent l'escalier en appelant Esther. Ils perçurent un gémissement et foncèrent vers la porte derrière laquelle on se plaignait. Couchée, en voyant surgir ces étrangers dans sa chambre, la demoiselle poussa un cri et se dressa sur son lit, dans sa longue chemise de nuit. Le brigadier tint à la rassurer :

— Vous n'êtes pas malade?

Le cheveu défait, l'œil flamboyant, Esther hurla :

— Entrez! entrez, légion céleste! Apportez votre aide divine à celle qui combat les impies et les dévergondées!

Les représentants de l'ordre s'étaient entendu comparer, déjà, à toutes sortes de gens peu recommandables et à des animaux, mais jamais encore à des anges. Le brigadier tenta de se faire écouter. Maintenant, à genoux sur son lit, Esther, se balançant, entonnait une sorte de lamento que les autres jugèrent, tout de suite, fort désagréable.

— Pour étouffer ma voix vengeresse, les démons se sont unis contre moi... Ils se sont cachés dans tous les coins, sans cesse prêts à me sauter dessus. Attention! Il y en a un dans l'armoire ! et un second sous le lit ! J'entends ses cornes gratter le sommier !

Après avoir observé la malade, le médecin conclut brièvement le débat :

— Bon ! eh bien, elle accompagnera son père. Alertez une voisine ou deux pour l'habiller, et pour préparer du linge à ces malheureux.

Ainsi, Vivezargues fut débarrassé d'Ezechiel et de sa fille.

* * *

Le temps s'étant mis au beau faisait oublier l'esclandre ayant opposé Esther et Judith. Sur le moment, les âmes sensibles avaient regretté la disparition d'Ezechiel, le plus ancien témoin du passé de Vivezargues. Désormais, tous se sentaient un peu orphelins. Quant à la Novechaze, si son absence creusait un trou dans l'existence quotidienne du village, elle n'éveillait point de regrets, surtout de la part des jeunes. Pendant quelque temps encore, le couple des épiciers racontèrent la bataille aux clientes qui n'y avaient point assisté. Comme il se doit, jour après jour, afin d'être mieux écoutés, les Chalignac ajoutaient un détail supplémentaire au point qu'on put croire, un moment, que leur boutique allait devenir un lieu historique. Puis les esprits s'apaisèrent, les travaux des champs ne permirent plus les oisivetés curieuses. Finalement, cette pitoyable aventure ne laissa de traces heureuses que chez les Collonges où Judith s'imposa au respect admiratif des siens, tandis qu'au foyer des Espalem· le scandale servit d'argument à Deborah pour affirmer qu'un pasteur se respectant ne pouvait se permettre d'épouser une demoiselle dont on avait trop parlé, ce qui ne faisait qu'enraciner Joseph dans sa résolution.

* * *

Saül avança sur le pas de sa porte et plaça la main en visière sur ses yeux. La clarté printanière, ce matin-là, était sans faiblesse et l'éblouissait. De loin, il reconnut la silhouette de Josuah. Celui-ci marchait, les genoux légèrement fléchis. Vieille habitude acquise au flanc des collines et sur les pentes boisées. Il avançait tête baissée, comme s'il ne pouvait détacher son regard de cette terre à laquelle il ne tarderait pas à se mêler. En apercevant l'Ancien, le boulanger pensa au chagrin de sa fille et, sans réfléchir se porta à la rencontre de Josuah qui ne put faire autrement que de s'arrêter.

— C'est toi, Saül ?

— Tout juste.

— T'as quelque chose à me dire ?

— Tout juste.

— Je t'écoute.

— Voilà... C'est-y vrai que votre Rachel, elle va marier le pasteur ?

— Ça se pourrait...

— Vous seriez d'accord ?

— Ça se pourrait...

— C'est pas des réponses !

— Pourquoi que je t'en ferais ? En quoi elles te regardent mes affaires de famille ?

Saül ne savait plus quelle contenance adopter. Sa grosse force ne lui servait à rien en face de ce bonhomme qui semblait n'avoir qu'un petit souffle de vie et qui, pourtant, l'intimidait. Il murmura :

— C'est pas bien...

— Parce que ?

— Ma Sarah, elle aime le pasteur.

— Bah ! caprice de gamine qui se raconte des histoires...

— C'est plus une gamine !

Le boulanger avait l'air si malheureux que Josuah en eut de la peine. Il lui tapota amicalement l'épaule.

— Faut pas te laisser aller. Ta fille est jeune. Elle en trouvera bien un à son goût.

— Je crois pas. Elle veut le pasteur et seulement lui.

Le vieux passa très vite de l'attendrissement à l'exaspération.

— Qu'elle soit ta fille change pas le problème. Ta Sarah, c'est avant tout une femelle que le sang travaille.

Le mari de Zelpha fut profondément choqué d'entendre parler de sa Sarah en ces termes.

— Vous devriez pas causer comme ça, Josuah...

— Pour quelle raison je me gênerais ? C'est pas moi qui t'ai arrêté, hein ? Alors, si mes manières te plaisent pas, t'as qu'à me foutre la paix. Salut !

Il s'éloigna sans que l'autre esquissât le moindre mouvement. Au bout de quelques pas, le vieux se retourna. Saül était toujours planté au milieu de la rue, secouant sa grosse tête et Josuah croyait l'entendre répéter :

— C'est pas bien... non, c'est pas bien...

Le grand-père rentra chez lui, un goût amer sur les lèvres.

* * *

Josuah grognait plus encore qu'à son habitude en ce vendredi, l'avant-veille du jour où il annoncerait les fiançailles de Rachel et du pasteur. Les femmes de la maison semblaient atteintes de tournis. Elles entraient, sortaient, montaient à l'étage, redescendaient avec des avertissements, des ordres, des appels. Il fallait qu'elles soient belles le surlendemain et, pendant ce hourvari, on se souciait peu du repas, ce qui suscitait la hargne de l'Ancien, réduit à manger du saucisson et du pain en attendant qu'on se décidât à faire chauffer sa soupe. Soudain, Rachel cria :

— Oh ! zut ! Voilà quelqu'un qui s'amène !

Judith se précipita à la fenêtre.

— Qui c'est ?... Oh ! par exemple !

Le grand-père s'étonna :

— J'attends personne...

Sa belle-fille s'exclama :

— Ah ! l'Eleazar Bertignat !

— Qu'est-ce qu'il... Filez toutes les deux !

Elles se sauvèrent en emportant leurs chiffons. On cogna brutalement à la porte et sans attendre la réponse, en homme qui est partout chez lui, Eleazar entra.

— Salut la compagnie et bonjour à vous, Josuah.

— Bonjour, Eleazar... Je m'attendais pas... Mais asseyez-vous donc.

— Merci.

Ce Bertignat qu'on voyait rarement se flattait d'être né à Vivezargues. Il venait, de temps à autre, pour se montrer, serrer quelques mains et, surtout, se promener sur ses terres. Il était, en effet et de loin, le plus important propriétaire du canton. Ses fermiers le craignaient car il se montrait chicaneur en diable. Sous son aspect débonnaire de grand et gros homme bien nourri, il dissimulait une volonté qui ne se laissait jamais détourner. Vivant à Privas, il y dirigeait, avec son fils Jonas, un important commerce de grains et issues, qui faisait de lui une des plus belles fortunes de cette partie de l'Ardèche. De plus, le fils unique d'Eleazar était beau, intelligent, habile. Son père, par orgueil, lui passait toutes ses fantaisies. En bref, des gens auxquels il était préférable de ne pas se mêler quand on ne se sentait pas de taille à leur tenir tête.

— Comment ça va, Josuah ?

— Pour mon âge, j'ai pas à me plaindre.

— Tant mieux. Vous ne vivez pas seul, ici ?

— Non, avec Judith ma bru et Rachel, ma petite-fille.

— Votre jeunette a étudié, je crois ?

— Elle était en pension dans une bonne école.

— A propos, c'est vrai ce qu'on raconte ?

— Quoi donc ?

— Un prétendu mariage avec le pasteur...

— C'est vrai.

— Ah ?... pas de possibilité de revenir en arrière ?

— Sûrement pas ! Pourquoi ?

— J'ai soixante-deux ans, Josuah, et le temps me dure de faire sauter mes petits-enfants sur mes genoux. Et puis, il y a la lignée qu'il faut assurer... Vous me comprenez ?

— Oui, sans doute, mais je vois pas...

— Jonas a la trentaine... Il est temps qu'il se fixe pour de bon. Je ne voudrais pas, pour lui, une fille de la ville. Pas assez sérieuses, nos demoiselles. Ma vieille hérédité paysanne me persuade que ce n'est qu'à la campagne qu'on peut trouver la vraie gardienne du foyer. J'avais pensé à votre Rachel. Je suis persuadé qu'elle m'aurait donné le petit-fils dont j'eusse été fier.

— Vous arrivez trop tard, Eleazar.

— Dommage... La première affaire que je rate. Jonas va être terriblement déçu. Vraiment dommage. Il l'aurait prise sans dot, évidemment, et lui aurait fait une existence très agréable : auto, sorties, réceptions, toilettes, des week-ends à Lyon, à Marseille, voire à Paris. Enfin, puisque ce n'est pas possible, n'en parlons plus.

Le visiteur se leva de sa chaise.

— Au revoir, Josuah, tenez-vous en santé.

— De même, Eleazar.

Tandis que Judith, sitôt après le départ de Bertignat, se précipitait vers son beau-père, Rachel, immobile, écoutait encore Eleazar énumérer les plaisirs qui eussent pu être les siens... Elle revoyait très bien Jonas qu'elle apercevait lors de ses vacances sans qu'il ait jamais pris garde à elle, du moins se le figurait-elle. Peut-être se trompait-elle, puisque son père... Pour la première fois, Rachel se demanda si, dans sa hâte de devenir une dame, elle ne s'était pas trop pressée.

* * *

En ce dimanche ensoleillé, l'atmosphère, dans le temple, était assez tendue. On s'impatientait de savoir si, oui ou non, ce qu'on racontait à propos du pasteur et de la jeune Collonges était vrai. On suivit le déroulement du culte avec une certaine impatience. Pour son prône, Joseph avait choisi de paraphraser les paroles de Jésus touchant le couple où l'homme et la femme ne doivent former qu'une seule chair, union à laquelle nul n'aura jamais le droit de s'attaquer quelles que soient les armes employées. Ceux qui étaient dans le secret (les trois quarts du village) sourirent en écoutant un sermon qui, le ton aidant, se muait à nouveau en une véritable déclaration d'amour. Pendant que le pasteur parlait, on regardait de plus en plus fréquemment du côté des Collonges où Judith ne s'apercevait pas de l'intérêt suscité par sa famille. Sarah Aïlhac avait reçu chacun des mots de Joseph comme autant de coups de poignard. En dépit des bourrades que sa mère lui flanquait dans les côtes, elle pleurait.

Enfin le pasteur se tut et les fidèles qui relâchaient leur attention se mobilisèrent de nouveau lorsque Josuah, quittant le banc familial, rejoignit Joseph et, avec sa permission, s'adressa aux fidèles :

— Mes chers frères et sœurs... J'ai le plaisir de vous annoncer qu'il y a promesse de mariage...

Malgré elle, Rachel jeta un coup d'œil vers le groupe des hommes où Jonas venu de Privas, au premier rang, la regardait avec un sourire plein de sous-entendu qui fit s'empourprer le visage de la demoiselle.

— ... entre ma petite-fille, Rachel Collonges, et notre pasteur respecté, Joseph Espalem. Leur union sera bénie à l'automne.

Deborah ferma les yeux. Tout était consommé. Dans quelques mois, il lui faudrait partir sans savoir où aller. Ses voisines mirent au compte de l'émotion les sanglots qui secouaient Sarah. Rayonnant, le pasteur annonça :

— Pour clore notre culte dominical, nous devons chanter afin de remercier le Seigneur des joies qu'Il nous donne.

Mlle Suzanne Champetières, institutrice retraitée, qui avait à charge le chœur de la paroisse, plaqua un accord vigoureux sur son guide-chant. Selon un ordre, une fois pour toutes établi, les jeunes filles entonnèrent :

Demeure par Ta grâce
avec nous, Dieu sauveur !
Quoi que l'ennemi fasse
protège notre cœur !

À cet instant, les femmes se mêlèrent à leurs cadettes :

Que la sainte parole
à toute heure ici-bas
soit la seule boussole
qui dirige nos pas !

En un vaste élan pareil à la montée irrésistible des eaux en crue, l'assistance entière s'élança :

Éternelle lumière
Que Ta vive splendeur
nous guide et nous éclaire
et nous garde d'erreur !

Nul ne remarqua que, par dépit amoureux, Sarah Aïlhac, réputée pour la limpidité de sa voix, chantait faux, exprès.

II

Jonas

A Vivezargues, on prenait conscience de l'arrivée des beaux jours quand on apercevait Bethsabée sur les sentiers descendant du Coiron. Une vieille pauvresse — cruellement affublée du nom d'une superbe et biblique créature — qui passait les mauvais mois dans un refuge de Privas tenu par des âmes charitables. Parce qu'on savait qu'elle ne pouvait pas vivre enfermée d'un bout à l'autre de l'année, dès le mois de juin on la laissait errer à sa guise dans cette partie de l'Ardèche. On la voyait revenir vers la mi-septembre et retrouver son existence quasi léthargique jusqu'à la belle saison suivante. Trop âgée pour travailler, elle devait s'en remettre à la générosité de ceux qu'elle rencontrait sur sa route. Elle payait le pain, le morceau de lard, le bout de fromage qu'on lui donnait en prophétisant (ce qui plaisait bien aux populations huguenotes toujours enclines à croire aux inspirés). Les enfants la moquaient mais sans cruauté, d'ailleurs les parents veillaient à ce qu'ils ne dépassent pas la mesure. Du fait qu'elle pouvait réciter des dizaines et des dizaines de dictons, on la tenait pour sage en dépit de son comportement extravagant. Sa présence coïncidant avec la douceur de la température, la longueur nouvelle des jours, on faisait, sans en avoir clairement conscience, profiter Bethsabée de ce réveil de la nature et de cette joie d'exister dépendant des ardeurs du soleil.

Sitôt qu'elles avaient mis de l'ordre dans leur ménage, les femmes rejoignaient leur mari aux champs pour prendre leur part du travail de la fenaison. Il fallait sans cesse se hâter de rentrer le foin par peur de ces orages brutaux dont il est bien difficile de se défendre. Quand les ménagères parvenaient à dérober quelques instants aux travaux communs, elles se hâtaient de gagner leur petit jardin — un luxe qui leur permettait de se mentir sur leur condition matérielle. Elles se donnaient l'illusion d'une certaine liberté en procédant à des semis de fleurs, en pinçant les potirons, en récoltant les groseilles et les framboises.

Sous le soleil de juin, Vivezargues ronronnait à la façon d'un gros chat couché près de l'âtre. Les gamins et les gamines se rendaient à l'école en se livrant à des jeux qui les secouaient de rires et de cris. Les coups de l'heure engendraient de folles paniques parmi les bandes de martinets. Saül, tout enfariné, venait sur le seuil du fournil, respirer un air encore plein des fraîcheurs nocturnes et chargé de tous les parfums de la campagne Chacun se montrait d'humeur aimable. Chez celles qui n'étaient plus assez jeunes comme chez celles qui se jugeaient assez riches pour n'être pas soumises aux rudes travaux des champs, la venue proche de l'été déclenchait des parlotes qui n'en finissaient pas. L'absence d'Esther donnait à tous l'impression de respirer plus facilement. On ne craignait plus lorsqu'on s'était montrée un peu coquette dans sa tenue, de rencontrer le regard réprobateur de la fille d'Ezechiel. Celle-ci semblait toujours vous annoncer que vous veniez de vous fermer à jamais les portes du paradis. On préférait s'entretenir de Bethsabée, supputer, une fois de plus, son âge, et laisser libre cours aux phantasmes d'imaginations éprises d'évasion, quant à l'origine de la mendiante et aux réalités inconnues de son état civil.

Se souciant peu de ce qu'on pouvait raconter à son sujet, Bethsabée poursuivait sa route ne la menant nulle part. Elle marchait, s'arrêtait de temps à autre pour piquer un petit somme en lisière d'un bois ou au bord d'un champ. Les jours de mauvais temps, elle se réfugiait dans la première ferme se dressant sur son chemin. Elle payait un repas frugal et une place dans la grange, en annonçant à la femme enceinte qu'elle accoucherait d'un garçon, à la fille de la maison qu'un jeune homme était sur le point de se déclarer et que le maître pouvait être assuré d'engranger de belles récoltes. On la croyait ou on ne la croyait pas, mais de toute façon on avait plaisir à l'entendre. Puis, elle repartait, sans bruit, sans déranger personne. Elle était si légère que la paille où elle avait dormi n'accusait pas l'empreinte de son corps. Elle avançait à petits pas, s'arrêtant sans cesse pour cueillir une fleur dont elle respirait le parfum avant de la jeter, ou pour observer un insecte. Elle passait sans un mot à côté du paysan assis au pied d'un arbre pour redresser, à petits coups de marteau, le fil de sa faux. On disait qu'elle avait l'esprit dérangé sous prétexte qu'elle ne répondait guère à ceux qui l'interpellaient. Nul ne se doutait que, lorsqu'elle allait, au hasard des sentiers et des drailles, le plus souvent elle se perdait dans un rêve sans limites où glissaient des ombres-souvenirs aux contours flous. Le monde intérieur de Bethsabée n'était perceptible à personne, pas même à elle. Elle avançait dans un univers plein de bruits et d'odeurs. Elle n'était pas folle. Simplement, elle vivait ailleurs, ne revenant parmi les hommes que pour manger et dormir. Elle se plaisait dans le vent qui rabote le Coiron. Elle étonnait les gens qui l'hébergeaient par sa connaissance du temps. Elle lisait dans le ciel comme d'autres dans les journaux. Ainsi, elle n'avait pas besoin qu'on la renseignât pour décider que l'automne, ses pluies et ses froidures, arrivaient et qu'il était temps, pour elle, de réintégrer son refuge de Privas.

Vivezargues tenait une place de choix dans l'esprit

embrumé de Bethsabée, sans qu'on pût en expliquer les raisons. Peut-être parce que les villageois respectaient en elle un malheur qu'ils devinaient sans pouvoir le définir, un malheur qu'ils imaginaient cependant sans commune mesure avec ce qu'ils avaient souffert ou risquaient de souffrir pour avoir transformé une femme en cette espèce de fantôme qui ne leur ressemblait pas.

Assez curieusement, Bethsabée ne choisissait pas les habitants de Vivezargues à qui elle s'adressait, mais elle était bizarrement attirée, à la fois, par les âmes simplettes du genre de Sarah Aïlhac chez qui le cœur l'emportait toujours sur la raison, et par les âmes fortes s'empoignant avec la vie. Ainsi, Deborah.

* * *

Deborah ne se reconnaissait plus. Jusqu'alors, elle avait trouvé sa raison de vivre dans un sacrifice constant au bonheur de son frère mais un bonheur dirigé par ses soins. Jamais elle ne s'était rendu compte qu'elle annihilait de la sorte, chez son cadet, tout esprit d'indépendance, toute volonté d'être responsable de ses actes. Et voilà que Joseph se révoltait, s'abandonnait à une passion imbécile et la sacrifiait, elle, à qui il devait tant ! Elle ne cessait de songer à ce qu'elle avait fait, subi, enduré pour lui et il la remerciait en lui conseillant de céder la place à une gamine égoïste, de préparer sa valise et de filer n'importe où ! Une pareille ingratitude avait de quoi bouleverser l'esprit le plus solide. L'affection qu'elle continuait de porter à son frère la poussait à mettre la vilenie de son comportement sur le compte de Rachel. Deborah, si juste d'ordinaire, se jetait à corps perdu dans l'injustice, tout en se persuadant détenir la vérité. Sa peine, sa désillusion lui paralysaient l'entendement. Sa Bible, qui avait sans cesse été son refuge au cours des épreuves jadis traversées, ne lui offrait plus aucune consolation. La nuit, dans sa chambre, elle appelait en vain l'Éternel à son secours. Malgré ses prières, elle se détachait peu à peu de celle qu'elle avait été pour devenir une femme habitée par une haine de plus en plus forte. Rachel ne suffisant pas à nourrir le foyer qui brûlait en elle, Deborah rangeait aux côtés de la fiancée, unis dans une même aversion, Judith et Josuah tenus pour complices. Doucement, suivant l'inclinaison prise par son esprit malade de jalousie, elle renonçait à la fiction de l'innocence de Joseph, pour le classer, avec les autres, parmi ses ennemis.

Contrairement à ce que sa sœur imaginait, Joseph se rendait très bien compte du changement d'attitude de son aînée. Il en souffrait et ne le disait pas, n'ayant pas assez vécu pour ne plus se soucier d'être ou non dans son bon droit. Par tendresse, Deborah s'était efforcée de le mettre à l'abri des cruautés banales de l'existence. Le résultat de cette longue et douloureuse lutte était que, malgré la trentaine approchant, le pasteur ne possédait toujours pas plus de malice qu'un adolescent d'autrefois. Sous prétexte qu'il avait le cœur pur et l'esprit dénué de tout artifice, il se persuadait que les autres lui ressemblaient et qu'en les accablant on se montrait méchant et injuste. C'est une des raisons qui le poussaient à en vouloir à sa sœur de ne pas aimer Rachel qu'il voyait à travers ses rêves évangéliques.

Avec plus d'ardeur encore que son aînée, le pasteur suppliait Dieu d'éclairer Deborah, de lui faire admettre qu'elle se trompait au sujet de sa fiancée. Dans de longues prières nocturnes, il tentait d'expliquer à l'Éternel que, s'il avait demandé à son aînée à qui il devait tant, de quitter la maison après ses noces, c'était simplement qu'il ne tenait pas à ce que son foyer devînt le champ clos de batailles journalières entre les deux femmes. Il adjurait le Seigneur de se porter à son secours. Dans sa candeur, il ne comprenait pas que le Tout-Puissant avait autre chose à faire qu'à se soucier des petites, des pitoyables aventures humaines.

Du moment où son frère lui avait conseillé de partir, Deborah ne lui avait plus adressé la parole que pour l'essentiel. Il n'avait jamais plus été question de Rachel ni des futures épousailles. L'aînée se réfugiait dans ses travaux ménagers, le cadet au temple ou dans son jardin. Un vendredi, Deborah annonça doucement :

— Il faudra demander à quelqu'un de vous accompagner Rachel et toi, dimanche prochain.

— Pourquoi donc ?

— Parce que je ne veux plus tenir ce rôle imbécile.

— Vraiment ? Ne serait-ce pas plutôt parce que tu espères nous ennuyer en agissant de la sorte ?

— Pense ce que tu voudras. Cela m'est tout à fait égal.

— Ma pauvre amie, je n'aurais jamais cru que tu aies l'âme aussi basse.

— Confidence pour confidence, je n'aurais jamais cru que tu sois aussi stupide.

De pareils dialogues n'arrangeaient rien, au contraire. Les éclats, même amortis, de ces querelles gagnaient peu à peu le village. Les amateurs de scandales se pourléchaient les babines en supputant les événements désagréables susceptibles de défrayer la chronique. Les autres, qui estimaient Deborah et son frère, mettaient ce changement de climat au compte de Rachel qu'ils détestaient plus ou moins. Dès lors, quand on sut que la Suzanne Champetières remplacerait la sœur du pasteur au cours des promenades dominicales des fiancés, personne ne fut dupe des pauvres excuses invoquées par Joseph pour justifier l'absence de son aînée et, moins que personne, Josuah que les manières de Mlle Espalem commençaient à énerver. Deborah se doutait des pensées du vieux, aussi ne fut-elle pas autrement surprise — alors que le pasteur et sa promise déambulaient à travers la campagne sous l'œil sourcilleux de la Champetières — de voir arriver le grand-père Collonges qui, de la cour, demanda :

— Je peux entrer ?

— Pourquoi pas !

L'Ancien gratta la semelle de ses souliers contre une grosse pierre avant de pénétrer dans la pièce où Deborah l'accueillit.

— Asseyez-vous...

— Merci... Je suis venu parce qu'on vous disait fatiguée à cause que vous avez laissé votre place à la Champetières.

— Je me porte très bien.

— Alors, je comprends pas ?

— Vous comprenez très bien. Que Suzanne me remplace, vous vous en foutez comme d'une guigne, mais vous ne pouvez pas supporter l'idée qu'on agisse sans quémander votre permission. Or, moi, monsieur Collonges, votre permission, je n'ai rien à en faire !

Le bonhomme, stupéfait, répétait sottement :

— Ah ! ben celle-là, par exemple ! ah ! ben celle-là...

Brusquement, le sang lui monta au visage.

— Je vous trouve bougrement insolente, ma mie !

— Aucune importance...

— La sœur d'un pasteur !...

— Je vous en prie ! Laissez le pasteur en train de se pavaner avec votre petite-fille... Je n'ai besoin de personne pour me dicter ma conduite et je me conduis à ma guise.

— Il me semble pas que ça soye ce que vous faites de mieux !

— C'est mon affaire...

— Mais, sacré nom d'un chien, si vous êtes pas malade, pourquoi que vous avez pas accompagné votre frère et Rachel ?

— Parce que je ne veux plus avoir l'air complice aux yeux du pays.

— Complice ? complice de quoi ?

— De ce mariage ridicule que vous projetez.

— Ridicule ? C'est y que vous trouveriez ma petite-fille pas assez bien pour votre frère ?

— Il ne s'agit pas de ça. Simplement, Rachel n'est pas faite pour être l'épouse d'un pasteur.

— Qu'est-ce que vous en savez ?

— Je le sais comme vous le savez !

Josuah se leva.

— J'avais de l'estime pour vous jusqu'à ce jour, mais à présent, je comprends que vous êtes une foutue garce. Je vous laisserai pas démolir le mariage de ma petite-fille !

— Vous n'aurez pas à prendre cette peine. Je partirai la veille des noces.

— Voilà une bonne nouvelle !

Deborah s'en fut prendre son balai.

— Et maintenant, ouste ! dehors !

Le vieux n'en revenait pas.

— Vous... vous vous permettez... vous vous permettez de...

— Vous ficher dehors et vite, si vous ne tenez pas à ce que je vous caresse le dos avec ça !

Josuah sortit précipitamment. Cette Deborah, il la jugeait capable de tout, jusqu'à frapper un Ancien. Tremblant d'une rage impuissante, Collonges remontait vers le village. Au bout de deux ou trois cents mètres il se laissa tomber sur le talus, l'émotion lui coupant les jambes. Jamais on ne lui avait parlé de la sorte ! Personne encore n'avait osé le flanquer à la porte et encore moins le menacer d'un bâton. Josuah haletait. Une fille qu'il prenait pour quelqu'un en qui on pouvait avoir confiance ! À peine débarrassé d'Esther, Vivezargues allait-il retomber sous la coupe de cette autre mégère brusquement révélée ? On écrirait aux Messieurs de Privas s'il le fallait et ils obligeraient le pasteur à renvoyer sa sœur — source de scandales — plus vite qu'il n'y était encore décidé. Au fur et à mesure qu'il retrouvait une respiration normale, le vieux remâchait sa rancune avec plus de lucidité. Il ne trouvait qu'une explication à la subite transformation de Deborah, la jalousie. Sans doute s'était-elle persuadée que rien ne viendrait jamais troubler ce rôle de maîtresse de maison qui était le sien depuis si longtemps ! Ce n'était pas une raison, cependant, pour se conduire comme une folle et manquer au respect dû aux Anciens. Josuah se remit en marche. Son pas était plus lourd. Il traînait un peu la jambe gauche, celle qui lui avait toujours causé des ennuis depuis qu'il se l'était cassée au service militaire. Cette Deborah, tout de même ! Prétendre que sa petite Rachel ne convenait pas à son pasteur de frère ! Vous parlez d'un culot ! Mais, pour qui ils se prenaient, ces Espalem ! Alors qu'il approchait du village, le grand-père sentait sa colère se dissiper. Il mettait son apaisement au compte de la douceur de l'air, mais au fond, tout au fond de lui-même, il commençait à se demander si Deborah n'avait pas un peu raison.

* * *

Suzanne Champetières était déçue. Brûlant d'un zèle tout neuf, elle s'était promis de surveiller de très près les deux tourtereaux, bien résolue à ne pas tolérer des étreintes qui, pour si chastes qu'elles apparaissent, risquent de vous entraîner sur des voies interdites avant la noce. Mais à son grand dépit, le pasteur et sa fiancée marchaient côte à côte, ne cherchant pas le moins du monde à se toucher, voire à se frôler. Si la Champetières n'entendait pas ce que disaient Rachel et Joseph, leur passivité apparente indiquait que l'amour n'était sûrement pas le thème de leur entretien. La surveillante bénévole remarqua que si le pasteur discourait, la jeune fille, en revanche, n'ouvrait guère la bouche.

— Vous verrez, Rachel, la joie profonde que vous ressentirez à vivre dans la compagnie quotidienne du Seigneur...

Joseph parlait mais la demoiselle ne l'écoutait pas, elle entendait resonner en elle les paroles d'Eleazar Bertignat qu'elle avait surprises et qu'elle ne pouvait oublier.

— Vous m'aiderez, le soir, à préparer mes sermons.

Quel bonheur ce sera, ma bien-aimée, que de chanter ensemble la gloire du Très-Haut...

Toutes ces robes qu'on peut admirer dans les vitrines des magasins élégants... la dernière mode de Paris...

— Vous qui êtes instruite, saurez me prévenir quand il y aura des failles dans mon discours...

Les soirées au théâtre, les belles toilettes, la compagnie d'hommes qui vous parlent avec courtoisie... les lumières... les applaudissements...

Ils s'arrêtèrent sur une éminence herbeuse d'où on voyait Vivezargues presque dans son entier. Le pasteur prit la main de sa compagne. Alertée, la Champetières s'approcha.

— Regardez, Rachel chérie ! Dieu a choisi, pour nous, ce petit coin de terre de France afin que nous y vivions notre passage terrestre.

Elle n'était jamais allée à Lyon pour se promener, où Jonas Bertignat l'aurait emmenée si... Elle avait vécu à Valence, mais elle n'avait pas vu grand-chose de la ville, enfermée qu'elle était dans son pensionnat-couvent. Elle savait que Lyon était une ville superbe avec deux cours d'eau. On lui avait aussi parlé de l'église de Fourvière et de cette fête des papistes qui, le 8 décembre, au soir, illuminaient les fenêtres des maisons de milliers de petites flammes dansant dans des verres de couleur.

— Nous habitons parmi des gens qui nous aiment ou, tout au moins, nous respectent. C'est une grande chance, non ?

Ah ! rencontrer des visages nouveaux, ne plus se heurter sans cesse à ces figures trop connues et devenues si familières qu'on parvenait à ne plus les voir.

— D'avance, je savoure le merveilleux plaisir de vous guider sur les chemins, parfois un peu cachés, des Livres saints. Nous y avancerons, la main dans la main, avec en nous, une paix profonde.

Et Marseille ? M. Bertignat avait aussi parlé de Marseille. Les chansons entendues et dont la vieille cité phocéenne était le thème lui revenaient en mémoire et la faisaient sourire comme si le vaste remous de la mer grondait à ses pieds tandis que l'air du large la baignait tout entière.

— Avec vous à mes côtés, nous entrerons plus facilement encore dans l'intimité de foyers que la méfiance paysanne m'entrouvre à peine. Les femmes, plus que les hommes, inspirent confiance aux ménagères par suite des mêmes soucis, des responsabilités identiques.

Pourquoi pas Paris ? Elle était certaine de ne pas s'y sentir dépaysée. À quoi pouvait bien ressembler la capitale ? Elle avait admiré les monuments les plus célèbres en photographies. Mais les monuments... Elle plaçait ses rêves dans ces coins paradisiaques qu'elle avait si souvent entendu évoquer : la rue de la Paix, les boulevards, le faubourg Saint-Honoré, les Champs-Élysées...

— Et tout nous sera facilité plus encore lorsque nous aurons des enfants. Combien souhaiteriez-vous en avoir ?

Loin de songer à pouponner, Rachel se promenait, par la pensée, dans un quartier chic de Paris et ne prêtait guère attention à ce que son compagnon lui disait. Joseph dut lui prendre le bras pour la ramener, sans s'en douter, sur terre.

— Combien désirez-vous en avoir ?

— De quoi ?

— Mais, des enfants, voyons !

— Je ne sais pas... Je n'ai pas réfléchi à la question.

La Champetières, ayant attrapé ces dernières répliques, eut beaucoup de mal à dissimuler son étonnement. Elle se figurait qu'une promenade d'amoureux affectait une tout autre allure et qu'on y parlait rarement des Écritures pour faire la cour à la fille aimée. Puis d'un coup, le ton changea lorsque la petite Collonges sortit de son mutisme.

— Pourquoi votre sœur ne nous a-t-elle pas accompagnés, aujourd'hui ?

— Elle se disait un peu fatiguée.

— Ce n'est pas beau de mentir, surtout quand on est pasteur...

— Je vous assure...

— Je vous en prie ! Pour des raisons que j'ignore, Deborah ne peut me souffrir. L'existence commune sera difficile.

— Rassurez-vous, il n'y aura pas de heurt, ma sœur s'en ira définitivement le jour de notre mariage.

— Auquel elle n'assistera pas ?

— Évidemment !

— Eh bien ! voilà qui va me rendre encore plus populaire dans le pays !

Suzanne ne perdit pas un mot de cette discussion dont elle retint que Deborah n'était pas malade et, surtout, cette nouvelle effarante : elle n'assisterait pas au mariage de son frère parce qu'elle détestait Rachel. La bonne femme avait hâte d'être de retour au village pour confier à ses amies — sous le sceau du secret — ce qu'elle avait appris.

Le lendemain à midi, tout Vivezargues était au courant de l'algarade ayant opposé Deborah et Josuah. Par les soins de la Champetières, on apprit aussi que le pasteur et Rachel se comportaient étrangement pour des amoureux. Presque tout le village accabla la petite Collonges. On supposait que, par ses sages discours, Joseph essayait de ramener l'égarée dans le droit chemin. Les plus honnêtes s'épuisaient inutilement à remarquer que nul, au pays, n'était en état de formuler une accusation précise contre celle qu'on blâmait avec tant de vigueur. Rien n'y faisait. Cette mauvaise foi quasi générale accusait Rachel d'atteintes graves à la morale chrétienne. Les hommes prêtaient une oreille distraite et complaisante aux racontars des bavardes par suite d'une hostilité latente envers Josuah et les Collonges qui, à leur gré, s'arrogeaient un peu trop souvent le droit de juger les autres.

Nulle part mieux que chez les Aïlhac, les histoires

touchant les rapports des Espalem et des Collonges n'étaient accueillies avec plus de passion car on n'y pardonnait pas à Rachel de s'être approprié le garçon que Sarah convoitait. Chaque calomnie devenait un baume pour la plaie d'amour dont souffrait la fille des boulangers.

Mme Aïlhac choisissait le repas de midi auquel assistait son mari, pas toujours bien réveillé, pour déverser les nouvelles, ragots et rumeurs attrapés dans les boutiques. Triomphante, pleine d'une joie mauvaise, elle concluait le récit imaginaire de la querelle ayant mis aux prises Josuah et Deborah .

— Le vieux, il a eu que le temps de sauter dans la cour pour éviter les coups de bâton qu'on lui destinait. Si vous l'aviez vu trotter, l'Ancien !

En toute sincérité, elle racontait la scène, comme si elle y avait assisté. Cette aventure plaisait au somnolent Saül. Il n'avait pas oublié la manière dont Josuah l'avait traité lors de leur dernière rencontre où il avait été question du chagrin de Sarah. Depuis, Aïlhac ne saluait plus Collonges.

Pour sa fille, Zelpha — donnant libre cours à son imagination, à partir de quelques détails qu'on lui avait confiés avec promesse de n'en dire mot à personne — raconta ce que la Champetières avait rapporté à ses amies. Sarah souriait, heureuse. La maman, l'œil rieur, terminait son récit :

— Bref, il paraît que le pasteur adressait à sa compagne des remontrances sur je ne sais pas quoi et qu'elle, la mauvaise, elle l'écoutait même pas, à ce que voyait Suzanne.

Sarah rosissait de plaisir sans trop savoir pourquoi. Il lui semblait, cependant, que tout ce qui allait de travers chez les fiancés lui était une victoire.

Bien entendu, Zelpha Aïlhac n'eut de cesse qu'elle n'ait rencontré Deborah dont elle surveillait le passage. Sitôt qu'elle la vit, elle fonça :

— Comment que vous vous sentez, mademoiselle ?

— Ça va, merci.

— Dites, c'est vrai que vous lui en avez collé une bonne, au Josuah ?

— Je l'ai simplement flanqué dehors.

— C'est formidable ! Personne aurait osé... et à propos de votre frère et de la petite Collonges...

— Oui ?...

En d'autres circonstances, Mlle Espalem eût renvoyé Zelpha à son fournil en la priant de se mêler de ses seules affaires, mais la peur du lendemain, ajoutée à l'ingratitude de Joseph, la changeait complètement.

— On chuchote... attention ! je vous le raconte comme on me l'a raconté... enfin, paraîtrait que votre frère, il semblerait pas brûler d'une grande passion pour sa fiancée et qu'elle, elle ferait peu de cas de lui. Des menteries, sûrement ?

— Sûrement.

Cependant, le ton de connivence entre les deux femmes était tel qu'elles entendaient le contraire des mots qu'elles prononçaient. Elles se séparèrent sur un sourire complice.

Les bruits courant à travers Vivezargues ne tardèrent pas à venir aux oreilles de Joseph. Si les ragots le concernant avec Rachel le touchaient peu, en revanche, ce qu'il imaginait de l'altercation de sa sœur et de Josuah, l'affolait.

Ils prenaient leur dîner, sans un mot, ainsi qu'ils en avaient désormais l'habitude depuis leur querelle. Le côté paysan du pasteur l'empêchait de négliger la nourriture au profit des phrases. Quand il eut vidé son assiette, il attaqua :

— On en raconte de belles, sur toi et Josuah...

— Vraiment ?

— Il y en a qui affirment que tu l'as frappé !

— Ils exagèrent...

— Que s'est-il vraiment passé, alors ?

— Mais, rien du tout... Je l'ai simplement flanqué dehors.

— Tu es folle ou quoi ?

— Parce que j'envoie promener un vieux bonhomme autoritaire qui veut imposer sa loi à tout le monde ?

— Parce qu'on doit respecter nos Anciens !

— Sauf quand ils ne se respectent pas eux-mêmes !

— Par tes foucades, tu m'as mis dans une drôle de situation vis-à-vis des Collonges.

— Bah ! Tu trouveras bien le moyen de t'arranger avec ces gens-là !

Deborah déposa, au centre de la table, un plat de pommes de terre sautées sur lequel elle avait jeté deux œufs préalablement battus. Un plat que le pasteur prisait particulièrement. Toutefois, il n'en mangea que du bout des lèvres. Il était visible qu'il pensait à autre chose. Soudain, il laissa tomber sa fourchette dans l'assiette en s'écriant :

— Tu mens !

Sans se troubler, Deborah acheva de déglutir la bouchée qu'elle mâchait, but une gorgée d'eau et s'enquit sans colère :

— C'est à moi que tu parles ?

— À part toi, je ne pense pas qu'il y ait quelqu'un, ici, à qui je pourrais m'adresser ?

— Dans ce cas, il est curieux que, venant de rappeler le respect dû aux aînés, tu te permettes de m'injurier.

— Oh ! ne recommence pas à évoquer tout ce que je te dois.

— À quoi cela servirait-il ?

— À rien !

— Dans ce cas, je n'ai pas envie d'essayer de te rappeler ce que tu as oublié.

— Avoue donc que toutes tes excentricités n'ont qu'un but : rendre plus difficile mon mariage !

Comme elle ne répondait pas, il se dressa à demi, lui attrapa les avant-bras et la secoua.

— Avoue ! mais avoue !

Elle le fixa dans les yeux et déclara, presque à voix basse :

— Tu es en train de perdre ton âme, Joseph.

Plus que la remarque, le ton sur lequel elle était exprimée le frappa. Jamais encore ils ne s'étaient regardés de la sorte. Deborah sut, alors, que leur existence d'autrefois était définitivement morte. Sans qu'elle y prît garde, des larmes silencieuses coulèrent sur ses joues. Joseph en fut affreusement gêné. Il se trompait en attribuant ce chagrin discret à leur dispute du moment. C'était beaucoup plus grave. Il ne s'apercevait jamais de rien.

— Enfin, tu dois comprendre, Deborah, que ton comportement apparaît comme un blâme constant de mes projets matrimoniaux ?

— Si tu n'étais pas aveugle, tu prendrais conscience qu'on ne fait pas la cour à une fille qu'on aime en commentant les Écritures, une fille qui, d'après Suzanne Champetières, ne t'écoute pas.

Il abandonna sa chaise et, écartant les bras dans un geste d'incompréhension, s'exclama :

— Qu'est-ce qu'ils ont donc tous après moi !

— Pas après toi, mais contre Rachel, contre Josuah. Il n'y a que la grosse Judith qu'on supporte. Toi, tu n'es atteint que par ricochet.

— Il n'empêche que si tu prenais, publiquement, notre parti contre les autres...

— Non.

— Pourquoi ?

— Parce que ce sont les autres qui ont raison.

Le pasteur quitta la pièce et, selon ses habitudes, se réfugia dans le jardin. Il y avait placé une sorte de banc rustique composé d'une planche reposant sur deux billots de bois. Malgré l'inconfort de ce siège, Joseph goûtait un repos merveilleux dans le silence de la nature et dans la contemplation de son potager. Il éprouvait même quelque fierté en regardant les rangées d'artichauts et de pommes de terre qu'il binerait avant le soir, après avoir pincé les tomates. L'herbe gagnait partout. Travail pénible, sans cesse à recommencer. Un coin du jardin était réservé aux fleurs. Les roses s'y montraient déjà magnifiques. C'était là le domaine de Deborah. Par l'intermédiaire des plantes, le pasteur revint à sa sœur. Qui aurait pu prévoir un pareil changement ? Il ne l'aurait pas crue capable de se montrer aussi injuste à l'égard de cette pauvre Rachel. Pour quels motifs s'acharnait-elle contre la jeune fille ? Sa jalousie lui faisait-elle perdre la raison ? Mais pourquoi Vivezargues, dans son ensemble, se dressait-il contre les Collonges et cela depuis le moment où l'on avait su que le pasteur voulait épouser Rachel ? Sans doute Josuah se croyait-il un peu le chef du village, celui dont il fallait suivre les conseils mais, nom d'un petit bonhomme ! cet autoritarisme ne datait pas d'aujourd'hui ! Il n'y avait, en tout cas, aucun motif pour englober Rachel dans l'hostilité nourrie envers son grand-père. Toutefois, se rappelant les remarques méchantes de sa sœur, il ne pouvait s'empêcher d'admettre qu'en effet, au cours de leur dernière promenade dominicale, Rachel avait semblé absente, n'entendant pas grand-chose de ce qu'il lui confiait. Peut-être Deborah voyait-elle juste, jugeant qu'il s'y prenait mal pour faire la cour à sa bien-aimée ? Pourtant, Joseph trouvait logique de parler des Écritures à celle qui, devenue sa femme, vivrait en contact étroit avec la Bible. Tout cela était trop compliqué pour le pasteur. Il préféra ne plus y penser. Cependant, en dépit de son indifférence affectée, une légère inquiétude le troublait : Rachel se détacherait-elle de lui ?

Pour Deborah, empêcher le mariage de son frère et de Rachel Collonges devenait une obsession. Sous prétexte qu'avec la majorité des habitants de Vivezargues, elle tenait Rachel pour incapable de conduire un ménage, elle se persuadait d'être impartiale. Pas une seconde, il ne lui venait à l'esprit d'attribuer à la future Mme Espalem la responsabilité de sa mise à la porte. Elle s'en voulait de n'avoir pas su découvrir le monstrueux égoïsme de Joseph qui estimait naturel de la sacrifier à une inconnue, d'oublier sans effort tant et tant d'années de vie commune. Ces idées rendaient Deborah nerveuse et la vaisselle en souffrait.

* * *

Depuis la mort de sa femme, Eleazar Bertignat vivait — sauf quand il recevait des clients qui n'étaient pas des amis de longue date — dans le salon où sa défunte épouse se tenait habituellement. Eleazar avait profondément aimé sa compagne. Il ne parvenait pas à se consoler de son absence. Dans ce salon, où il n'avait touché à rien, il se donnait l'illusion de la croire encore là. Son commerce ne le préoccupait plus tellement. Il gagnait toujours beaucoup d'argent et ne savait à quoi l'employer, n'étant pas, naturellement, porté à la philantropie. C'est ce qu'il expliquait à son fils :

— Je n'ai plus envie de travailler, Jonas...

— À votre âge, père, vous avez droit au repos.

— Eh là ! Ne te figure pas que je sois fini, hein ? Non, simplement, depuis la mort de ta mère, mon métier ne m'intéresse plus. D'ailleurs, tu y réussis fort bien et ma présence devient inutile.

— Si vous jugez les choses ainsi...

— Tu sais que j'ai raison, mais comme je ne peux demeurer inactif, que j'ai besoin de me dépenser, les batailles politiques m'attirent.

— Vous me l'avez déjà dit et je l'ai approuvé.

— Il me semble que ta mère serait heureuse si, un jour, je pouvais être sénateur.

Jonas était convaincu de la sincérité de son père et il ne comprenait pas qu'un homme aussi rusé en affaires puisse tenir de semblables propos. Mais, après tout, avait-il beaucoup à apprendre sur l'art de dire des absurdités auxquelles celui qui les prononçait finissait par ajouter foi ?

— À Privas, je n'ai aucune chance contre le docteur Châtillon, pour entrer au Conseil général.

— Il est, en effet, solidement accroché et on l'aime beaucoup.

— Je sais... Il faudrait donc que je tente ma chance dans le canton de Vivezargues. Si on m'envoyait au Conseil général, je pourrais, grâce à mon argent, rendre assez de services aux grands électeurs, pour aspirer à un poste de sénateur d'autant plus que le père Ornans a dépassé les huitante ans.

— Vous auriez, en effet, une bonne chance.

— Je t'ai avoué que j'avais commis une grosse erreur en négligeant notre maison familiale de Vivezargues. Je ne voulais pas obliger ta mère à vivre dans ce village aux mœurs sévères et démuni de ce qui aide à supporter l'existence quand on a de la fortune. En vérité, je ne pensais pas qu'un jour viendrait où je m'intéresserais à la politique. Si bien qu'on ne me connaît guère, là-bas. À part nos fermiers qui nous sont hostiles par principe, je ne vois pas qui j'aurais la possibilité de choisir pour m'aider dans mon entreprise. À moins que Josuah Collonges... C'est l'Ancien et on l'écoute. Mais lui demander de m'assister, comme ça, à brûle-pourpoint c'est aller à l'échec. Aussi, lorsque j'ai vu sa petite-fille...

— Vous avez songé à moi.

— Si tu épousais la petite-fille, je gagnerais la confiance du grand-père qui ne pourrait rien refuser au père de son gendre.

— Exactement.

— Elle te plairait cette gosse ?

— Beaucoup. Elle me changerait de toutes ces imbéciles qui m'écrivent des lettres passionnées s'adressant, en réalité, à notre compte en banque. Avec celle-là, j'ai l'impression qu'on doit éprouver un sentiment de fraîcheur... C'est une gamine à qui il faut tout faire découvrir.

— Dis donc, tu m'as l'air sérieusement pincé ?

— Je reconnais que je pense beaucoup à elle.

— Tu augmentes mes regrets, fils. Elle n'est pas libre.

— Qui sait ?

— On a fêté ses fiançailles.

— Vous n'ignorez pas que j'apprécie les tâches délicates.

— Tout de même...

— On va tenter notre chance ensemble, père.

— J'en serais heureux.

— Pour la réussite de mon plan, il faut que je m'installe le plus tôt possible à Vivezargues. Dès demain, vous voudrez bien envoyer une équipe qui remettra la maison en état. Notre vieille Rosa viendra avec moi. Elle sera ma nourrice comme autrefois. Je suis sûre que cela lui plaira.

— Tout ça est très joli mais pour l'affaire qui nous intéresse, de quelle façon comptes-tu t'y prendre ?

— Je me fierai à mon inspiration.

L'émotion fut grande au village lorsqu'on vit débarquer d'un camion deux hommes et deux femmes qui s'engouffrèrent dans la maison Bertignat. L'écho des volets claquant contre les murs, les couvertures apparaissant aux fenêtres apprirent aux ménagères, à qui ces bruits étaient familiers, que la vieille demeure allait revivre. Mais, quand deux semaines plus tard, Jonas emménagea, on se mit à se poser des tas de questions. Était-il malade ? Se trouvait-il en disgrâce ? Souhaitait-il un certain isolement afin de se consacrer, loin des distractions de la ville, à un travail difficile ? Naturellement, nul ne soupçonna la vraie raison de l'apparition du fils Bertignat.

Judith annonça la nouvelle à la fin du repas. Josuah n'y attacha pas grand intérêt, se contentant de remarquer qu'une maison à moitié abandonnée qui renaît, c'est une bonne chose pour le pays. Sa belle-fille, plus curieuse, aurait voulu deviner la ou les raisons de l'arrivée inopinée de Jonas à Vivezargues. Elle se promit d'enquêter auprès des commerçants. Quant à Rachel, sans qu'elle en cherchât la cause, apprendre la présence — peut-être définitive — de Jonas au village, l'emplit d'une douce chaleur.

La longue absence du fils Bertignat en avait presque fait un étranger et il lui fallut beaucoup de patience, de ténacité, voire d'humilité pour être accepté par la population comme enfant du pays. Il fut beaucoup aidé dans ses efforts par Rosa qui avait le privilège d'un âge ne suscitant plus de jalousie et d'un savoir composé de milliers de souvenirs lui permettant de donner de judicieux conseils. L'épicier, le boucher, le boulanger furent les premiers à se rendre, à cause des sous que rapportaient les dépenses de Jonas ayant, sans cesse, du monde à dîner. Des gens qui venaient de Privas, dont les rires, les chants, la musique jaillissant des fenêtres ouvertes, tombaient sur les demeures endormies. Les plus âgés grognaient, les plus jeunes éprouvaient de furieuses envies de se mêler à ces convives si joyeux. Rachel, dans son lit, attrapait de faibles échos de cette fête quasi journalière. Ils servaient de fond sonore à ses rêves et à ses regrets.

Vers la mi-juillet, Jonas se sentit enfin définitivement adopté par Vivezargues. Seuls les garçons refusèrent longtemps de le tenir pour un des leurs. Ils lui pardonnaient mal ses libéralités qui les humiliaient et ses façons auprès des filles qui les exaspéraient. Jonas était le motif de nombreuses querelles et fâcheries entre amoureux. À plusieurs reprises, le nouveau venu rencontra Rachel. D'abord, il se contenta de la saluer, ensuite il lui adressa de jolis sourires, puis il l'aborda pour lui demander des nouvelles de son grand-père, de sa mère et d'elle-même. Les Collonges se déclarèrent touchés de cet intérêt.

Le pasteur eût été bien empêché de donner les raisons exactes de son aversion à l'égard de Jonas. Malgré ses efforts pour se montrer impartial, il sentait en lui une force mauvaise qui lui était hostile.

* * *

Sitôt qu'elle arrivait en vue de Vivezargues, Bethsabée reprenait quelque peu pied dans la réalité. L'aspect de ces vieilles maisons tassées sur elles-mêmes et s'épaulant l'une l'autre la touchait si profondément qu'elle en oubliait ses phantasmes. Elle s'adressait aux fermes arcboutées sur le sol pour résister aux vents du Coiron. Elle confondait les demeures et ceux qui y vivaient. La mendiante était une figure pittoresque du folklore villageois. Elle inspirait la pitié plutôt que la peur. Pourtant, il y en avait, parmi les plus âgés, qui la disaient sorcière. Elle prévoyait le temps, annonçait avant tout le monde les maladies des bêtes, parfois celles des gens. Enfin, nombreuses étaient les mères qui ajoutaient foi aux prédictions de la bonne femme. Elle ne lisait pas dans les lignes de la main. Elle se contentait de regarder longuement la personne qu'elle avait devant elle, puis elle la reniflait, pareille à un chien d'arrêt immobilisé devant le gibier encore caché. Après, Bethsabée parlait. On avait beau ricaner en l'écoutant, on ne pouvait s'empêcher de penser à ce qu'elle racontait, de chercher des preuves qui étayaient ses dires. Parce que plusieurs familles l'accueillaient et lui donnaient une écuelle de soupe, un morceau de savon destiné à un débarbouillage sommaire, une robe ou une pèlerine usagées afin de changer ou couvrir ses haillons, la malheureuse se persuadait qu'à Vivezargues on l'aimait. Il est vrai que les chefs de famille veillaient à ce que leur progéniture ne moque ou n'ennuie la pauvresse.

L'entrée de Bethsabée dans le village fut vite signalée. Les gamins l'entourèrent, lui faisant une escorte hérissée de cris, d'appels et de rires, tout cela sans la moindre méchanceté. Attirée par l'odeur du pain frais ou en train de cuire, la mendiante effectuait sa première halte à la boulangerie. Pour ne pas risquer d'effrayer la clientèle, elle s'en allait toquer à la porte du fournil. En la voyant, le gros Saül commençait par lui donner un morceau de pain et, pendant qu'elle le dévorait voracement, il la plaisantait :

— Alors, princesse, toujours à la recherche du Prince Charmant ?

— Tu es un cœur simple, boulanger, que Dieu te garde. Je pourrai voir la maîtresse et la petite ?

Quelques instants plus tard, Bethsabée, dans la cuisine des Aïlhac, était installée devant un bol de soupe. Sur la table, il y avait aussi un saucisson, du fromage de brebis et une bouteille de vin. Avec un sourire, Zelpha disait :

— Ce que vous mangerez pas, vous vous l'emporterez.

Sarah, assise en face de son hôte, ne pipait mot. Ce silence intriguait Bethsabée. Entre deux bouchées, elle demanda :

— Pourquoi qu'elle cause pas, la fille ?

Il y eut un court moment de gêne auquel la mère mit fin en déclarant :

— Elle a des peines de cœur.

La vieille fit entendre un rire de crécelle.

— Ça prouve qu'elle se porte bien. Si elle était malade, elle penserait qu'à sa maladie.

Bethsabée se leva, vint flairer Sarah et annonça :

— T'as tort de te faire du mauvais sang. Cette année, tu entendras la messe de minuit avec ton fiancé, mais il ne sera pas à côté de toi. J'ignore pourquoi.

Bien sûr qu'on ne prenait pas ces prophéties au sérieux. Cependant, elles permettaient de rêver. Quand l'errante les quitta, Sarah souriait.

En vue de s'attirer les sympathies des paysans, la mendiante ne manquait jamais, dans les villages qu'elle traversait, d'entrer dans le temple pour y marmonner une courte prière. S'il y avait une légère ruse dans cette dévotion affichée, il ne s'y glissait aucun calcul. Dans son esprit malade, elle mêlait Jésus aux dieux païens de la forêt et du vent. Quoique se prétendant huguenote, elle nourrissait un culte secret pour la Vierge et ne se gênait guère, dans les moments difficiles, pour appeler au secours les saints du calendrier catholique.

Joseph Espalem n'acceptait pas les racontars de Bethsabée, mais il éprouvait une grande pitié à son égard. Lorsqu'il se heurta à elle, sur le seuil du temple, il la retint en la prenant dans ses bras.

— Attention, monsieur le Pasteur, vous risquez de me compromettre !

Joseph s'amusait toujours des reparties de la bonne femme.

— Vous êtes allée chez nous ?

— Pas encore.

— Deborah a mis des affaires de côté pour vous.

— Que l'Éternel la bénisse ! Votre sœur est un exemple !

— Il ne faut pas exagérer.

— Même ceux qui vivaient dans l'entourage de Jésus ont mis du temps à le comprendre.

C'était là une discussion où le pasteur ne voulait pas se laisser entraîner.

— Vous nous restez quelques jours ?

— Non, je fais que passer.

Gentiment ironique, il réclama des précisions :

— Vous êtes pressée ?

— C'est pas ça, mais un voile gris va s'abattre sur le village.

— Ah ? Et cela signifie quoi ?

— Des querelles, des disputes qui verront abaisser les puissants. On entendra parler ceux qui se taisent depuis des temps et des temps.

— Et qui sera la cause de cette agitation ?

— La mort.

— La mort de qui ?

— Je sais pas...

— En tout cas ne racontez ça à personne, pas même à Deborah.

— C'est pas des histoires dont j'aime causer.

Elle s'arrêta de parler pour humer l'air. Peu fait à ses manies, Espalem la contemplait, surpris.

— Vous sentez drôlement, monsieur le Pasteur...

— Je sens, moi ?

— Une odeur curieuse... J'y reconnais cet air renfermé qu'on renifle autour de tous les hommes de Dieu, mais chez vous, c'est curieux, comme si vous vous apprêtiez à commettre...

— Une bêtise ? Je sais.

— Non, une mauvaise action.

Joseph suivait des yeux la démarche saccadée de la vieille s'éloignant du temple. Que signifiait la comédie qu'elle lui avait jouée ? Car c'était une comédie, il n'en voulait pas douter. D'ailleurs, sur quoi ouvrait cette allusion à une mauvaise action ? Quelle mauvaise action ? Il haussa les épaules. La pauvre folle racontait n'importe quoi pour être écoutée. Le pasteur arrangeait sa Bible dont la couverture s'était légèrement déchirée lorsqu'il tressaillit : la mendiante savait-elle qu'il avait prié sa sœur de quitter leur demeure pour éviter des heurts avec Rachel ? Mais enfin ce n'était pas faire preuve d'ingratitude que de vouloir la paix chez soi ! Il n'avait jamais eu l'intention de jeter Deborah à la rue ! Qu'est-ce qu'elle imaginait, cette pauvresse ? Il n'oubliait pas ce qu'il devait à sa sœur. Il ne l'oublierait jamais.

Deborah lavait à grande eau le devant de sa porte quand Bethsabée entra dans la cour. Elle la héla gentiment :

— Alors, grand-mère, on est revenue faire un petit tour par chez nous ?

— Je salue toujours les braves gens.

— Entrez vite voir ce que j'ai mis de côté pour vous.

— L'Éternel te rendra au centuple ce que tu me donnes.

La vieille, semblable à tous les miséreux ayant perpétuellement le ventre creux, sitôt qu'elle en avait l'occasion, mangeait n'importe quand, n'importe quoi. Deborah l'examinait pendant qu'elle dévorait un morceau de viande froide et du pain. D'où venait-elle? Quelle existence avait-elle menée avant de devenir l'épave haillonneuse qu'elle était aujourd'hui? Elle ne possédait pas de papiers et tous ignoraient son nom. Vraiment une créature perdue. La sœur du pasteur songea qu'elle aussi serait peut-être obligée de partir sur les routes, qu'elle aussi n'aurait plus de foyer le jour où Rachel, entrant dans la maison, l'en chasserait. Elle se mit à pleurer sans bruit, mais toujours à l'affût, en vraie bête sauvage. La mendiante s'aperçut du chagrin de son hôtesse fort discret cependant.

— Tu as de la peine?

— Ça va passer. Ce n'est rien.

— Y a des chagrins qui passent pas.

Deborah comprit alors combien cette femme devait être malheureuse et quelle plaie profonde elle portait en elle. Prise de pitié, elle s'approcha d'elle et entoura ses épaules de son bras.

— Quel âge avez-vous?

— Je sais pas...

— Ça vous plaît de courir les chemins par tous les temps?

— Non.

— Alors, pourquoi?

— Pour pas penser à ma misère de dedans.

Bethsabée voulut changer de conversation, ne pouvant se concentrer longtemps sur le même sujet, et se mit à renifler avec force puis attrapa la main de son hôtesse.

— Ma fille, tu sens la peur. Qu'est-ce qui t'effraie de la sorte?

— Vous vous faites des idées..

— Non. Je connais bien l'odeur de la peur. Tu as peur, Deborah, je sais pas de quoi, mais tu as peur.

— Je vous assure...

— À moi, tu peux pas mentir. Je vais te confier autre chose : sous ta peur, je sens une autre odeur, plus forte, plus marquée. Tu hais quelqu'un ou quelque chose avec tant de violence que tu en es tout imprégnée.

Deborah ne répondant pas, la vieille ordonna :

— Puisque tu veux rien dire, ça te regarde. Va chercher ce que tu as mis de côté pour moi.

La sœur de Joseph lui montra un ballot.

— Des vieilles robes, des chaussures moins usées que les vôtres. Prenez ce qu'il vous plaira. C'est pour vous.

Elle se détourna pendant que l'autre quittait ses loques pour revêtir des vêtements qui la protégeraient des intempéries. Sa toilette achevée, Bethsabée déclara :

— Tu as été bonne. Je souhaite, en échange de ta générosité, que le Tout-Puissant te guérisse du mal qui te ronge et t'accorde la paix.

— Êtes-vous donc si pressée ?

— Faut que je suive ma route.

— Quelle route ?

— Quelle importance ?

— Mais enfin, vous marchez sans savoir où vous allez !

— Bah ! Nous avançons sur des chemins qui mènent nulle part.

Alors que l'errante s'arrêtait sur le seuil pour humer l'air, Deborah s'enquit :

— Vous avez encore du temps devant vous avant de regagner votre refuge d'hiver.

— J'y retournerai pas.

— Pourquoi ?

— Parce que je serai morte.

Elle s'en fut sans donner d'explication.

* * *

Un lourd silence, étouffant les bruits familiers, s'abattit sur Vivezargues, lorsque la nouvelle eut touché toutes les maisons. Cette nouvelle avait été lancée par Salomon Cossonay qui occupait le bureau de poste. Le vieil Ezechiel était mort à l'hospice où on le tenait quasiment enfermé depuis que les gendarmes l'avaient arraché à son village. D'abord, oubliant les nonante-cinq ou six ans du père Novechaze, on s'était montré surpris, ensuite un vague remords avait assombri les consciences. Dans tous les foyers, on entendait des réflexions amères, qui donnaient à chacun un sentiment de culpabilité. Zelpha assurait les clients de la boulangerie qu'on s'était montré un peu trop expéditif avec le pauvre Ezechiel. Ezrah Malvières confiait à qui voulait l'entendre que le maire n'avait pas fait son devoir en laissant agir les gendarmes sans protester, mais Ruben Brenat se défendait en proclamant qu'il ne pouvait rien contre la décision d'un médecin. Sephora Chalignac, l'épicière, se rappelant la scène qui avait eu son magasin pour cadre, assurait que la Judith Collonges y avait été un peu fort. On ne pouvait pas oublier que la malheureuse Esther, après la correction infligée par la Collonges, était devenue folle perdue et qu'alors, elle était dans l'incapacité de défendre son vieux papa. Zelpha Aïlhac, qui ne perdait jamais une occasion de s'attaquer à Rachel, affirma hautement que tout était de la faute de la jeune fille qu'Esther vitupérait rageusement quand le drame s'était produit, allusion à l'altercation entre la vieille et aigre demoiselle et la Judith Collonges. Vivezargues semblait frappé d'amnésie. Personne ne se souvenait de l'intolérable dictature d'Esther et que l'Ezechiel, gâteux, baveux, était au bout de son rouleau en partant avec les gendarmes. Une complicité unanime et spontanée s'imposait à tous pour estomper ou nier les responsabilités.

Ruben Brenat qui se rendait au café, fut pris à partie par le boucher :

— Alors, monsieur le Maire, on va se promener ?

Il était de notoriété publique que les deux hommes ne s'aimaient pas. Aussi, dans l'espoir d'entendre une belle empoignade verbale, les curieux s'agglutinèrent-ils. Brenat qui ne s'attendait pas à cette interpellation répondit avec un peu de retard :

— Je vais au café rejoindre mes amis, monsieur Malvières. J'espère que vous n'y voyez pas d'inconvénient ?

Le boucher jeta un coup d'œil autour de lui pour s'assurer qu'il serait soutenu, le cas échéant.

— Aucun, monsieur le Maire, aucun, soyez-en persuadé...

Il y avait, dans ces quelques mots, une ironie si lourde qu'on attendit la suite avec impatience.

— ... seulement, je me demandais si jouer aux cartes, en un pareil moment, était convenable pour un des responsables du malheur qui nous atteint tous, aujourd'hui.

Ruben, un alerte septuagénaire, se montrait, d'ordinaire, d'humeur paisible, mais il détestait les coups bas. Il avança vers le boucher.

— Voudriez-vous insinuer, monsieur Malvières, que je suis pour quelque chose dans la disparition normale d'un plus que nonagénaire ?

Le visage de son interlocuteur commençant à l'inquiéter, le boucher chercha de nouveau des encouragements parmi ceux et celles qui assistaient au débat. Il ne vit que des visages fermés et des regards qui se dérobaient. Il regretta une initiative maladroite.

— Normale... normale... si on veut, hein ?

— Monsieur Malvières, je vous somme de vous expliquer si vous ne tenez pas à ce que je vous casse la gueule !

Du coup, on jugea que Ruben avait du cran et que son antagoniste faisait pâle figure. Pour tenter de s'en sortir, Ezrah déclara véhémentement :

— Enfin, vous ne pouvez nier que si la Judith Collonges n'avait pas dérouillé la pauvre Esther, elle serait pas devenue timbrée et aurait pu continuer à s'occuper de son vieux papa ?

On admira l'astuce du boucher qui en rajouta :

— Mais chez nous, on n'ose pas toucher aux Collonges.

Ce changement de cible désorienta le maire.

— En quoi ce que font les Collonges me concerne-t-il ?

— Vous êtes responsable de l'ordre public, non ?

— Et alors ? Il paraît que la Novechaze se répandait en calomnies sur la petite Rachel.

Une voix anonyme lança :

— La Rachel, une brave putain !

Il y eut un instant de flottement. Ce n'était pas là un des mots dont on usait à Vivezargues. Ruben en profita :

— Voilà, monsieur Malvières, les saletés auxquelles vous en arrivez avec vos mensonges stupides !

— Je vous permets pas...

— Je me fous de votre permission ! Vous aurez bientôt de mes nouvelles !

— Elles m'intéressent pas !

— Eh bien ! Vous en aurez quand même !

Agar Malvières, femme pâle et effacée, vint tirer son mari par la manche.

— Viens donc, Ezrah... Ça suffit !

Soulagé, le boucher suivit son épouse tout en l'assurant que si elle ne l'avait pas obligé sottement à quitter le débat, il aurait rivé son clou à ce salaud de maire.

À Vivezargues, comme partout, il y a des cancaniers qui se font un malin plaisir de rapporter les incidents de la vie communautaire — surtout quand ils sont désagréables aux gens qu'on informe. Ainsi Josuah fut-il mis au courant des reproches qui, au cours de la querelle du maire et du boucher, l'avaient atteint. Cependant, le vieil homme régnait depuis si longtemps sur le village qu'il crut à une exagération de celui qui l'avertissait et se remit à travailler le discours qu'il se proposait de prononcer sur la tombe familiale d'Ezechiel.

Zelpha Aïlhac attendit que le pasteur s'en fût allé préparer les funérailles du vieux Novechaze pour se précipiter chez Deborah à qui elle fit un récit complet de l'affaire ayant dressé l'un contre l'autre et en public Brenat et Malvières. Toutefois, elle insista sur ce qui avait été dit de désagréable sur le compte des Collonges. Elle omit cependant de lui signaler l'injure grossière adressée anonymement à Rachel. D'abord parce qu'elle en était l'auteur, ensuite parce qu'elle ne se sentait pas très fière de son triste exploit.

Deborah avait éprouvé une joie mauvaise en écoutant Zelpha. Elle avait honte mais elle n'y pouvait rien. Dans son esprit torturé par la peur de l'avenir, tout ce qui atteignait Rachel et les siens était, à ses yeux, autant de coups portés à un mariage qui entraînerait sa défaite.

Ainsi qu'il le lui avait promis, le boucher eut des nouvelles du maire, la veille des obsèques d'Ezechiel dont le cercueil reposait au temple, veillé par les trois Anciens qui restaient et quelques pieuses femmes. C'était un vendredi, jour où Malvières se ravitaillait en carcasses de moutons. À peine eut-il rentré sa camionnette dans la cour que le vétérinaire de Privas, affecté aux abattoirs, surgit, escorté de deux gendarmes. Le boucher, anéanti, n'éleva pas la plus légère protestation lorsque les procès-verbaux lui tombèrent dessus drus comme grêle pour complicité d'abattage clandestin, faux et usage de faux concernant trois carcasses déclarées au lieu de cinq. Enfin, on procéda à la saisie d'une de ces carcasses, jugée impropre à la consommation. Sitôt les visiteurs disparus, Ezrah retrouva son sang-froid pour se répandre en imprécations contre le maire qui, il n'en doutait pas, avait organisé le piège. Mais, cette fois, Agar se permit de blâmer son mari :

— Il fallait que tu fasses ton important, hein ? Qu'avais-tu besoin d'asticoter le Ruben ? Et pourquoi t'en es-tu pris aux Collonges, c'était pas malin ! Maintenant, tu t'es mis pas mal de monde à dos sans compter les sous que tes sottises vont nous coûter ! Qu'est-ce t'en dis ?

— J'en dis que si tu la fermes pas, je vas te caresser le museau, sacrée vieille pintade !

* * *

« Ezechiel, ceux qui, comme moi, ont eu le privilège de te connaître dans ta jeunesse n'oublieront jamais l'homme que tu fus et que nous avons aimé, ni le beau vieillard que tu étais devenu, si riche d'expérience, si plein de souvenirs qui devenaient, pour nous, autant de leçons avant que la maladie ne t'isole dans une pénombre où nous n'avions pas accès... » Je dois reconnaître que le pasteur m'a beaucoup aidé dans l'écriture de ce texte. Comment vous le trouvez ?

Isaac Mouleyris et Amos Béage, qui composaient l'auditoire de Collonges, se regardèrent, hochèrent la tête, chacun invitant l'autre à parler. Enfin, Amos se décida :

— C'est bien... on peut pas dire, c'est bien. Pas vrai, Isaac ?

— Ouais.

— Seulement...

Josuah commençait à s'énerver et, très sèchement, il s'enquit :

— Seulement, quoi ?

Amos prit un air malheureux.

— Seulement, vaudrait mieux que ça soye pas toi qui le lises.

— Pas moi ! Elle est raide, celle-là ! C'est moi qui l'ai écrit cet éloge, alors pourquoi je le lirais pas ?

— Parce que, pour l'heure, t'as pas tellement bonne presse dans le coin...

— Pas bonne presse ? encore les racontars du boucher !

Isaac sortit de son mutisme :

— Y a pas que lui !

Josuah paraissait perdre pied.

— Qu'est-ce que ça signifie ?

Amos tenta d'expliquer :

— Tout le monde croit que t'es un peu responsable de la mort du pauvre Ezechiel.

— Mais comment ?

— Si l'Esther avait été en état, elle aurait continué à s'occuper de lui et il serait pas mort à l'hospice.

— Qu'est-ce que j'ai à y voir ?

— C'est après la tripotée que ta gendresse a filée à Esther que celle-ci a perdu la jugeote.

— C'était une emmerdeuse ! et tu le sais bien, Amos ?

— D'accord... ça change rien.

Les vieux se turent. Ils se sentaient un peu perdus. L'un par suite des réflexions qu'il avait faites, l'autre parce qu'il les avait entendues. Au bout d'un moment, Josuah se leva avec peine. Soudain, il se sentait devenu vraiment vieux et n'avait plus envie de discuter. Son heure était passée. Il devait en prendre conscience, mais c'était si imprévu, si rapide. Il n'était pas prêt.

— Bon, tu liras le papier, Amos.

— J'essaierai.

En quittant ses amis, Collonges oublia de leur serrer la main. Sur le chemin qui le ramenait chez lui, ceux qui l'aperçurent remarquèrent sa démarche hésitante et saccadée. L'impression générale était que l'Ancien arrivait au bout de son rouleau et beaucoup en eurent de la peine. Lorsque le vieil homme entra dans sa maison, Judith fut frappée par son visage défait.

— Quelque chose qui va pas ?

— Plus rien ne va, ma grosse.

— Vous êtes malade ?

— Je préférerais...

— Enfin...

— Tu nous as tous mis dans un beau pétrin en corrigeant l'Esther...

— Je pouvais pas laisser calomnier ma fille !

— On l'aime pas beaucoup non plus, ta Rachel...

— C'est des idées.

— Non pas ! Y en a qui commencent à chuchoter que l'Esther racontait pas que des faussetés...

— Oh ! si j'en attrape un ou une de ceux-là, il passera un mauvais quart d'heure !

— Tu vas me faire le plaisir de rester tranquille. Il faut qu'on réapprenne à nous respecter...

Josuah conta, par le menu, l'affront infligé par Amos et Isaac. La mère de Rachel en fut bouleversée. Son beau-père l'obligea à promettre de ne plus entreprendre quoi que ce soit. Elle promit, mais en croisant les doigts derrière son dos, ce qui, comme chacun sait, annule les engagements les plus solennels.

Prétextant une course dans le village, Judith se rendit d'un pas ferme au café où les Anciens avaient leurs habitudes. Elle entra et apostropha les deux vieillards :

— Vous avez pas honte de ce que vous avez fait à mon beau-père ? Il vous croyait ses amis ! « Entre eux et moi, c'est pareil à du ciment », qu'il me disait le pauvre homme et à la première occasion vous le trahissez !

Amos voulut s'expliquer :

— Écoutez-moi, Judith...

— Taisez-vous ! Vous êtes deux Judas ! et vous vous rappelez la manière dont il a fini, votre modèle ?

— Vous avez pas le droit de me...

— On a tous les droits quand on cause à des malfaisants de votre espèce ! et je suis étonnée qu'un homme comme vous, Ruben, puisse boire en compagnie de ces individus !

Derrière elle, la porte du café claqua et le patron trembla pour ses vitres. Amos avait du mal à se remettre de cette empoignade verbale. Il chercha du secours auprès du maire.

— Vous avez entendu la façon dont elle m'a parlé, cette gaupe ?

— Ma foi... Pour décider qu'elle a eu raison de vous engueuler, Isaac et vous, on peut pas, mais affirmer qu'elle a eu tort, on le peut pas non plus.

Visiblement préoccupé, Ruben Brenat sortit en oubliant de payer ses consommations.

* * *

Le cimetière de Vivezargues est tapi dans une combe bien abritée du vent et ombragée, durant l'été, par des arbres qu'on répute appartenir aux défunts et auxquels nul ne s'aviserait de toucher même s'ils n'étaient pas sur un terrain communal. Un enclos, aux pierres cachées sous le lierre, délimite le domaine terrestre des morts. Une grille dont on oublie sans cesse de graisser les gonds donne accès à cet endroit paisible où les vieux aiment à venir se promener quand leurs jambes peuvent encore les porter. Les tombes sont à peu près toutes les mêmes et discrètes. Point de caveau, sauf celui des Bertignat, on dort dans la terre, la compagne de toujours.

Il ne manque pas un habitant de la commune dans le cortège descendant à petits pas le chemin qui conduit au cimetière. Quatre jeunes hommes, solides, maintiennent sur leurs épaules le cercueil d'Ezechiel. Le pasteur marche tout de suite après eux avec le maire, puis Amos et Isaac. Les autres suivent, groupés selon leurs affinités. Josuah, l'air mauvais, est entouré de Rachel et de Judith. Les Bertignat sont à quelques mètres derrière.

D'abord ils se sont rangés des deux côtés de la fosse où on a descendu le cercueil à l'aide de cordes, puis le pasteur a retracé la vie sans histoire d'Ezechiel Novechaze. Il a été contraint de broder. Dans l'ensemble, on a jugé qu'il parlait comme il faut et quand il a déploré l'absence d'Esther, en soulignant combien cette famille était cruellement frappée, les regards se sont tournés vers les Collonges. Lorsque Amos a sorti le papier de sa poche pour lire l'éloge funèbre de son ami, ils se sont tous massés autour de lui, laissant Josuah et les siens, seuls. Un affront sans pareil. Joseph hésita, tant la pâleur de Rachel le bouleversait. Toutefois, il n'osa pas prendre parti contre le village et resta à sa place.

« Ezechiel, ceux qui, comme moi, ont eu le privilège de te connaître dans ta jeunesse... »

La rage au cœur, Josuah devait écouter un autre lire un texte qui lui appartenait. Un remous se creusa dans l'assemblée quand, sans se soucier de l'orateur qui butait presque sur chaque mot, les Bertignat, père et fils, rejoignirent ostensiblement les Collonges. Le maire et sa femme leur emboîtèrent le pas. Le pasteur faillit agir de même au moment où il vit Jonas poser une main fraternelle sur l'épaule de Rachel. Une fois de plus, il n'eut pas le courage de heurter l'opinion publique. Bertignat regarda sévèrement l'assistance. Amos continuait à s'emmêler dans son discours. Les deux fermiers d'Eleazar crurent deviner dans l'attitude de leur patron un blâme, voire une menace à leur endroit et ils filèrent se placer derrière les Collonges. Leur propriétaire les remercia d'un hochement de tête. Certains, dès lors, commencèrent à se demander s'ils ne s'étaient pas conduits sottement. Le boucher, toujours virulent, en remontant vers Vivezargues, confia à ceux qui l'entouraient :

— Vous avez vu la gueule qu'ils faisaient, les Collonges ?

Chalignac qui marchait à ses côtés répliqua :

— N'empêche qu'ils ont eu des amis... le maire par exemple...

— Oh ! celui-là ! Il vaut pas mieux que ces salauds de Collonges !

— Et les Bertignat ?

— On n'a rien à en foutre !

— Tu leur vends pas de la viande, peut-être ?

— Si, et puis ?

— S'il leur venait à l'idée de te mettre à l'index...

— A l'index ! non, mais de quel droit ?

L'épicier haussa les épaules.

— Du droit du plus fort, andouille !

L'ami Jacob avait affirmé son opinion avec une telle

force qu'Ezrah Malvières se demanda s'il ne devrait pas changer son fusil d'épaule.

Josuah, quant à lui, retourna dans sa ferme sans desserrer les dents. Judith le connaissait assez pour savoir que n'importe quelle occasion lui serait bonne pour libérer la colère grondant en lui. Discrets, les Bertignat avaient quitté les Collonges à la porte du cimetière et étaient repartis avec leurs fermiers.

Le grand-père buvait une infusion de tilleul supposée le calmer lorsqu'il posa son bol et laissa libre cours à la fureur qui le secouait.

— Ces fumiers ! Vous avez vu ça, hein ? Comme si on était des pestiférés ! Des camarades de toujours et ils sont les premiers à me tourner le dos ! Ce salaud d'Amos qui m'a volé mon discours et le pasteur qui n'a pas bougé ! Un joli coco que t'as choisi là, Rachel !

Judith, sans cesse disposée à prêcher la paix, tenta d'excuser Espalem.

— Faut vous mettre à sa place, grand-père. Il pouvait pas se ranger dans ce camp-là plutôt que dans celui-ci.

— C'est pourtant ce qu'il a fait, non ?

— Il était obligé de rester avec celui qui lisait l'éloge du mort. Autrement, à cause de Rachel, il serait venu à nos côtés.

— J'en suis pas sûr !

La bru se tourna vers sa fille dans l'espoir d'être soutenue, mais la demoiselle se contenta de remarquer :

— Heureusement que les Bertignat se sont placés près de nous.

Judith qui n'aimait guère Eleazar et son fils parce qu'appartenant à un monde si loin du sien crut pallier le sentiment de reconnaissance que risquait de déclencher la réflexion de Rachel, en ajoutant :

— Et aussi Ruben et son Elisabeth.

Josuah dut convenir que ces gens-là s'étaient conduits en amis, mais que cela ne compensait pas la félonie de ses vieux copains et la dérobade de celui qui était presque son gendre. Il conclut :

— En tout cas, autant qu'ils sont, ils l'emporteront pas au paradis. Ils vont voir ce dont Josuah Collonges est capable !

Cette nuit-là, Rachel eut un rêve merveilleux. Elle se trouvait, toute droite, sur un rocher s'élevant à l'orée d'une clairière où une horde d'individus hurlants manifestait l'intention de la tuer. Elle allait s'évanouir, quand un chevalier, vêtu de blanc, le glaive à la main, se jetait entre Rachel et ses assaillants qu'il obligeait à reculer. À cet instant, la jeune fille se réveilla le cœur battant. Pourquoi donc son chevalier-protecteur avait-il les traits de Jonas ?

Les choses n'allaient pas mieux chez les Espalem. Deborah, abandonnant le pasteur à ses tâches particulières, était rentrée la première. Son frère le lui reprocha car — et pour les mêmes raisons — il se montrait aussi hargneux que Josuah.

— Tu aurais pu m'attendre !

— Pourquoi ?

— Pour que les villageois aient le sentiment que nous étions unis pour réprouver ce scandale voulu par quelques imbéciles !

— Tout le monde, à Vivezargues, sait que nous ne nous entendons plus comme autrefois.

— À qui la faute ?

— Ma parole ! tu es inconscient !

— J'aurais dû arracher son papier des mains d'Amos Béage.

— Mais tu ne l'as pas fait !

— Qu'auraient pensé les autres ?

— Il fut un temps où tu te souciais plus de ton sens de la justice que de l'opinion des imbéciles.

Sans répondre, Joseph se versa un verre de vin qu'il avala d'un trait.

— Tu as apprécié, je pense, l'insolent toupet des Bertignat se plaçant auprès des Collonges comme s'ils étaient de la famille !

— Ils ont pris la place que tu n'as pas occupée.

— Je n'avais pas le droit, d'autant plus que Rachel est ma fiancée.

— Que tu laisses défendre par Jonas !

— Les Bertignat n'avaient pas à se mêler de ça ! Le maire et sa femme se tenaient avec les Collonges... c'était suffisant !

— J'ignore si Josuah te pardonnera ton lâchage.

— Tu as de ces mots !

— Lesquels emploierais-tu ?

Chacun de son côté se réfugia dans un silence hostile dont Deborah émergea pour demander avec perfidie :

— T'es-tu inquiété des raisons de cette cabale dont Josuah est victime ?

— Ma foi...

— Tu n'es pas assez aveugle pour ne pas te rendre compte que tout cela a été fait contre une seule personne qui n'est pas Josuah.

— Qui donc ?

— Voyons, Joseph ! Contre Rachel, bien sûr !

— Je m'y attendais ! N'importe quoi t'est bon pour calomnier celle que j'aime !

— Pauvre aveugle !

— Mais enfin, pourquoi Vivezargues en voudrait-il à Rachel ?

— Parce que tu veux l'épouser.

— Seigneur ! Qu'est-ce que cela peut leur faire ?

Malgré elle, Deborah se sentit attendrie par cette incapacité à comprendre la méchanceté des hommes.

— Écoute-moi, Joseph : pour nos paysans, le pasteur est quelqu'un à part qui, appelé par l'Éternel, ne peut pas se conduire comme tout le monde. On ne lui pardonne pas ce qu'on pardonnerait à n'importe qui. Que tu le veuilles ou non, en entrant en religion, tu t'es placé au-dessus de nous tous, ce qui a pour résultat d'autoriser tes paroissiens à te juger selon leur morale, leurs habitudes, leurs traditions. Ton mariage prévu avec Rachel les choque.

— En quoi ?

— Ils estiment qu'elle est peu digne de toi.

— C'est absurde !

— Le bon sens populaire...

— Naturellement, toi, tu souffles sur le feu ! Il faudra que vous vous enfonciez ça dans le crâne : j'aime Rachel ! et tous vos racontars n'y changeront rien !

— Et elle ?

— Quoi, elle ?

— Es-tu certain qu'elle t'aime ?

— C'est abominable, ce que tu insinues là !

— Tous les blessés jugent que ceux qui les soignent sont brutaux.

— Quoi que je dise, quoi que je fasse, tu es contre moi. Tu as beaucoup changé, Deborah. Autrefois...

— Ah ! s'il te plaît ! Ne me parle pas de notre existence d'autrefois. En ce temps-là, tu n'aurais pu te passer de moi... en ce temps-là, tu ne m'aurais jamais mise à la porte de ma propre maison pour plaire à une autre femme !

— Tu sais bien que ce sont des paroles en l'air !

— Peut-être, mais elles retombent et elles font mal... un mal dont on ne guérit pas.

Il ne savait quoi répondre. Elle regrettait déjà ce qu'elle avait dit, cependant, au fond, elle n'était pas fâchée d'avoir parlé comme elle l'avait fait. Ces purs, ces innocents sont sans égal pour vous obliger à souffrir. Elle se rendait compte, en dépit de son silence, qu'elle l'avait cruellement touché. Pensant à Rachel, elle ne parvenait pas à éprouver des remords.

— À quoi vois-tu qu'elle ne m'aime pas ?

— À rien de précis. Il me paraît, toutefois, que si elle était aussi éprise que tu l'es toi, elle ne tolérerait pas que, dans vos promenades, tu ne lui parles que de la Bible, de ses devoirs, de ses futures maternités. Tu n'as même jamais tenté de l'embrasser !

— Je n'en ai pas le droit, voyons !

— En somme, tu attends la nuit de noces ?

— Deborah !... de pareils propos dans ta bouche...

— Laisse-moi tranquille avec tes pudeurs de timide ! Tu veux des enfants, je crois ? Alors, il faudra bien agir de la même façon que les gens qui ne sont pas pasteurs pour en concevoir !

— Vous parlez, vous parlez, tous autant que vous êtes, en oubliant que je suis un homme de Dieu et que je ne peux me conduire à la façon du premier garçon rencontré.

— Erreur ! En t'appelant, l'Éternel n'a pas fait de toi, physiquement, un surhomme. Tu manges, tu bois, tu dors et tu es soumis à toutes nos misères physiologiques, alors pourquoi exiger de Rachel qu'elle se place, elle aussi, dans un univers à part alors qu'elle aspire à mener une vie qui ressemblerait plus à celle de sa mère qu'à celle d'une créature divine débarrassée des contingences terrestres ?

— Tu prends sa défense, à présent ?

— Tu n'as jamais compris que je ne suis pas hostile à Rachel, mais à votre mariage. Vous ne vous aimez pas assez pour passer ensemble des années et des années.

— Tu te trompes. Je l'aime...

— Mais au cimetière, es-tu allé à son secours...

— Ça m'était impossible !

— Et tu as laissé Jonas s'y rendre à ta place... Crois-tu qu'elle te le pardonnera ?

— Elle est assez intelligente pour admettre mes raisons !

— Toute la question est là, mon pauvre Joseph.

— Je vais le lui demander !

Sans ajouter un mot, le pasteur sortit, apparemment plein d'une ardeur qui inquiétait sa sœur. Deborah souhaitait et craignait la discussion devant mettre aux prises Joseph et Rachel. Elle la souhaitait, espérant une rupture définitive, elle la redoutait, prévoyant l'effondrement de son frère, si tout se déroulait comme elle le désirait secrètement.

Depuis qu'il était revenu du cimetière, Josuah ne décolérait pas. Il se perdait dans un interminable discours que personne n'écoutait, où il stigmatisait la population de Vivezargues dans son ensemble, Amos et Isaac en particulier. Il ne s'interrompait que pour reprendre haleine ou pour sucer une boule de gomme destinée à calmer un catarrhe plus ou moins imaginaire. L'entrée du pasteur parut suspendre la vie chez les Collonges. Le grand-père ne pensait plus à discourir. Judith, paralysée, n'osait pas bouger et Rachel, tendue, sentit qu'il allait se passer de drôles de choses.

— Bonjour à tous !

Seul Josuah répondit par un grognement indistinct.

— Je suis venu vous voir à cause de ce qui a eu lieu au cimetière.

Le grand-père souligna :

— Pas joli, joli, monsieur le Pasteur.

— Pas très joli, en effet, mais qui aurait pu prévoir ?

Rachel intervint, durement :

— Vous !

— Mais, Rachel...

— Vous avez vu le village se dresser contre nous et vous n'avez pas bougé !

— Je suis le pasteur de tous !

— Heureusement que d'autres nous ont secourus !

— Les Bertignat ?

— Et les Brenat !

Josuah, devinant que la discussion risquait de mal tourner, cria plus qu'il ne dit :

— Vous désirez quoi, exactement ?

— Dissiper un malentendu.

— Considérez que c'est fait. Au revoir.

Joseph ne savait pas quelle attitude adopter, les autres

non plus. Le vieux avait recommencé à mâchouiller ses boules de gomme et regardait curieusement le pasteur. Il rigolait intérieurement parce que la visite d'Espalem lui paraissait une revanche sur le village. Joseph demanda, timidement :

— Est-ce que je pourrais parler à Rachel ?

La petite, hargneuse, s'enquit :

— Pour quoi faire ?

Décontenancé, Espalem balbutia :

— Pour... pour vous expliquer...

— On a tout compris, vous savez... On peut résumer en soulignant que vous n'avez pas osé défendre votre fiancée et les siens !

— Je vous affirme... Sortons, s'il vous plaît ?

— Si vous y tenez !

Rachel mit un fichu sur ses épaules. Dehors, son humeur ne s'adoucit pas.

— Alors, qu'avez-vous à me raconter ?

Le ton était froid, dur, presque provocant et, du coup, Joseph perdit pied.

— J'aimerais que vous fassiez un effort pour me comprendre...

— Soyez sûr que j'essaie.

Se reprenant presque à chaque mot, le pasteur exposa à Rachel ce qu'il avait déjà exposé à sa sœur. Mais si celle-ci avait plus ou moins feint d'admettre le point de vue de son frère, bien qu'elle ait ironisé sur les défaillances de son cadet, la petite Collonges refusa de partager les convictions de son interlocuteur. Elle l'assura qu'elle ne pouvait oublier cette image du cimetière où, brusquement, elle avait vu le village presque tout entier l'écarter ainsi que sa famille, tandis que son fiancé l'abandonnait pour rester avec ses ouailles. Par opposition, elle était merveilleusement émue en pensant au secours apporte par les Bertignat et les Brenat. Si elle songeait plus particulièrement aux premiers qu'aux seconds, c'est qu'il y avait Jonas au côté de son père.

Les fiancés se séparaient froidement lorsque Joseph demanda :

— Rachel... vous m'aimez toujours ?

— Ce n'est guère le moment !

— Pourquoi ?

— Si vous ne le devinez pas, je n'y peux rien !

Cette histoire du cimetière continuait à faire bouillonner Vivezargues. Ezechiel mort prenait une importance qu'il n'avait jamais eue de son vivant. Pas un foyer où l'on ne discutât de l'incident. Assez curieusement, il était en train de se produire un revirement dans l'opinion des villageois. Les moins obstinés estimaient qu'on avait infligé un affront gratuit aux Collonges. Les plus posés se rappelaient soudain qu'Ezechiel était d'un âge à mourir et qu'en plus on le savait gâteux. Les prudents ayant constaté que le maire et le riche Eleazar avaient pris le parti de Josuah décidèrent qu'il se révélerait vite profitable de les suivre.

Le boucher, ayant rapporté à sa femme le changement d'attitude de l'épicier, ne reçut aucun encouragement, au contraire.

— Mon pauvre Ezrah, c'est pas Chalignac qui se conduit sottement, mais toi. T'as vu ce que ça t'a rapporté de t'en prendre au maire ? et pourquoi, je te le demande ! Qu'est-ce que t'as à voir dans les histoires des Collonges, du pasteur et de n'importe qui d'autre ! Mais il faut que tu colles ton nez partout, sacré corniaud ! Tu veux que je t'annonce ce qui va se passer ? Ils vont tous se rabibocher et, toi, tu resteras avec ton amende, l'hostilité des gendarmes qui te tracasseront tant et plus. En prime, tu auras la réputation de vendre de la viande abîmée. Une bonne affaire ! On peut pas prétendre le contraire, gros bon à rien !

Une scène à peu près identique se déroulait dans chaque foyer. On y gardait en mémoire le spectacle des Collonges isolés. On en avait honte. Les femmes interrogeaient leur mari pour comprendre les raisons de leur offensant comportement qu'elles n'avaient imité que par suite d'une obéissance atavique. Elles s'entendirent répondre qu'ils n'en savaient, ma foi, rien.

Au café, l'ambiance n'était guère meilleure. Les rares clients erraient sans se décider à s'asseoir et, quand ils s'y résolvaient, ils se taisaient, évitant même de se regarder franchement. Le cafetier déclencha l'attaque en s'en prenant à Amos.

— Mais, tonnerre du diable, pour quelle raison avez-vous fait ça ?

Le vieux le fixa d'un air abruti.

— Fait quoi ?

— Pourquoi vous avez pas laissé Josuah lire le papier ?

— On m'a assuré que ça serait incorrect.

— Qui c'est qui vous a dit une pareille connerie ?

— L'Ezrah Malvières.

Le cafetier, se redressant, s'adressa à la salle :

— Il commence à nous casser drôlement les pieds, l'Ezrah. Faudra qu'on aille y causer dans les yeux et si j'étais vous, Amos, j'irais demander pardon à Josuah.

— Pour quelles raisons ?

— La grosse peine que vous lui avez faite, c'est pas joli, joli.

Sans réclamer de plus amples explications, les deux Anciens partirent côte à côte vers la ferme des Collonges. En marchant, ils flageolaient parfois sur leurs vieilles jambes et se heurtaient de l'épaule. En les voyant arriver, Judith s'exclama :

— Ils manquent pas de toupet ces deux guignols !

Ils entrèrent, balourds, apeurés, pitoyables. Josuah leur parla rudement :

— Qu'est-ce que vous voulez ?

Sans répondre, ils se dandinaient sur place. Ils rappelèrent à Rachel une gravure de son livre de classe représentant des pingouins. Amos dit :

— On sait pas...

Isaac donna un avis qu'on ne lui demandait pas.

— Paraît qu'on doit te demander pardon...

— De quoi ?

— On sait pas non plus...

La bonne Judith, pleine de pitié, interrogea Amos :

— Quel âge ça vous fait, maintenant ?

— Je sais pas bien... dans les nonante, il me semble.

— Et vous, Isaac ?

— Huitante-cinq, je crois.

La mère de Rachel se tourna vers Josuah.

— Ils sont bien vieux !

Le grand-père hésita un instant, puis ordonna, bougon :

— Donne-leur du café.

* * *

Les jours passèrent ramenant la quiétude dans Vivezargues. Le soleil, éclatant, dissipa les phantasmes et, sans comprendre, on se demanda, un temps, pourquoi on s'était chamaillés. L'inlassable bourdonnement des insectes, le parfum des fleurs, l'odeur de l'herbe apportaient une nouvelle ardeur à vivre. Partout où atteignait le regard, on voyait la tache blanche des moutons sur les pentes du Coiron. Parmi les femmes, les plus jeunes chantaient. Les garçons gonflaient le torse et lançaient des défis muets à tous ceux qu'ils croisaient. Le miracle de juillet.

Josuah avait, apparemment, retrouvé une autorité qu'on ne discutait plus. Amos et Isaac poursuivaient sans heurt leurs existences végétatives. Judith passait ses soirées à préparer le trousseau de sa fille. Rachel rêvait. Quand on l'arrachait à ses songes, elle se montrait de méchante humeur. Pour Deborah, après quelques jours d'illusions où elle avait cru que la merveilleuse et naturelle complicité d'autrefois, entre son frère et elle, redevenait possible, elle avait dû déchanter. Maintenant, elle se rendait compte que le seul raisonnement ne détacherait jamais Joseph de la petite Collonges. Si, en cet instant, il souffrait, c'était encore à cause d'elle. Le pasteur faisait connaissance avec la jalousie. Depuis l'enterrement d'Ezechiel il ne parvenait pas à oublier la main de Jonas sur l'épaule de Rachel. À sa grande surprise, il lui fallait admettre que vivre n'était pas aussi facile qu'il l'imaginait et que les hommes étaient moins limpides qu'il se plaisait à le croire. Toutefois, ce qui lui était le plus douloureux venait de sa conviction que Deborah ne méritait pas l'espèce de dévotion qu'il lui avait portée jusqu'alors. Elle montrait les mêmes faiblesses que les autres femmes et sa méchanceté injuste envers Rachel l'indignait. Les vilains bruits qui couraient dans certains foyers puritains sur le compte de la jeune fille, la sœur de Joseph en apportait l'écho sournois dans leur demeure. Une pareille attitude disait assez que son égoïsme se voulait prêt à toutes les vilenies pour empêcher un mariage qui lui ferait perdre sa suprématie.

Eleazar Bertignat avait commencé fort discrètement à établir une certaine popularité. Il rendait service sans se soucier des opinions politiques des quémandeurs. Jonas se gagnait, peu à peu, la sympathie des garçons du village grâce à ses initiatives en matière de divertissements. Parce qu'on acceptait sa supériorité, on ne lui tenait pas rigueur de faire battre les cœurs des demoiselles de Vivezargues. L'héritier des Bertignat poursuivait le siège discret mais obstiné de Rachel : regards appuyés, serrements de mains aux étreintes juste un peu plus longues que la décence ne le permettait, compliments dont l'audace, tempérée par des plaisanteries charmantes, amusaient les témoins.

Ezrah, le boucher, avait cédé aux raisons d'Agar, son épouse. Il avait fait la paix avec Josuah et le maire. Une seule famille demeurait irréductible dans son opposition aux Collonges : les Aïlhac. Leur prise de position, qu'ils expliquaient par des raisons ne tenant pas debout, était simplement motivée par la haine que Sarah — soutenue par sa mère — vouait à Rachel, accusée de lui avoir volé l'homme qu'elle aimait. Judith, qui ne se doutait de rien, continuait à acheter son pain chez Saül (elle n'aurait pu l'acheter ailleurs) où Mme Aïlhac la recevait avec mille démonstrations d'amitié. Bien qu'elle fût la mère de celle qui ôtait à sa fille le goût de vivre, Zelpha tenait Judith en parfaite estime : quelqu'un sur qui on n'avait jamais dit un mot et dont la vertu imposait le respect. De plus, la boulangère ne pouvait effacer de sa mémoire la terrible façon dont la mère de Rachel avait traité Esther Novechaze. En résumé, Judith était une Vivezarguoise qu'il valait mieux avoir pour amie. Néanmoins, elle se promettait, le jour où l'occasion lui en serait donnée, de porter un coup sérieux aux Collonges. Tout cela, dans l'espoir — jusqu'ici vain — de détourner le pasteur des charmes, réputés pervers, de Rachel.

* * *

C'était un beau dimanche qui répondait aux désirs de tous. Un ciel bleu, un soleil pas trop chaud, une lumière éclatante, une brise légère juste capable de remuer les feuillages, mouvement léger donnant l'impression d'une présence invisible. Vivezargues ne se rappelait plus qu'il s'était mal conduit. Pour faire sentir à ses concitoyens à quel péril ils avaient échappé de justesse, Joseph avait choisi de paraphraser le terrible avertissement évangélique : « Toute maison divisée contre elle-même périra. » Conscients des reproches sous-entendus, ils baissèrent tous le nez, sauf Mme Aïlhac qui, dans le regard morne de sa fille, puisait une énergie nouvelle pour fortifier son hostilité envers les Collonges. Le pasteur, devinant la gêne de son auditoire, eut recours, pour la dissiper, au chant qui, toujours, rassemble. Sous la férule de Suzanne Champetières, on entonna :

Oh ! qu'heureux est celui
dont la faute est remise
et dont les péchés
sont pardonnés !
Mon âme, bénis l'Éternel
Et que tout ce qui est en moi
bénisse son saint nom !

Par l'aiguillon de la foi, Vivezargues retrouvait son unité. Joseph profita de cet apaisement pour annoncer que le samedi suivant, avant-dernier samedi de juillet, aurait lieu la promenade annuelle à Valence des garçons et que le samedi après verrait les filles voyager à leur tour. Les garçons seraient dirigés par le pasteur qui, lorsque viendrait le jour des demoiselles, serait remplacé par Mlle Champetières. Joseph énuméra les plaisirs attendant les visiteurs : les boulevards, la vieille ville et son musée, la place des Clercs où fut roué le célèbre Mandrin, la maison des têtes, l'esplanade du Champ-de-Mars et ses beaux arbres. On déjeunerait avec les provisions emportées par chacun, sous les ombrages du parc Jouvet.

À la sortie du temple, on se perdit dans des conversations sans fin que les femmes durent, à leur grand regret, interrompre pour gagner leur cuisine et préparer le repas dominical tandis que les hommes poursuivaient leurs discussions au café. Jonas, saluant celle-ci, plaisantant celle-là, présentant ses devoirs aux mères, continuait sa petite tournée de propagande. Sans que personne y prêtât une attention particulière — sauf Sarah Aïlhac —, le fils Bertignat chuchota à Rachel :

— Samedi prochain, il ne restera pas beaucoup de garçons dans le pays. On vous laissera peut-être sortir seule, du côté du bois de la Vaque, vers trois heures.

Sans attendre de réponse, Jonas s'éloigna. Sur l'instant, Rachel fut trop surprise pour réagir. Elle était partagée entre une légère indignation due à l'audace du jeune homme et une vaniteuse satisfaction à l'idée que le beau et riche Jonas lui faisait la cour. Elle retourna chez elle, le cœur en fête. Pas un instant elle ne songea à son fiancé.

Tout au long de la semaine, la petite Collonges ne cessa de penser à l'espèce de rendez-vous que Jonas avait eu l'effronterie de lui suggérer. Il la connaissait mal s'il se figurait qu'elle lui obéirait. Non mais, pour qui il se prenait, ce garçon ? Il n'empêche qu'il occupait son esprit sans arrêt. Enfin, il n'ignorait pas qu'elle était fiancée ! Alors que pouvait-il vouloir ? Il n'imaginait quand même pas qu'elle était quelqu'un capable de moquer la parole donnée ! Pour un peu, elle aurait demandé conseil à sa mère mais, malgré elle, elle fut prise d'un fou rire à la pensée de l'incompréhension maternelle devant un pareil problème. Rachel garda donc pour elle ses soucis. Le mercredi, elle décida que, désormais, elle éviterait de rencontrer Jonas. Le jeudi, elle se demanda si elle ne devrait pas lui expliquer les raisons de son attitude. Le vendredi, elle estima qu'il serait plus sage de ne pas réagir et de laisser ce suffisant jeune homme se promener dans le bois de la Vaque, guettant la venue d'une demoiselle qui ne viendrait pas. Le samedi, elle s'impatienta dès le matin en estimant que, par elle ne savait quel sortilège, les heures duraient plus longtemps que d'habitude. Tout en débarrassant la table, Rachel annonça, d'un ton léger :

— J'ai envie de profiter de l'absence des garçons et de m'offrir une petite promenade. J'ai besoin de marcher.

Judith l'approuva :

— Tu as raison, ma grande. Ça serait péché de ne pas goûter de ce beau soleil quand on le peut.

Josuah somnolait déjà dans son fauteuil. Sa petite-fille sourit et, perfide, proposa à sa mère :

— Tu viens avec moi ?

— Marcher, c'est guère mon affaire.

À la voir s'en aller presque en gambadant, qui aurait pu se douter que cette enfant, apparemment fraîche et pure comme une eau de source, courait vers un rendez-vous ? Elle-même n'en prenait pas clairement conscience. Elle ne pensait pas au danger encouru par sa réputation si, d'aventure... À ses yeux ce n'était qu'un jeu. Elle était tellement privée de distractions et elle ne pouvait espérer que son fiancé lui en apporterait ! Sans doute, valait-il mieux qu'il ignorât son escapade bien qu'elle ne fît rien de mal, au fond. Dans l'espoir d'échapper aux curiosités villageoises, Rachel, sitôt sortie de la cour précédant la ferme, avait tourné à gauche et abandonné la route qui traversait Vivezargues. Par des sentiers herbeux et familiers depuis sa jeunesse, elle avait filé très vite vers le bois de la Vaque. Emportée par son élan, elle dévala une courte pente qui aboutissait dans un creux où, jadis, elle se cachait, persuadée avec les gamins de son âge que c'était un domaine enchanté à l'abri des grandes personnes, et faillit heurter Bethsabée.

Décontenancée par cette apparition inattendue, Rachel fut prise de panique, ce dont la pauvresse s'aperçut.

— Où vas-tu si vite ? Tu es bien la petite-fille de ce vieux tyran de Josuah ? Tu sais que tu es jolie ?

— Je... je sais pas...

— Oh ! que si, tu le sais ! D'ailleurs, ton fiancé doit te le dire, hein ?

Rachel se mit à rire.

— Mon fiancé, c'est le pasteur... Il parle surtout de l'Éternel et de ses devoirs...

Bethsabée entreprit alors de renifler en tournant autour de la demoiselle, partagée entre la surprise et la crainte.

— Je sens une drôle d'odeur...

— Mauvaise ?

— Curieuse... la joie... un peu la peur... une pointe de remords... Qu'es-tu en train de faire, imprudente ?

— Je me promène, tout simplement...

— Seule ?

— Vous voyez !

— J'aurais pas cru qu'une demoiselle, tournée comme toi, puisse se promener seule.

— Et pourtant...

— Adieu, petite. Méfie-toi !

— De quoi ou de qui ?

— De toi.

La vieille remontait la colline à pas menus. Au fur et à mesure qu'elle s'éloignait, Rachel avait l'impression de surveiller la marche d'un gros insecte noir. Bethsabée avait-elle parlé au hasard pour persuader son interlocutrice de son pouvoir, ou soupçonnait-elle quelque chose ? La sagesse eût été de rebrousser chemin mais elle avait trop rêvé à cette rencontre. Elle reprit sa promenade en direction du bois de la Vaque.

Jonas, qui avait vu Bethsabée sans qu'elle-même l'aperçût — du moins en était-il convaincu —, craignit un moment qu'elle rencontrât Rachel et que celle-ci, prise de peur, ne remontât vers le village. Il ne lui était pas venu à l'esprit que la jeune fille ait pu ne pas céder à son invitation. Nombre de succès avaient enrichi l'expérience que Jonas avait des femmes. Du premier moment où il la rencontra, il sut que Rachel ne ressemblait pas à celles fréquentées jusqu'alors. Très vite, il s'éprit d'elle et les espérances de son père n'avaient fait que le renforcer dans sa volonté d'épouser la petite-fille de Josuah. Sans doute était-elle fiancée au pasteur, mais des fiançailles peuvent être rompues et Jonas, de plus, devinait que Rachel se plaisait en sa compagnie. La bataille à livrer n'était pas de conquérir le cœur de sa belle, seulement de la convaincre de s'arracher aux traditions qui, observées, l'empêchaient de vivre, traditions dont la mère, le grand-père, le village se voulaient les gardiens attentifs.

Avec un soupir de soulagement, Jonas, dissimulé parmi les pins, vit arriver celle qu'il attendait. Elle avait une démarche légère, gracieuse, et il eut une envie forcenée de la prendre dans ses bras. Elle poussa un cri de surprise quand il bondit hors du couvert. Elle se sentait délicieusement inquiète. Une pointe de remords ajoutait à son plaisir.

— Vous avez rencontré Bethsabée ?

— Oui... Elle m'a effrayée... Cette vieille femme voit tout, entend tout. Elle est au courant, mieux que n'importe qui, des événements du village. Heureusement qu'elle n'est pas bavarde ! Si on se doutait que j'avais rendez-vous...

— Il faudra bien qu'on le sache !

— Seigneur ! Que dites-vous là ?

— Rachel, pourquoi croyez-vous que j'aie voulu vous voir ?

— Je... je ne... ne sais pas.

— Parce que je vous aime.

— Oh !... vous... vous n'avez pas le droit !

— Pour quelles raisons ?

— Je suis fiancée ! Vous l'avez oublié ?

— Non, et ça m'est égal.

Elle aurait dû le quitter en protestant qu'elle ne pouvait écouter plus longtemps des propos qui la scandalisaient, du moins se le figurait-elle. Rachel eût été incapable d'analyser ce qu'elle ressentait sauf qu'elle était heureuse. Elle ignorait à quoi elle devait cette douce euphorie l'empêchant de battre en retraite.

— Dès que je vous ai vue, je vous ai aimée.

— Je vous en prie, ne me parlez pas de cette façon !

— Pourquoi ?

— Parce que ce n'est pas bien...

— Toujours à cause du pasteur ?

— De mon fiancé !

— Il commence à m'ennuyer celui-là... Vous l'aimez ?

— Évidemment !

Sa réponse manquait tellement de conviction qu'il ne put s'empêcher de rire.

— Mais non, vous ne l'aimez pas, puisque c'est moi que vous aimez.

— Tiens donc !

— Vous ne seriez pas là autrement !

— Simple curiosité.

Ils s'étaient assis à l'ombre des arbres et Rachel prit soin de ne pas se tenir trop près de son compagnon. « Prudence est mère de sûreté », lui avaient enseigné ses éducatrices de Valence.

— Rachel, jouons à oublier que vous êtes fiancée... Vous êtes libre et je vous aime... Je suis allé demander... ou plutôt mon père est allé demander votre main à votre grand-père et il a accepté.

— Taisez-vous, cela me fait de la peine... une peine inutile !

Jonas continuait, sans se soucier de la prière de Rachel.

— Nous avons eu la permission de nous promener ensemble, sans chaperon. Nous commençons à secouer les vieux interdits. Si les Anciens nous font grise mine, les jeunes nous approuvent...

— Je vous en prie, Jonas...

— Chut ! Maintenant que la date du mariage est fixée, nous devons penser à notre voyage de noces...

Elle se mit à pleurer doucement, sans bruit.

— Où préféreriez-vous que nous nous rendions ? l'Italie ? l'Espagne ? la Norvège ? les États-Unis ? Vous devez choisir, chérie, pour que je retienne nos places.

— Ne m'appelez pas « chérie », c'est mal.

— Chaque jour, quand je pense à vous, je vous appelle « chérie ».

L'Italie, l'Espagne... la Norvège... la tête lui tournait. Quel jeu cruel ! Si elle avait su ! Elle chuchota :

— Ce serait trop beau...

— C'est possible, si vous m'aimez...

Véhémente, elle s'écria :

— Bien sûr que je vous aime ! Cependant, c'est impossible ! Grand-père a donné sa parole ! Il ne la reprendra plus !

Il lui prit les mains.

— J'ai follement envie de vous embrasser, mais je ne le

ferai que lorsque vous serez libre. Vous devez comprendre qu'il ne s'agit pas d'un caprice... À présent, nous devons étudier un plan d'action.

— Il est tard... Un retard inquiéterait et alors, que de questions !

— Bon ! Samedi prochain, vous serez de la troupe qui se rendra à Valence. Là-bas, vous prétexterez n'importe quoi pour ne pas rester avec le troupeau de Mlle Champetières et, puisque vous connaissez la ville, je vous attendrai à onze heures devant la gare et nous pourrons ainsi vivre quelques moments ensemble pour décider ce que nous entreprendrons.

* * *

Contrairement à ce que Rachel espérait, Bethsabée parla. Certes, elle n'avait pas l'intention de nuire à la jeune fille. Son bavardage n'était qu'un moyen de payer le bol de soupe qu'on lui offrait. Le malheur voulut, d'une part, que malgré ce qu'en pensait Jonas la vieille l'eût repéré dans le bois avant de rencontrer la petite Collonges et, d'autre part, qu'elle prît pour confidente la Zelpha Aïlhac qui, dans sa joie mauvaise, bourra le sac de la bonne femme, incompréhensive, de tous les restes qu'elle put trouver dans sa cuisine.

Au repas du soir, Zelpha distilla la nouvelle qui, si elle combla d'aise la brave Sarah, parut laisser le papa indifférent. Son épouse s'en étonna :

— Saül, je te comprends pas !

— Je vais te dire une bonne chose, Zelpha : vous commencez à m'embêter sérieusement, ta fille et toi, avec vos racontars ! Je tiens un commerce et je veux me brouiller avec personne !

— Alors, tu préfères ton pain à ta fille ?

— Par moments, ma femme, je me demande si t'as la comprenette bien en place ?

— Suffisamment, en tout cas, pour constater que ma Sarah, elle se dépérit ! elle se dessèche d'amour !

— Qu'elle travaille, ça la calmera !

— T'es donc un père dénaturé, Saül ! un monstre à faire peur !

Saül, lentement, s'énervait. Il avait l'impression qu'on entendait le mêler à une histoire qu'il ne comprenait pas et, quand il ne comprenait pas, il avait tendance à s'emporter. Ce qu'il fit. Cognant sur la table, il s'écria :

— À la fin des fins, qu'est-ce que vous voulez ?

Superbe, Mme Aïlhac répondit d'un ton définitif :

— Le bonheur de Sarah !

— Et c'est quoi le bonheur de Sarah ?

Excédée, Zelpha haussa les épaules.

— Comme si tu le savais pas ! Épouser le pasteur, là !

— Mais il est fiancé !...

— Justement !

Sa femme expliqua posément que les écarts de conduite de la Collonges favorisaient son dessein. Il fallait qu'Espalem soit mis au courant et, quand il apprendrait que sa future épouse n'était qu'une gourgandine, nul doute qu'il ne voudrait plus en entendre parler. Alors, il jetterait les yeux sur une fille propre et honnête, Sarah par exemple. Cette dernière, en entendant évoquer ce bonheur possible, laissa échapper un râle amoureux qui fit mauvaise impression sur son père, lequel donna son avis tout de go :

— Si je vous ai bien suivies, vous vous disposez à commettre une belle saloperie, vous deux, pas vrai ? Je peux pas vous empêcher de vous conduire de façon répugnante, mais comptez pas sur moi.

Il se leva de table, secoua les miettes accrochées à son maillot et affirma :

— Je suis plus heureux dans le fournil qu'en votre compagnie !

Quand Saül fut sorti, Zelpha résuma son sentiment :

— À part faire du pain, ton père a jamais été bon à rien. En attendant, moi, je sais ce que je vais faire !

La campagne de Mme Aïlhac débuta par une visite chez le boucher qui, en dépit de ses sages et pacifiques résolutions, savoura les méchantes nouvelles qu'on lui apportait. À son tour, Ezrah se hâta d'en glisser quelques mots à l'épicier dont l'épouse, Sephora, se crut obligée de faire partager son indignation — feinte ou réelle — à Mlle Champetières. Cette dernière se chargea d'en toucher deux mots à Deborah, en espérant que Mlle Espalem accepterait d'avertir son frère.

Mise au courant, Deborah eut beaucoup de mal à dissimuler sa joie. Elle allait être débarrassée de Rachel qui avait failli briser sa vie. Subitement rajeunie, Mlle Espalem se voyait déjà, la Collonges écartée, reprenant avec son frère l'existence d'autrefois que l'hypothétique venue de Rachel avait menacée. Mais jamais elle ne se chargerait de rapporter les faits nouveaux à Joseph. Elle était persuadée que le chagrin pousserait le pasteur à haïr le messager lui apprenant son malheur. Qui accepterait, bénévolement, une pareille tâche ? Une fois de plus, poussée par l'amour maternel, Zelpha Aïlhac s'en chargea et, n'osant pas affronter le pasteur, s'attaqua directement aux Collonges en la personne de Judith. L'affaire se passa la veille du départ des filles pour Valence.

La bru de Josuah procédait à des emplettes pour les repas de la journée, tâche dont elle était très fière car elle avait, alors, le sentiment d'une liberté totale et de tenir un rôle important dans la famille. Zelpha l'aborda comme elle sortait de l'épicerie.

— Ah ! Judith, ma bonne, je suis drôlement ennuyée...

— À cause ?

— Des vilaines histoires...

— Ah ?

— Vous avez pas bavardé avec la Bethsabée, ces temps-ci ?

— Ma foi, non. Pourquoi ?

— Figurez-vous qu'elle m'a raconté et elle a dû le raconter à bien d'autres... que samedi dernier, dans l'après-midi, elle avait croisé votre Rachel au pied de la colline qui surmonte le bois de la Vaque.

— Oui, je sais. On lui avait donné permission de prendre l'air... Ça risquait rien puisqu'il y avait plus de garçons, au village.

— Il en restait au moins un.

— Qui ça ?

— Le Jonas Bertignat.

Judith crut qu'une grande main froide lui serrait le cœur. Piteusement, elle essaya de se raccrocher à une vague espérance.

— Et... et alors ?

— La Bethsabée a vu Jonas caché dans le bois et, à la façon dont il surveillait le sentier menant au village, on comprenait — attention ! c'est pas moi mais la vieille qui parle — qu'il attendait quelqu'un. J'ai tenu à vous prévenir. Vous connaissez les gens d'ici, ils ont vite fait d'inventer ce qui n'existe peut-être pas et ça risquerait de salir la réputation de votre demoiselle, qui est fiancée au pasteur, du moins pour le moment.

Judith vacillait sur ses grosses jambes. Sa Rachel, perdue de réputation... Une fille qu'elle avait confiée aux dames de Valence !... et tous les sous que cela avait coûtés ! Cette petite menteuse les avait proprement roulés, le grand-père et elle ! Elle voulait prendre l'air ! Se faire peloter par un Jonas qui avait les manières des villes, oui ! Qu'est-ce qu'il dirait le pasteur quand il saurait ? Et il saurait sûrement avec toutes ces femmes qui s'arrangeaient pour qu'il n'ignore rien des incartades de celle qu'il aimait.

Avec une joie sadique, Zelpha suivait sur la bonne face ronde de Judith les ravages que ces nouvelles y creusaient. Sans pitié, elle tint à assurer sa victoire :

— Personne osait vous parler, moi j'ai cru que c'était mon devoir d'amie...

Judith leva sur Zelpha un regard lourd et dit, sans crier mais sur un ton de conviction profonde :

— Salope...

L'injure, indiquant que la bru de Josuah était touchée, fit plus de plaisir à la boulangère qu'un compliment. Elle tourna les talons et se hâta de regagner sa maison où Sarah, inquiète, l'attendait.

— Alors, maman ?

— Elle a eu son compte, la Judith ! Finis les grands airs ! et les leçons qu'on donne à tout le monde ! J'y ai ouvert les yeux sur sa fille !

— De quel droit ?

C'était Saül qui posait la question, un Saül que les deux femmes n'avaient pas entendu venir. Un instant désemparée, son épouse reprit vite le dessus.

— Du droit qu'a une chrétienne de traquer le vice partout où elle le rencontre !

Le boulanger leva les bras au ciel.

— Et elle ose se prendre pour une chrétienne ! Zelpha, Dieu m'est témoin que je t'ai jamais frappée, pourtant si tes sales manigances devaient amener un drame, c'est au beau milieu du village que je te flanquerai la raclée depuis si longtemps méritée !

Si le torchon brûlait chez les Aïlhac, les Collonges ne se doutaient pas qu'ils étaient sur le point de vivre des moments difficiles. Judith rejoignit la ferme familiale dans un état second. Elle ne voyait rien et marchait à la façon d'un automate. Elle ne cessait d'entendre la voix haineuse de la boulangère et aussi celle de sa fille lui annonçant qu'elle souhaitait prendre l'air. La fureur qui grondait en elle la poussait, de temps à autre, à précipiter son allure. Quand elle ouvrit la porte de la salle basse où la famille passait le plus clair de son temps, Josuah fumait sa pipe et, ses lunettes sur le bout du nez, lisait un almanach. Rachel cousait. En voyant sa mère, elle se leva pour prendre son panier et marqua sa surprise de le voir vide.

— T'as rien rapporté ?

— Si !... ça !

Judith flanqua à sa fille la plus belle paire de gifles qu'elle lui eût jamais administrée. La demoiselle en resta bouche bée et le grand-père faillit en lâcher sa pipe. Rachel bafouilla :

— Pour... pourquoi ?

— Tu oses demander pourquoi, bougre de putain ! dépravée ! menteuse !

Josuah protesta :

— N'oublie quand même pas, Judith, que tu t'adresses à ma petite-fille !

— Et alors ? Elle n'est pas mon enfant, peut-être ? D'ailleurs, j'en veux plus !

— Ça, je m'en fous ! Fourre-toi bien dans ta caboche qu'avant d'être ta fille, Rachel est la fille de mon fils et, à ce titre, je t'ordonne de la respecter !

Judith eut un rire plein de larmes.

— La respecter ! Est-ce qu'elle nous respecte, elle, qui nous ment ? Est-ce qu'elle se respecte quand elle va se faire peloter par le fils Bertignat dans le bois de la Vaque ?

Rachel crut que le sol se dérobait sous elle. Bethsabée l'avait trahie. Josuah se mit à crier à son tour.

— Tu es devenue folle ou quoi, Judith ? Tu gueules si fort que tout le village va être au courant !

— C'est déjà fait !

— Qu'est-ce qui est fait ? Vas-tu t'expliquer, crénom de dieu !

Judith commença par s'asseoir pour reprendre haleine puis, en se maîtrisant, elle rapporta au beau-père les propos de la boulangère et conclut son récit en proclamant :

— Quand elle a eu fini de me verser son poison, cette abominable, j'ai hésité entre mourir d'un coup sous ses yeux pour l'embêter et lui coller des remords, ou lui aplatir le museau.

— Seulement t'as préféré t'ensauver! Rachel, c'est vrai ce que ta mère...

— Oui!

— Tu as pas honte!

— Non!

— As-tu oublié que tu es fiancée?

— Ce n'est pas une raison pour me cloîtrer, on n'est plus au Moyen Âge!

Outrée, Judith rugit.

— Vous l'entendez!

Sans répondre à la belle-fille, le vieux se leva.

— Rachel, je crois que tu vas goûter de ma canne!

— Touchez-moi et je pars!

— Où?

— C'est mon affaire!

Une telle révolte, un pareil langage faisaient perdre pied à la mère et au grand-père. Ils ne comprenaient plus. En un instant, leur univers paisible où la routine était reine basculait. Tout ce à quoi ils croyaient et qui les aidait à vivre s'effondrait par la faute de cette effrontée. Ils n'avaient même plus le goût de crier ou de corriger la révoltée. Plongés brutalement dans un monde qu'ils ignoraient, ils étaient perdus. Josuah se raccrocha à l'argument suprême.

— Et le pasteur?

— Ce n'est pas son affaire!

Josuah et Judith se regardèrent. Que répondre? Si elle refusait la réalité, que lui dire pour la ramener dans le droit chemin? Rachel eut pitié et voulut les convaincre.

— Je vous ai toujours obéi parce que je vous aime, tous les deux et je n'ai rien oublié de ce que je vous dois. De votre côté, faites un effort. Admettez qu'on ne peut plus vivre à Vivezargues comme on y vivait au siècle dernier! Je suis majeure, nom d'un petit bonhomme! J'ai envie de me promener, je me promène, quel mal voyez-vous là-dedans?

Ils ne reconnaissaient plus leur Rachel. Timidement, la maman objecta :

— Et Jonas ?

— En me promenant, je rencontre un garçon que je connais depuis toujours. Devais-je le fuir ? Pourquoi aurais-je eu peur de lui ? Vous imaginez que je n'aurais pas été capable de me défendre s'il avait manifesté de vilaines intentions ? Dans ce cas, pour qui donc me prenez-vous ?

Leur indignation vacillait. Au fond, avait-elle tellement tort ? Seule Judith ne voulait pas se rendre.

— Si t'avais entendu la Zelpha...

— Qu'est-ce que nous avons besoin de cette saloperie de bonne femme ? Personne n'ignore que si, dans le temps, elle n'a pas trompé le pauvre gros Saül, c'est qu'elle n'en a pas trouvé un pour lui donner un coup de main, tant elle est affreuse, cette vieille chipie !

Le grand-père eut un petit rire vite étouffé. Judith, elle, ne désarmait pas.

— N'empêche que si le pasteur...

— Lui, il a confiance en moi ou il n'a pas confiance. La boulangère n'a pas à s'en mêler.

Cette fois, Josuah approuva clairement sa petite-fille.

— Tu as raison, Rachel. T'as eu tort, toi, Judith, de discuter avec Zelpha. On peut plus vivre si on n'a pas confiance les uns dans les autres. La prochaine fois que je rencontre Saül, j'y dirai ce que je pense de sa damnée femelle !

Josuah agit ainsi qu'il s'y était engagé. Le boulanger injuria Zelpha qui courut se plaindre auprès des autres commères. Les unes la soutinrent, mais il y en eut pour la blâmer. Ainsi, de nouveau, à cause de l'insouciance de Rachel, le village recommença à se diviser. Ce fut miracle si les motifs de ces oppositions n'arrivèrent pas aux oreilles du pasteur. Le respect porté à sa fonction eût donné un côté sacrilège à une intervention dans sa vie privée. Les plus sages professaient qu'il fallait s'en remettre à l'Éternel du soin d'éclairer Son serviteur s'Il le jugeait bon. Cette prudence — pour des raisons qui n'étaient pas tout à fait identiques mais qui se rejoignaient dans leur finalité : empêcher le mariage de Joseph et de Rachel — ne convenait ni à Zelpha ni à Deborah. Cependant, la première redoutait qu'une initiative dans le sens désiré ne lui attire les foudres de Saül, capable de tous les excès quand il laissait la colère le gagner. La seconde savait que si elle se chargeait, imprudemment, d'apprendre à son frère les frasques de sa fiancée, elle risquait de creuser un peu plus entre eux un fossé déjà difficile à combler.

*

Suzanne Champetières, pleine de son importance éphémère, veillait à ce que les filles qu'on lui confiait fussent bien installées et, quand l'autocar démarra, il y en eut — parmi ces demoiselles que l'excitation rendait bavardes — pour imaginer que ce départ ouvrait sur l'aventure. En vérité, le voyage se passa sans la plus légère anicroche. Lorsque Mlle Champetières eut exposé son programme quant à la visite de Valence, Rachel déclara qu'elle souffrait trop de ses chaussures neuves imprudemment mises à l'occasion de cette promenade et demanda la permission de ne pas participer à la découverte de la vieille cité gardant l'entrée du Midi. Affolée par sa responsabilité, la guide refusa d'abandonner la petite Collonges qui dut, sous peine d'une rupture ouverte grosse de conséquences, se mêler à ses compagnes et emboîter le pas aux plus zélées mais, elle profita du premier plongeon dans la foule pour s'éclipser.

Jonas attendait Rachel à l'endroit qu'il lui avait indiqué. Tandis qu'elle marchait dans les rues ensoleillées, elle n'éprouvait plus l'angoisse qui avait été sienne sur le sentier du bois de la Vaque. Sa rébellion l'avait fortifiée dans sa volonté d'agir à sa guise, de ne plus supporter une discipline qu'elle jugeait stupide. Sarah fut la première — en raison de la rancune qu'elle nourrissait à son endroit — à s'apercevoir de la disparition de sa rivale. Elle en avertit Mlle Champetières qui manqua s'effondrer sous l'impact de la malheureuse nouvelle. Se reprenant et malgré les protestations égoïstes de ses ouailles, elle fonça, avec son troupeau, à la recherche de la fugitive.

Pendant ce temps, Rachel rejoignait Jonas. Quand elle l'aperçut, une sorte de langueur la submergea. Ce fut, peut-être, à ce moment-là qu'elle prit conscience de ses sentiments à l'égard du jeune Bertignat. Il lui avait acheté des fleurs qu'il lui offrit en disant :

— Je suis tellement heureux... J'avais peur que vous ne veniez pas...

— Il n'y avait pas de raison !

— Quand on aime, on est toujours inquiet.

Quelques jours plus tôt, une pareille remarque l'eût affreusement gênée. Aujourd'hui, elle lui semblait normale puisqu'elle croyait à l'amour de Jonas. Elle ne se posait pas encore de questions sur la manière de sortir de l'imbroglio sentimental où elle était plongée, elle se contentait d'être heureuse.

— Si ça se trouve, elles sont déjà parties à ma recherche...

— Dans ce cas, il faut filer !

Elle attendit d'avoir pris place dans l'auto pour demander :

— Où m'emmenez-vous ?

— À Montélimar. Ainsi, nous ne risquerons pas de rencontrer des gens de Vivezargues.

— Mais, c'est loin !

— Pensez-vous ! Par l'autoroute, nous y serons dans vingt minutes.

Jamais encore, Rachel n'avait été à pareille fête. Assise à une table du « Relais de l'Empereur », elle ronronnait dans le luxe l'entourant et elle admirait la désinvolture de son compagnon. Elle avait mangé des plats raffinés dont elle ne retenait pas les noms et bu des vins qui, pour l'heure, la plongeaient dans une périlleuse euphorie. En sortant de table, ils se dirigèrent vers le Rhône qui règne sur la région. Ils s'installèrent au bord de la berge où le courant était si lent que, par rapport au fleuve, l'eau semblait y dormir. Quand ils furent assis sur l'herbe, déjà roussie par le soleil, Jonas prit la main de Rachel qui ne la retira pas.

— Vous le savez, maintenant. Je vous aime.

— Je.. je le crois.

— Alors, il reste une grave question, la plus importante : Rachel, m'aimez-vous ?

Elle ne répondit pas immédiatement. La grande haleine du fleuve baignant le paysage donnait une telle impression de puissance et de paix que Rachel avait le sentiment d'en être imprégnée. Elle n'éprouvait nul besoin de réfléchir, de raisonner pour se persuader qu'elle vivait le moment dont elle rêvait, plus ou moins consciemment, depuis toujours. Il n'existait plus grand-chose de commun entre celle qu'elle était devenue et la gamine qui se figurait amoureuse du pasteur parce qu'il était beau garçon. Elle regarda Jonas pour lui confier avec douceur :

— Oui... je vous aime.

Ils se turent. Leurs mains s'étreignirent un peu plus fortement. Ils écoutaient le fleuve dont la vaste rumeur les enveloppait. Jonas murmura :

— Je suis heureux, Rachel.

— Moi aussi.

De nouveau, ils demeurèrent silencieux. Elle écoutait le tumulte grondant dans sa poitrine. Lui, découvrait le visage simple de l'amour qu'au long de ses aventures faciles il n'avait pas encore rencontré. Elle chuchota, inquiète :

— Et le pasteur ?

— Aucune importance. On lui expliquera.

— Qui le fera ?

— Vous... Moi, aux premiers mots, il m'arrêterait en m'assurant que je ne dois pas à me mêler de vos histoires.

— Je n'oserai jamais !

— Pourtant, il le faudra.

D'une voix presque enfantine, elle avoua :

— J'ai peur !

Spontanément, parce que sa fragilité le touchait, il la prit dans ses bras. Elle s'y abandonna, espérant confusément être, ainsi, à l'abri d'un monde qui, maintenant, l'effrayait. Jusqu'alors, elle n'avait fait qu'accepter, qu'obéir et voilà que, brusquement, il lui fallait décider, affronter la vie sans personne pour la soutenir. Elle était tellement épouvantée en pensant à la démarche qu'elle devait entreprendre auprès du pasteur, qu'elle ne prêta pas, tout de suite, attention au chaste baiser que lui donnait Jonas. Mais, très vite, elle se blottit sur la poitrine de son compagnon et lui tendit ses lèvres.

Lorsque Rachel gagna, en courant, l'autocar devant ramener les demoiselles de Vivezargues dans leurs foyers, la Champetières fut soulagée. Responsable, elle avait toute la journée nourri de sombres perspectives au cas où elle regagnerait le village sans la jeune Collonges. Son angoisse céda la place à une hargne solide.

— Où étiez-vous passée, Rachel ?

Mais la fautive était bien loin de là. Son premier baiser... Qu'est-ce que cette vieille chipie aurait pu y comprendre ?

— Je vous ai demandé d'où vous venez ?

Les autres, poussées par la curiosité et aussi par une pointe de méchanceté, ouvraient grandes leurs oreilles. Une révélation croustillante, une confession inattendue pimenteraient le retour.

— Dois-je me fâcher ?

Arrachée à ses songes, Rachel prit seulement conscience de la présence de Mlle Champetières et, sincère, s'enquit :

— Qu'est-ce que vous voulez ?

— Oh ! c'est trop fort ! Pour la dernière fois, j'exige de savoir où vous étiez ?

Dans un sourire, Mlle Collonges répliqua :

— Ça ne vous regarde pas !

— C'est ce que nous verrons ! En voiture, mesdemoiselles !

Durant le trajet, Rachel n'ouvrit pas la bouche et feignit de dormir pour n'avoir pas à répondre à sa voisine. Les filles ne s'arrêtèrent guère de se raconter ce qu'elles avaient vu, de quêter des confidences quant aux surprises éprouvées dans telle ou telle rue, devant tel ou tel monument. Celles assises le plus loin de Rachel commentaient son absence de l'expédition.

Aux questions de sa mère et de son grand-père, Rachel répondit si laconiquement qu'elle les intrigua. On tenta de la faire parler sur Valence. Elle n'y parvint pas ou bien elle lâcha, à contrecœur, les banalités les plus plates. À la fin, exaspéré, Josuah s'écria :

— Mais enfin, t'as pas passé la journée là-bas, sans rien te rappeler !

— Je me suis promenée.

Judith écarquilla les yeux, incapable de réagir. Le grand-père cédait peu à eu à une irritation prête à se muer en colère.

— Tu as quitté la troupe ?

— Oui.

— Quand ?

— En arrivant.

Sur sa canne, les doigts de Josuah blanchirent.

— En somme, tu es demeuré seule, toute la journée ?

— Oui.

— Pourquoi ?

— Je n'avais aucune envie de rester avec les autres.

La mère, plus prosaïque, s'inquiéta :

— Où as-tu mangé ?

— Je n'ai pas mangé.

— Seigneur ! Mon Dieu ! Assieds-toi, je te fais chauffer un peu de soupe.

Le vieux cria :

— Non ! Rachel...

— Inutile de m'interroger plus longtemps. Je suis restée assise au bord du Rhône.

— A quoi faire ?

— Rien. J'ai réfléchi. Bonsoir.

Éperdue, Judith protesta :

— Tu vas quand même pas te coucher sans manger ?

— Si.

Lorsque les pas de la jeune fille montant l'escalier se furent éteints, Josuah et sa bru n'osèrent pas parler. D'ailleurs, que dire ? Ils ne comprenaient pas. L'attitude de Rachel les déconcertait. Ils ne savaient plus que penser. Simplement, ils avaient la certitude que Rachel n'était plus la Rachel qu'ils connaissaient. Ils en étaient meurtris et ils avaient peur.

Pendant que les aînés se perdaient dans des réflexions qui ne les menaient nulle part, sur son lit où elle s'était assise sitôt la porte de sa chambre refermée Rachel pleurait.

Elle pleurait parce qu'elle était convaincue qu'elle avait définitivement rompu avec son passé et elle ne parvenait pas à décider si elle en était heureuse ou non. Comment avait-elle pu s'éprendre de ce gentil et ennuyeux pasteur alors que Jonas... Pourquoi celui-ci ne s'était-il pas déclaré plus tôt ? De quelle façon devrait-elle s'y prendre pour briser, sans trop d'éclats ni de blessures, les engagements pris avec Joseph ? Elle ne pouvait compter sur personne et personne ne l'aiderait.

Tandis que la jeune Collonges s'interrogeait sur ses problèmes, celles qui la détestaient ou la jalousaient entamaient une campagne de calomnies dont la seule excuse tenait à ce que les bavardes se persuadaient qu'il s'agissait de vérités connues ou soupçonnées telles.

La meneuse de jeu était la Suzanne Champetières. Elle

ne pardonnerait jamais à Rachel l'angoissante journée qu'elle lui avait fait vivre. Pendant des heures et des heures, tout en surveillant les filles qu'on lui avait confiées, elle avait guetté le retour de la fugitive. Elle ne pouvait encaisser le coup cruel que Rachel lui avait porté. Elle ne cherchait nullement à se venger, mais à faire partager son indignation en face de l'insouciance et de l'insolence de la demoiselle. Tout naturellement, elle se rendit d'abord chez les Aïlhac où elle savait qu'on y détestait particulièrement les Collonges. Dès ses premiers mots, Saül haussa les épaules et fila dans son fournil pour y sauvegarder sa paix. Demeurées seules, les trois femmes s'en donnèrent à cœur joie. Questions et réponses se croisaient avec une vigueur joyeuse. La Champetières soulageait sa rancœur, Zelpha et Sarah, avec des ricanements vengeurs, des sourires cruels, dépeçaient la réputation de Rachel. Usant de mots qu'elles n'avaient jamais employés et dont elles ne saisissaient pas toujours le sens, elles allaient bon train. Si bien que, par instants, leur hôte se demandait si elles parlaient de la même personne.

Réconfortée, approuvée, encouragée par les Aïlhac, la Champetières, dès le matin suivant, reprit sa croisade, visitant les Vivezarguois réputés hostiles aux Collonges. En buvant du café, et sous prétexte de faire comprendre à ses auditeurs du moment ses inquiétudes de la veille, elle mit en pièces la réputation de l'insoumise. Sous l'effet de ces racontars, le village se mit à bouillonner, toutefois la haine n'entraîne pas automatiquement le courage. Aussi, tous, sans exception, évitaient-ils d'exprimer leurs méchants sentiments en présence d'un membre de la famille Collonges ou de ses amis. Alors, on eut recours aux lettres anonymes et on écrivit aux Messieurs du synode de Privas à seule fin de dénoncer les erreurs du pasteur ensorcelé par une créature.

* * *

Zelpha Aïlhac enrageait en constatant que les événements n'allaient pas aussi vite qu'elle le souhaitait. En vue de couler définitivmeent les Collonges, elle eut l'idée d'organiser avec la femme du boucher et celle de l'épicière un voyage à Privas pour rendre visite à Esther Novechaze que Mme Aïlhac déclarait être une victime des Collonges. Les trois amies espéraient, assez puérilement, ramener Esther à Vivezargues. Elles avaient la conviction qu'elle était arbitrairement internée. On les regarda partir en les encourageant et on attendit leur retour avec impatience.

Elles firent le trajet jusqu'à Privas dans la camionnette du boucher qui la conduisait. Pleines d'une importance inventée, elles se prenaient pour des justicières partant délivrer une innocente injustement enfermée. Pendant tout le parcours, elles se fournirent mutuellement de bonnes raisons qui justifiaient leur démarche.

L'Agar Malvières affirmait qu'il fallait avoir de puissantes relations pour se débarrasser de la pauvre Esther ainsi qu'on l'avait fait. Elle n'accusait pas ouvertement les Collonges, mais les deux autres savaient très bien qui elle visait.

— Moi, j'ai toujours dit à mon Ezrah : Ne te mêle pas des zizanies du village. Tu es commerçant et tu dois te fâcher avec personne.

Zelpha Aïlhac, impétueuse, assurait :

— Y a quand même des injustices qu'on peut pas laisser commettre quand on est une vraie chrétienne. Pour plaire à je sais pas qui, les gendarmes ont emmené notre Esther sans s'inquiéter de son avis. À mon idée, ce vendu de Ruben Brenat aurait donné son autorisation en obéissant aux Collonges que j'en serais pas autrement étonnée.

La Sephora Chalignac, l'épicière, qui se sentait un peu responsable du triste destin d'Esther du fait que le pugilat avait eu lieu dans sa boutique, se montra plus mesurée :

— Elle était bien un tantinet bizarre, l'Esther !

Zelpha s'emporta.

— Pas plus bizarre qu'une autre! Seulement, elle gênait!

— Elle gênait? Qui c'est qu'elle gênait?

— Ceux dont elle dénonçait les débauches! Celles qui ensorcellent les naïfs et qui prennent la place des honnêtes filles!

Les raisons de la boulangère étaient si évidentes qu'Ezrah commença à se poser des questions pour décider s'il n'aurait pas mieux agi en restant chez lui. En tout cas, il attendrait les dames à la porte de l'hôpital et pour rien au monde, n'y entrerait.

La délégation fut fort courtoisement reçue par le médecin-chef qui sursauta quand Zelpha lui annonça son intention de ramener Esther au village.

— Je ne crois pas que ce soit possible...

— Pourquoi, s'il vous plaît?

— Parce qu'elle est bien loin d'être guérie.

La boulangère eut un rire ressemblant à ce bruit de trompette qu'exhale — paraît-il — l'éléphant sur le point de charger. Le docteur la regarda avec étonnement.

— Je vous demande pardon, mais...

— Naturellement qu'elle est pas guérie puisqu'elle a jamais été malade!

— Vous êtes sérieuse, madame?

— Et comment!

— Dans ce cas, que pensez-vous que Mlle Novechaze fasse chez nous?

Zelpha était trop lancée pour pouvoir freiner sa course. Avec un coup d'œil triomphant à ses amies, elle lança :

— Les séquestrations arbitraires, ça existe, non?

Il se fit un silence pendant lequel Sephora et Agar retinrent leur respiration. Glacial, le médecin exprima son opinion :

— Madame... Je vais vous envoyer la malade et quand vous l'aurez vue, j'attendrai vos excuses si vous ne tenez pas à ce que les choses aillent plus loin.

Le docteur quitta la pièce et les trois femmes, conscientes d'avoir commis une gaffe, prirent des airs détachés. Zelpha s'aperçut, au bout de quelques minutes, que ses compagnes la fixaient avec des yeux pleins de reproches. Elle-même s'avouait qu'elle avait, peut-être, manqué de diplomatie. Mais quelle importance aurait cette attitude maladroite lorsqu'on ramènerait Esther à Vivezargues ?

Un bruit de pas se rapprochant fixa leur attention. Escortée d'une infirmière à la carrure masculine, Esther entra. Ce qui frappa, tout de suite, les visiteuses, ce fut l'aspect de personne bien nourrie qu'arborait celle qu'elles refusaient encore de croire malade. D'un seul élan, elles se précipitèrent sur la fille d'Ezechiel en poussant des exclamations joyeuses.

— Esther !... chère Esther !... Vous nous manquez tellement !

Elles voulurent l'embrasser malgré l'avertissement de l'infirmière.

— Attention, mesdames ! Ne lui faites pas peur, elle pourrait...

La recommandation arrivait trop tard. Agar reçut une maîtresse gifle claquant comme un fouet. Zelpha encaissa un coup de poing en plein sur l'œil droit et Sephora qui, prudemment, se retirait, se fit botter le derrière avec assez de vigueur pour filer s'aplatir contre le mur tandis que la prude Mlle Novechaze hurlait :

— Qui a laissé entrer ces trois putains ?

— Voyons, Esther, ce sont vos amies... Vous les connaissez !

— Si je les connais ! Des salopes qui traînent leurs fesses dans toutes les granges du pays ! Celle-là... (elle montra du doigt la boulangère) seul le tracteur y a pas passé dessus !

On savait que ce n'était pas vrai, mais effarées, rassemblées en tas, elles écoutaient, sans la moindre réaction, leurs cerveaux bloqués ne comprenaient pas.

L'infirmière prit Esther par le bras. La malade se dégagea et apostropha les trois amies à travers le prophète Isaïe :

— Parce qu'elles font les fières, les filles de Sion
Qu'elles vont le cou tendu et les yeux provocants,
Qu'elles vont à pas menus, en faisant sonner les anneaux de leurs pieds,
Le Seigneur rendra galeux le crâne des filles de Sion !

Esther, au terme de sa prophétie, cracha en direction des Vivezarguoises puis, superbe, ordonna à l'infirmière :

— Et maintenant, petite, ramenez-moi au palais !

Après s'être confondues en excuses auprès du médecin qui leur assura qu'Esther souffrait d'une paranoïa mystico-hystérique ne présentant guère d'espoir de guérison, Zelpha et ses complices rejoignirent la voiture où Ezrah attendait. À la façon dont on le rembarra quand il demanda où ces dames en étaient, il comprit que les choses n'avaient pas marché comme on l'espérait et il se tut.

* * *

Avait-on ou non de la sympathie pour Eleazar Bertignat, nul n'aurait pu le dire avec certitude. Il faisait partie des gens puissants du département. De l'avis unanime, il valait mieux l'avoir pour ami, en foi de quoi on le saluait en témoignant d'un respect certain.

Par suite de ses visées politiques, Eleazar s'appliquait, tous les jours, à effectuer une tournée dans le village ou dans les hameaux proches. Il serrait nombre de mains, s'enquérait de la santé des pépés, des mémés, s'intéressait aux soucis de celui-ci et de celui-là et, parfois, leur venait en aide. Il arrivait parmi les premiers au culte et, quand on quittait le temple, il ne craignait pas de se rendre au café où il offrait des tournées lui attirant nombre de sympathies.

Le jour où l'expédition malheureuse revint de Privas, Eleazar fut attiré par un rassemblement de bonnes femmes chez la boulangère. Cette dernière pérorait, écoutée avec attention. Parmi les auditrices, Bertignat reconnut la Judith Collonges. Il s'avança pour mieux entendre.

— Ah ! si vous l'aviez vu comme nous l'avons vue... À vous fendre le cœur !...

Une curieuse interrogea Zelpha.

— Elle vous a bien reçues ?

La boulangère, qui ne voulait pas perdre la face, avait monté tout un scénario avec ses deux complices.

— La pauvre... Elle était tellement heureuse de nous retrouver ! Elle en pleurait de joie... Elle arrêtait pas de nous embrasser... et des gentils mots pour chacune...

Une innocente s'étonna.

— Alors, pourquoi que vous l'avez pas ramenée ?

L'oratrice perdit pied une seconde mais se reprit très vite :

— C'est qu'elle est pas guérie... Pourtant, elle est douce, aimable, gentille... cependant, sa tête est pas encore bien d'aplomb... Elle vit en Dieu... Le médecin estime que ça serait pas prudent de l'emmener maintenant... sans compter qu'elle aurait peur que ceux lui ayant fait tant de misères recommencent...

Tel un bulldozer, Judith fendit les rangs et, se plantant devant Zelpha :

— Pour moi que vous dite ça ?

— Qui se sent morveux se mouche !

— Et si je vous mouchais, moi ?

Eleazar ne tenait pas à ce que la dispute aille trop loin.

— Allons ! Mesdames... Pensez à l'exemple que vous donnez !

À cet instant, Saül sortit de son fournil et comprit qu'il se passait quelque chose de pas très honnête. La présence de Bertignat l'inquiétait. Il interpella directement sa femme :

— Qu'est-ce que t'as encore manigancé, Zelpha ?

La boulangère prit à témoins celles qui l'entouraient.

— Vous entendez? Il sait même pas de quoi il retourne et, d'emblée, il s'en prend à moi!

Judith s'exclama :

— Saül, je vous avertis que si votre bonne femme continue à m'asticoter, elle va pas en avoir chagrin!

Zelpha, en réponse, glapit :

— Et voilà! Pendant que notre Esther souffre, celle-là, elle injurie tout le monde, sans doute dans l'espoir de calmer ses remords!

Poussant une sorte de mugissement, Judith se rua sur la boulangère qui céda sous le choc et tomba sur le derrière. Les clientes estimèrent que cela devenait passionnant, mais Eleazar intervint :

— Aïlhac, calmez donc votre épouse et vous, madame Collonges, reprenez votre sang-froid.

On se tut. Par sa voix, par son autorité naturelle, Bertignat en imposait. Cependant, frustrées du plaisir qu'elles comptaient éprouver en voyant Judith et Zelpha aux prises, certaines grognèrent et Agar, s'efforçant de donner le change, gémit :

— Et Esther, alors, on s'en occupe plus?

Le père de Jonas toisa l'insolente avec un tel mépris que la bouchère en rougit jusqu'aux oreilles.

— Figurez-vous, madame, que je m'occupe assez de la malheureuse Esther et je sais que les racontars de Mme Aïlhac sont un tissu de mensonges. La triste vérité est que la fille de notre défunt ami Ezechiel est folle, sans aucun espoir de guérison. Elle se complaît dans les insultes les plus grossières qu'elle n'abandonne que pour réciter des passages des Livres. La maladie est due, d'après ceux qui la soignent, à une virginité mal supportée et, l'âge venant, à une déficience artérielle entraînant une anémie du cerveau.

Impressionnées par ces détails trop savants, les femmes se retirèrent et Bertignat prit Saül à part.

— Aïlhac, il faut absolument que vous imposiez silence à votre femme. Cette guérilla perpétuelle n'est pas bonne pour le village. Votre épouse se fait des idées quant à la responsabilité de Mme Collonges dans le malheur qui a frappé Esther Novechaze, elle n'y est pour rien.

Le boulanger promit qu'il mettrait de l'ordre dans son foyer.

L'angoisse qui, heure après heure, rongeait l'esprit de Rachel depuis qu'elle avait pris la résolution de ne plus épouser le pasteur fut atténuée lorsqu'elle sut le secours inattendu apporté à Judith par M. Bertignat. Le grand-père, la mère et la petite-fille se félicitèrent de la sympathie que leur témoignait publiquement Eleazar. Rachel pensa à Jonas.

Deborah goûta un âcre plaisir — qui la meurtrissait, — dans les racontars colportés par les bavardes du pays au sujet de la nouvelle altercation entre Judith et Zelpha. Joseph en avait attrapé de vilains échos. Fort innocemment, il s'en plaignait à sa sœur :

— Qu'est-ce qu'ils ont, tous, contre les Collonges ?

— Pas tous, quand même...

— Ah ! oui, les Bertignat ! Mais, ceux-là, ils ont des idées derrière la tête !

— Vraiment ?

— Comme si tu ne le savais pas ! D'ailleurs, tu es de mèche avec eux et depuis toujours... enfin, depuis que j'ai décidé d'épouser Rachel !

Ces petites discussions tournaient vite en querelle personnelle que le frère et la sœur avaient la sagesse d'interrompre rapidement avant que ne fussent prononcées des phrases irréparables. Ils se taisaient et avaient mal.

Rachel ne se doutait pas de l'éclosion de ces petits drames dont elle était la cause. Elle avait assez de soucis avec ses problèmes sentimentaux, n'ayant personne à qui se confier. Josuah était trop vieux pour s'intéresser encore aux aventures du cœur et Judith ne se rappelait l'amour qu'à travers les feuilletons de la presse régionale. Heureusement, le cousin Ebenezer Authezat annonça son arrivée imminente pour assister, comme chaque année, à la fête du village.

* * *

Ebenezer, un colosse d'un mètre quatre-vingt-huit, pesant cent vingt kilos, était le fils d'une tante de Josuah — Marianne — morte dans les premiers temps du siècle. On voyait peu le cousin. Il habitait dans le Gard, une ferme perdue sur un plateau où les enfants venaient au monde assoiffés et n'avaient pas assez de toute une vie pour calmer leur pépie. En dépit des difficultés de son existence, Ebenezer était un joyeux drille plein d'histoires et de chansons. Sa femme affirmait, jadis, à qui voulait l'entendre, que si au paradis elle était certaine de s'amuser autant qu'elle s'était amusée avec son homme, elle ne regretterait pas de mourir.

Rachel adorait Ebenezer et l'annonce de sa venue lui redonna du courage. Judith, contrairement à sa fille, redoutait le cousin qui ne s'arrêtait ni de boire ni de manger. Quand il quittait Vivezargues, il fallait reconstituer les provisions. Josuah aimait Ebenezer qui lui apportait des nouvelles d'un monde auquel, en dehors des visites de son parent, il ne s'intéressait plus.

Le Gardois ne fit pas une entrée des plus brillantes dans le village. Il descendit d'un camion où il avait voyagé en compagnie de moutons. Il poussa la porte des Collonges comme s'il les avait quittés la veille.

— Salut aux gens de bien !

— Ebenezer !

À chaque fois, c'était la même chose. La présence du cousin déclenchait un certain affolement.

— Comment vous portez-vous, Josuah ? Vous courez toujours les filles ?

Judith avait horreur de ce genre de plaisanteries. L'autre en riait.

— Allons, cousine, ne vous fâchez pas ! Si j'avais dû

m'en prendre à votre vertu, y a longtemps que ça serait fait !

On se forçait à rire bien qu'on n'en eût pas tellement envie.

Ebenezer passait très rapidement du rire à la mélancolie. Sans qu'on sache pourquoi, il soupirait de telle façon que chacun se taisait.

— Ah ! du temps de ma défunte Sidonie, la vie avait un goût différent...

On s'apitoyait, mais déjà il repartait dans ses grosses plaisanteries destinées à scandaliser Judith et qui amusaient Rachel. Josuah qui n'entendait pas la moitié de ce que racontait le cousin continuait à fumer sa pipe sans mot dire.

— Voyez-vous, Josuah, y a des moments où je me demande si je devrais pas me remarier...

N'ayant pas entendu, le grand-père demeurait imperturbable. Rachel faisait semblant de tousser pour qu'on ne lui reproche pas sa gaieté. Seule Judith marchait à chaque fois. En train de peler des pommes de terre, elle interrompait sa tâche, posait son couteau, s'essuyait les mains sur son tablier avant de s'écrier :

— Vous avez pas honte, à votre âge ?

— J'ai froid, tout seul, dans mon lit.

— Oh ! Vous pensez encore à ces choses !

— Dame ! c'est la nature ! L'Éternel m'a fabriqué comme ça et pas autrement !

— Vous devriez rougir !

Ebenezer adorait mettre Judith dans tous ses états.

— Et je vais vous confier un secret, cousine : si je me remarie, ça sera avec une jeune.

— Si c'est pas scandaleux d'entendre des horreurs pareilles !

— Pourquoi ? Une jeunesse réchaufferait mes vieux os. Tenez si elle était pas de ma parenté, je ferais la cour à Rachel.

— Elle pourrait être votre petite-fille !

Triomphante, elle ajouta :

— D'ailleurs, vous vous amèneriez trop tard, elle est fiancée !

Ebenezer se tourna vers Rachel.

— C'est vrai, ma cocotte ? et quel est l'heureux homme prêt à entrer dans notre famille ?

Judith se chargea encore de la réponse.

— Le pasteur de Vivezargues.

Visiblement déconcerté, Ebenezer ne trouva rien à répliquer sur l'instant puis, il éclata :

— C'est pas vrai ? Vous avez l'intention de transformer cette enfant en femme de pasteur ?

Judith, qui ne voulait pas qu'on plaisantât sur ce mariage, riposta :

— Et pourquoi non ?

— Parce qu'elle est autant bâtie pour épouser un pasteur que moi pour être acrobate ! Voyons, Josuah !

Le vieux retira la pipe de sa bouche.

— Ebenezer, respectez ma demeure ! Il n'y a lieu ni de s'indigner ni de crier. J'aurais préféré qu'elle choisisse autrement, mais c'est elle qui a décidé en toute liberté.

Le cousin s'adressa à Rachel :

— Vrai, petite ?

Elle chuchota un « oui » qu'on entendit à peine et monta se réfugier dans sa chambre. Judith craignait de voir s'effondrer la chaise sur laquelle leur hôte se laissait tomber, comme si les jambes lui manquaient. D'une voix morne, il s'enquit :

— Cousine, vous auriez pas une goutte de remontant ?

Judith, en lui servant l'alcool réclamé, ne put s'empêcher de remarquer :

— Vous vous attendiez pas à celle-là, hein, cousin ?

— Non... assurément, non...

— Les enfants nous surprennent toujours, pas vrai ?

— Je sais pas, j'en ai jamais eu.

— Vous viendrez à la noce et...

— Non, je pense pas.

— Parce que ?

— J'assiste seulement aux mariages où je sens que les couples nouvellement formés seront heureux.

— Vous prévoyez donc pas du bonheur pour ma Rachel ?

— Elle n'a pas grand-chose à espérer — à moins qu'elle ait beaucoup changé — avec un bonhomme qui récite des psaumes toute la journée.

— Et son salut ?

— Elle peut l'assurer de manière plus aimable.

Cette réponse mit fin au débat, sauf une ultime réflexion de Josuah :

— Je serais un peu de votre avis, Ebenezer, mais c'est trop tard et, en plus, j'ai donné ma parole.

La chaleur d'août ajoutée à ses soucis empêchait Rachel de dormir. Se tournant, se retournant dans les draps difficiles à supporter, elle renonça finalement au sommeil, passa sa robe de chambre et descendit dans la cour où elle prit place sur le banc que Josuah, l'âge venant, avait fait installer contre un des murs de la ferme pour s'y chauffer au soleil. L'air était tiède. Dans le vent qui, par instants, lui caressait le visage, la jeune fille devinait une grosse force molle et inquiétante. Il est vrai que les sombres idées battant dans sa tête voulaient que tout, autour d'elle, lui paraisse hostile. Dans l'espoir de ne plus penser à un lendemain qui la terrifiait, elle fermait les yeux et, s'efforçant de ne songer à rien, se laissait bercer par la douceur de la nuit. Quand elle relevait les paupières, c'était pour se perdre dans la splendeur d'une voûte céleste illuminée d'étoiles et de constellations.

Rachel commençait à s'assoupir lorsqu'elle vit une ombre, énorme, qui s'approchait d'elle. Son premier mouvement fut de fuir, mais elle reconnut l'imposante silhouette du cousin Ebenezer.

— Alors, petite, tu pouvais pas dormir ?

— Trop chaud.

— Pourtant, à ton âge, quand on est heureuse, on dort tout son saoul...

— Alors, faut croire...

— Que t'es pas heureuse.

Elle protesta, sans grande conviction :

— Quelle idée !

— Bon, bon... j'ai rien dit.

Ensemble, ils écoutèrent la nuit si pleine de ces bruits qu'on n'entend pas le jour, soit parce qu'ils cessent, soit parce que nous n'y prêtons pas attention. Le cousin nommait la plupart des échos venant jusqu'à eux. Il désignait la bête à qui l'on devait ce cri vite étouffé par les serres d'un nocturne, il soulignait la fuite du mulot, le passage discret et glissé de la belette, le vol ouaté de l'engoulevent, celui saccadé de la chauve-souris. Rachel prenait un plaisir profond (qu'elle ne parvenait pas à expliquer) à écouter le cousin parler de la terre, des bêtes ou du ciel. Sans qu'elle comprît pourquoi, Ebenezer annonça :

— Il vaut mieux que je me trompe
Que si les blés se trompaient.

— Pourquoi dites-vous ça, cousin ?

— Un proverbe qui enseigne que, lorsqu'on en a le courage, il y a toujours un moment où, avec l'aide de l'Éternel, on peut changer le cours de sa vie.

— Seulement, le courage, qui peut le donner lorsqu'on en manque ?

— L'amour, le vrai, celui qui vous tient tout entier et non pas ces amours de tête où l'on invente des raisons d'aimer au lieu de se laisser emporter. Tiens, moi-même, vers mes vingt ans, je suis tombé amoureux d'une fille de Genolhac. Le coup de foudre. Je n'envisageais pas de bâtir mon avenir sans elle et puis...

— Et puis ?

— Et puis, j'ai rencontré celle que j'ai épousée en oubliant l'autre. Sais-tu pourquoi ? Parce que la première, c'était l'imagination qui jouait à plein, la seconde, c'était le cœur. Ça a été difficile... très difficile... Je m'occupais trop de l'opinion des gens comme s'ils étaient capables d'être heureux ou malheureux à ma place. Il y a un autre proverbe que tu devrais connaître :

« Ce qu'août ne mûrira pas,
Ce n'est pas septembre qui le mûrira. »

» On pourrait tout aussi bien annoncer : ce que t'as pas le courage de faire aujourd'hui, tu le feras pas demain.

Rachel posa sa tête sur l'épaule d'Ebenezer qui, lui tapotant la joue, chuchota :

— Tu pleures... pourquoi ?

— J'ai tellement de peine...

— Tu veux plus te marier, hein ?

— Non... du moins pas avec le pasteur.

— Raconte...

Elle raconta et le cousin l'écouta sans intervenir. Quand elle eut terminé, il résuma :

— En somme, ton pasteur t'intéresse plus et tu souhaites épouser un garçon dont tu tais le nom.

— C'est préférable.

Le cousin se mit à rire.

— Ma pauvre petite, si tu te figures capable de garder ton secret... mais il faudra que tu choisisses... tâche que ce soit pas trop tard.

* * *

Depuis toujours, à Vivezargues, on avait l'habitude de célébrer, le 10 août, la mémoire de Pierre Durand, un prédicant fameux du XVIIIe siècle, né dans les montagnes de Privas et qui fut pendu à Montpellier. Il avait trente-deux ans. Sa sœur, Marie, passa trente-huit annees en prison dans la fameuse tour de Constance, à Aigues-Mortes. Ce jour-là, on partait du village à six heures du matin, dans quatre autocars destinés à ceux qui n'avaient point d'auto. On parcourait le pays au nord du Coiron et, piquant sur l'ouest, on escaladait les montagnes cévenoles pour arriver au Bouchet-de-Pranles, hameau où Pierre Durand avait vu le jour.

On s'arrêtait dans une prairie où l'on dressait une de ces chaires dont les prédicants se servaient au temps du Désert. Une relique soigneusement entretenue et qui était l'orgueil de Vivezargues. Joseph Espalem prononça un prône qui peignit le personnage de Durand. Il dit son œuvre courageuse, la fermeté de sa foi quand il fut fait prisonnier et malgré les tortures subies. Il ne manqua pas — pour les âmes sensibles — d'évoquer la belle et farouche figure de Marie Durand qui, à quatorze ans, fut emprisonnée.

Toute la matinée était consacrée au culte et se terminait par une récitation de la complainte sur la mort de Pierre Durand. La tâche incombait à une jeune fille qu'on désignait à la clôture de la fête-souvenir et qui avait l'année entière pour apprendre ladite complainte qu'elle débiterait, avec plus ou moins de chaleur, selon qu'elle était intelligente ou non. Cette année-là, la Milka Ayrens était chargée de la besogne [1]. C'était une grande perche, sans beaucoup de formes et complètement dépourvue de grâce. De plus, elle nasillait en parlant.

Venez, petits et grands,
Entendre la sentence,
Prononcée à Durand
Qui crie à Dieu vengeance.
Et par cette sentence
Durand est condamné
D'être sur la potence
Pendu et étranglé.

Les plus âgés n'écoutaient pas. Ils connaissaient par cœur cette complainte sans cesse répétée. Les plus jeunes

1. *Vingt complaintes* (Publication du musée du Désert).

n'écoutaient pas davantage, d'abord, parce qu'ils ne savaient pas trop de quoi on parlait, ensuite parce qu'ils pensaient aux friandises emportées dans les paniers qu'on viderait, en mangeant sur l'herbe. Pendant ce temps, Milka continuait :

Quel crime avait-il fait,
Ce pasteur des fidèles,
Pour avoir mérité
Des peines si cruelles ?
Trois mois dans la souffrance,
Nourri au pain, à l'eau :
Mourir sur la potence
Par la main du bourreau.

Les hommes encore dans la force de l'âge prêtaient une attention soutenue à la petite Ayrens qui, par moments, chevrotait tant elle avait peur de sauter une des trente-six strophes. Aux garçons, cette poésie simplette rappelait ce qu'on leur avait enseigné sur les malheurs ayant accablé leurs ancêtres du temps du grand et méchant roi Louis. La chaleur qui leur chauffait le sang leur faisait aussi entendre le galop des terribles dragons de Sa Majesté. Dans ces minutes-là, ils étaient prêts à se battre.

Le soleil de midi, la touffeur de l'air et la voix monotone de Milka endormaient les vieux qu'on réveillerait au moment de manger. Chaque année, les familles retrouvaient « leur » coin. Tradition que nul n'eût osé enfreindre. Les bébés sommeillaient avec les pépés tandis que les grand-mères, discrètement, supputaient par quoi on commencerait le repas et Milka, courageuse, continuait à réciter, en prenant un ton vengeur, pour accabler celui qui avait vendu Pierre Durand aux soldats royaux ;

Celui qui l'a vendu
Est un malheureux traître ;
A fait comme Judas

Quand il vendit son Maître.
Sa place est préparée
À brûler dans l'enfer
Non pour quelques années
Mais pour l'Éternité.

Un énorme soupir de soulagement monta de l'assistance et les bavardes, trop longtemps muselées, se lancèrent dans des discours insignifiants. La pauvre Milka eut beau protester qu'elle n'avait pas terminé, qu'il restait encore un couplet, on lui imposa silence en la félicitant puis en présentant la meilleure élève de Vivezargues — la jeune Sémiramis Bauzile — qui, l'an prochain, lui succéderait.

Les Collonges déjeunaient paisiblement lorsque le pasteur et sa sœur vinrent les saluer. On les pria de partager le repas qu'Ebenezer engloutissait méthodiquement. Par bonheur, dans ces cas-là, Judith comptait large. S'essuyant la bouche, le cousin lança :

— Alors, monsieur le Pasteur, c'est vous qui aspirez à entrer dans notre famille ?

— C'est mon vœu le plus cher.

— J'avais, par ma défunte, un lointain cousin qui était pasteur, lui aussi, dans le Gard. Il crevait de faim. Sa femme l'a quitté pour rejoindre sa famille et manger à sa guise. Le moins qu'on puisse dire, c'est que l'Éternel n'a pas été très chic envers mon parent.

Judith sursauta.

— Cousin ! Vous vous permettez de critiquer le Seigneur ?

— Dame ! Lorsqu'Il se trompe !

— Oh !...

Pour étouffer son indignation, la maman de Rachel dévora une bonne portion de tarte aux pommes. Joseph voulut se montrer bon soldat de Dieu.

— Je pense que c'est une erreur que d'accuser l'Éternel de ce dont nous sommes les premiers responsables.

L'arrivée des Bertignat dispensa Ebenezer de répondre. Les présentations faites, on écouta l'orchestre (un accordéon, un violon, un saxophone) invité par le maire voulant que cette fête se déroulât dans une complète fraternité. Sous l'impulsion d'Élisabeth Brenat, on organisa des rondes et des danses d'autrefois tandis que la chorale de Mlle Champetières émouvait les nostalgiques. Jonas invita Rachel qui le remercia d'un si beau sourire. Il fallait avoir la bienveillante sottise de Judith ou le désintéressement total de Josuah pour ne s'apercevoir de rien. Involontairement, le regard du cousin rencontra celui de Deborah, et Ebenezer sut que la sœur du pasteur partageait son point de vue. Quant à Joseph, il supportait de plus en plus difficilement la familiarité de sa fiancée et du fils Bertignat. Au fur et à mesure que la jalousie le mordait, le pasteur — quoiqu'il en eût honte — repensait à tous ces ragots courant le village au sujet de Rachel. Sa sœur qui le voyait changer de visage lui chuchota :

— Fais attention... On te regarde... Tous ceux qui nous reprochent tes fiançailles seraient trop heureux si tu déclenchais un esclandre.

— Avoue qu'elle exagère !

— Ce n'est pas à moi d'en juger.

Sous l'effet d'une digestion laborieuse, Judith et son beau-père dormaient. Bertignat et le cousin conversaient à voix basse, de même que Deborah et son frère. Ebenezer, à travers ses paupières mi-closes, observait les uns et les autres. Il s'attendrissait en pensant que Rachel était convaincue que personne ne connaissait son secret. Il profita de ce que le pasteur était appelé auprès de certains de ses paroissiens et que Bertignat, poursuivant sa campagne préélectorale, offrait à boire aux assoiffés des deux sexes, pour se rapprocher de Deborah.

— Si je me souviens bien, mademoiselle, vous êtes la sœur du pasteur ?

— La sœur aînée, oui.

— À ce que je me suis laissé raconter, vous allez être bientôt des nôtres ?

— En effet.

Sa réponse manquait tellement de chaleur que le cousin ne put se tenir de remarquer :

— Ça n'a pas l'air de vous enchanter ?

— Ça ne m'enchante guère... Vous ne me demandez pas pourquoi ?

— À quoi bon ? Il n'y a qu'à les regarder...

De sa canne, il montra Jonas et Rachel, riant l'un contre l'autre. Ils n'en dirent pas plus. Ebenezer s'écarta, le sourire aux lèvres, tandis que Deborah, de nouveau, savourait le méchant plaisir d'avoir raison.

Pendant ce temps, les Aïlhac, les Malvières, les Chalignac observaient eux aussi les évolutions du couple Jonas-Rachel, avec des commentaires haineux.

Le moment vint où il fallut rejoindre les cars. Ebenezer appela Rachel et, désignant du menton Jonas qui se dirigeait vers l'auto où son père l'attendait, affirma :

— C'est lui, n'est-ce pas ?

Elle n'eut pas besoin de répondre.

* * *

Le pasteur Benjamin Albaret était un petit homme grassouillet et rose. On le devinait aimable et poli. De plus, son visage aux traits enfantins, malgré l'approche de la soixantaine, inspirait confiance. C'est à son aspect physique que M. Albaret, personnage important du synode de Privas, devait d'avoir été choisi comme conciliateur dans les querelles ecclésiastiques ou dans les problèmes personnels de certains jeunes pasteurs. M. Albaret possédait une petite voiture avec laquelle il parcourait les paroisses du département. Par principe et dans un souci constant de manifester son respect envers la hiérarchie civile, il se rendit d'abord chez le maire de Vivezargues.

Ruben Brenat était, par nature, un homme de conciliation et d'un sang-froid inaltérable. Il avait encore, au cœur, une grande passion pour la justice. Ouvrant la porte, Élisabeth, la femme de Ruben, demeura saisie en découvrant M. Albaret sur son seuil. Toutefois, le regard confiant et le gentil sourire de cet inconnu la rassurèrent.

— Vous désirez ?

— Je suis le pasteur Albaret et je souhaiterais m'entretenir avec M. le maire.

— Entrez, seulement.

Élisabeth conduisit le visiteur jusqu'à la petite pièce où Brenat avait l'habitude de se retirer pour étudier les circulaires reçues à la mairie. Après les salutations d'usage, Ruben demanda à son visiteur ce qu'il attendait de lui.

— Monsieur le Maire, votre poste vous permet de connaître, mieux que quiconque, vos administrés. J'aimerais apprendre votre opinion sur Joseph Espalem.

— Le... mais pourquoi ?

— Nous avons reçu quelques lettres anonymes le concernant.

— C'est dégoûtant !

— Bien sûr, cependant pour défendre notre religion du plus léger soupçon, nous devons établir notre opinion...

— Que lui reproche-t-on ?

— À dire vrai, pas grand-chose en ce qui le concerne personnellement. Êtes-vous au courant d'un projet de mariage ?

— Comme tout le monde...

— Vous connaissez, évidemment, la fiancée ?

— Rachel Collonges, oui.

— Les critiques portent sur elle.

— Ça m'étonne pas.

Ruben exposa, avec calme, à M. Albaret, les jalousies et les colères suscitées par le mariage projeté. On estimait que la petite Collonges n'était pas l'épouse convenant à un homme d'Église.

— Pourquoi ? Serait-elle de mœurs légères ?

— Certainement pas... une brave gamine malgré ses vingt ans. On lui en veut d'être la plus jolie des filles du village et aussi la plus instruite.

— Je vois. La nature humaine n'est pas des plus belles. Vous et moi le savons depuis longtemps. Merci de m'avoir reçu et parlé en toute franchise.

Les deux hommes se séparèrent sur une vigoureuse poignée de main. M. Albaret, en quittant les Brenat, gagna le temple où il rencontra Joseph. Après qu'il se fut présenté, l'envoyé de Privas s'entretint amicalement avec Espalem. Ce dernier s'ouvrit à M. Albaret de ses besoins pour célébrer le culte et des réparations indispensables si l'on ne voulait pas que le toit tombât, un jour, sur la tête des fidèles. Après avoir donné toutes les assurances qu'il était en son pouvoir de donner, M. Albaret s'enquit :

— Je me suis laissé dire que vous songiez à vous marier ?

— On vous a parfaitement renseigné.

— Le mariage est une épreuve difficile que, personnellement, je n'ai pas eu le courage de tenter.

— Quand on a la chance de rencontrer celle qui vous complétera...

— Une grande chance, je le reconnais... On m'a parlé en bien de votre fiancée. Il paraît qu'il y en a qui ne se joignent pas à ce concert d'éloges ?

— La race des méchants est partout.

— Exact... Pendant que j'y pense, vous ne souhaitez pas changer de paroisse ?

— Oh ! non... J'ai tellement d'amis, ici... Ils m'écoutent leur parler de l'Éternel... Je me sens à l'aise, au milieu d'eux et, surtout, j'ai l'impression de faire du bon travail.

M. Albaret pensa que son jeune pasteur était encore très naïf, mais il se souvint que Dieu aime les âmes demeurées proches de l'enfance. Parce qu'il mettait un soin jaloux à ne rien négliger des jeux de société, l'envoyé du synode s'en fut saluer Josuah, le président des Anciens. Il fut reçu avec chaleur, comme tout étranger de passage, mais quand on sut sa qualité, on s'empressa. Le visage du grand-père attendrissait M. Albaret qui retrouvait, dans ses traits burinés par tous les temps et par une longue vie, ceux des farouches ancêtres restés fermes en leur foi malgré les soldats du roi et les effroyables tortures endurées. La brave Judith ne présentait d'autre intérêt que le respect dû à la mère gardienne du foyer. Le visiteur observa davantage Rachel. Il la trouva jolie, un peu trop coquette, peut-être, pour la future femme d'un pasteur.

— Je peux vous demander ce que nous valent l'honneur et le plaisir de votre visite, monsieur?

— Une petite enquête... Nous avons reçu des plaintes — mais gardez cela par-devers vous, je vous prie — à propos du pasteur.

Ensemble ils poussèrent un cri d'indignation. Collonges s'exclama :

— Il y a pas plus honnête homme!

Judith renchérit :

— Qu'est-ce qu'il prêche bien!

M. Albaret se tourna vers Rachel :

— Et vous, mademoiselle, vous ne vous joignez pas à ce concert de louanges?

La mère expliqua, dans un sourire :

— Ça serait pas de jeu. Elle est sa fiancée.

— Notre ami semble avoir su choisir. En somme, si on vous changeait de pasteur, vous ne seriez pas contents?

— Sauf votre respect, monsieur, nous serions capables de prendre le fusil!

Remontant dans sa voiture, M. Albaret se répétait que ces Cévenols n'avaient pas changé et ne changeraient, sans doute, jamais. Il s'en félicitait car, lui aussi, était du pays des Camisards. En revanche, la jolie demoiselle promise au pasteur l'inquiétait. L'impression qu'elle n'était pas à sa place. Il l'aurait mieux vue dans les rues de Valence, voire de Lyon, mais sûrement pas passant toute sa vie dans cette paroisse de montagne.

* * *

Les Bertignat venaient dîner et coucher tous les soirs à Vivezargues. Ils repartaient le matin pour gagner leurs bureaux. Peu à peu, le village les acceptait. Le père s'en félicitait.

— Je crois, fiston, que j'ai réussi ma percée. Désormais, ils me tolèrent, il ne me reste plus qu'à me rendre indispensable.

Son garçon ne lui répondant pas, Eleazar s'en étonna :

— Eh bien, tu ne m'écoutes pas? Qu'est-ce qu'il y a, fils? des ennuis?

— Rachel...

— Rachel? mais dis donc, tu m'as l'air sérieusement mordu?

— Je le suis, père.

— Toi, amoureux? J'aurai tout vu! Alors, c'est toujours le pasteur que tu as en travers de la gorge?

— Non... Elle est résolue. Elle ne veut plus l'épouser.

— Dans ce cas, je ne vois pas ce que...

— Elle n'ose pas l'avouer. Elle craint ses parents...

— Et on ne peut le faire pour elle.

Ils réfléchirent un instant, chacun de leur côté jusqu'au moment où le père annonça :

— J'ai une idée... On invite les Collonges avec les Brenat. Rosa nous prépare un excellent dîner et, à la fin du repas, tu emmèneras Rachel et tu essaieras de la convaincre.

Flatté, Josuah accepta l'invitation et les femmes, tout de suite s'affolèrent à propos de leurs toilettes. Bien entendu, la nouvelle se répandit dans le village très rapidement d'autant plus que Judith, gonflée d'orgueil, prenait pour confidentes toutes les personnes rencontrées. La servante des Bertignat, Rosa, dûment chapitrée ne faisait pas mystère de ses emplettes en vue de ce déjà fameux repas. Ainsi, on sut qu'on servirait, en entrée, des ris de veau piqués de lardons et braisés, des champignons à la crème, des pommes de terre duchesse, un poulet Marengo, des fromages ; pour terminer, une tourte au chocolat et des œufs à la neige. Les mieux renseignés affirmaient qu'on boirait du vin de Beaune et du champagne. Est-il besoin de préciser que les affres de l'envie en rendaient malades plus d'un ? Les Aïlhac se consolèrent en remarquant que le pasteur et sa sœur n'étaient pas parmi les invités.

Durant les jours qui précédèrent la soirée des Bertignat, le café ne désemplit pas. On commentait l'événement du jour. La présence du maire, qu'on estimait beaucoup, faisait bénéficier Eleazar d'une réelle sympathie. On ne devinait pas trop ce à quoi il aspirait, cependant il bénéficiait de ce préjugé favorable s'attachant aux gens riches qui « ne s'en croient pas ». Il y en eut un qui remarqua à haute voix :

— Il doit avoir de sacrées relations... Si j'allais y causer de mon fils qui voudrait entrer au Chemin de fer ?

Un autre :

— Peut-être qu'il a de l'influence au Crédit agricole ?...

— S'il pouvait causer à M. Barbanche pour l'argent que j'y dois...

Le repas offert dans l'espoir que Jonas trouverait le bonheur commençait par assurer la gloire de Bertignat l'Aîné et lui entrouvrait le chemin des honneurs qu'il aspirait tant à fouler. Elisabeth, l'épouse du maire, femme intelligente et avisée, agit de son mieux pour compenser l'absence d'une maîtresse de maison. On n'aurait pu compter sur Judith, réduite, par sa timidité, à un mutisme total et osant tout juste respirer tant le cadre au milieu duquel elle se trouvait lui donnait l'impression de rêver. Rachel ne parvenait pas à quitter Jonas des yeux. Chacun de ses gestes la troublait. Elle le trouvait beau et le garçon ne cessait de lui adresser de petits et discrets signes affectueux. Elle en rougissait de plaisir. Eleazar rencontrait dans la personne du maire un homme beaucoup plus intelligent qu'il ne l'imaginait et sûrement apte à seconder ses desseins, le cas échéant. Le cousin Ebenezer racontait des histoires qui obligeaient la pseudo-maîtresse de maison à rire de bon cœur, et, bien que Josuah eût tendance à sommeiller, on feignait de ne pas s'en apercevoir. Il arrivait même que, dans ses instants de veille, fort courtoisement, on sollicitât son approbation ou qu'on réclamât son avis.

Après le dessert, Jonas demanda à Judith la permission d'emmener Rachel écouter quelques disques. Jamais on n'avait parlé à la maman avec autant de déférence. Elle acquiesça, sans y voir la moindre malice. Elisabeth, surprise, regarda Ebenezer qui lui adressa un coup d'œil dont le sens lui échappa. Bertignat facilita la fuite des jeunes gens en trouvant prétexte à une discussion où le maire se lança à corps perdu avec le renfort de Josuah enfin réveillé.

Sitôt qu'il eut refermé la porte de la pièce lui servant de retraite, Jonas fit asseoir Rachel dans un fauteuil et prit place par terre, à ses genoux.

— Alors, ma chérie ?

— Non, non, ne m'appelez pas ainsi, vous n'avez pas le droit.

— Je vous ai dit et répété qu'en amour, il n'y a pas de règle.

— Je vous assure...

Il lui emprisonna les mains dans les siennes.

— Rachel, je t'aime comme je n'ai jamais aimé... Tu m'aimes, non, ne proteste pas, je le sais...

Ce tutoiement inattendu la scandalisait un peu, très peu, et elle avait, surtout, l'impression d'une chaleur qui l'enveloppait. Elle s'obligea à se défendre en ayant recours à la franchise.

— Je vous aime, moi aussi, Jonas... Malheureusement, vous êtes arrivé trop tard... Je ne suis plus libre...

Elle se mit à pleurer malgré tous ses efforts pour se contenir. Alors, il l'entoura de ses bras et la serrant contre sa poitrine, il lui chuchota à l'oreille :

— Tu n'es plus libre, en effet, mon amour, puisque, désormais, tu es à moi.

Ces mots banals, mais si nouveaux pour elle, l'enchantaient d'une part et, d'autre part, exacerbaient ses regrets, son inquiétude.

— Je... je ne peux pas...

— Ou tu ne veux pas ?

Elle poussa un gémissement léger qui protestait contre le soupçon et, ce fut elle qui, spontanément, tendit ses lèvres à Jonas. Quand ils retrouvèrent leur sang-froid, ils se regardèrent longuement et le garçon décréta :

— Maintenant, tu es à moi pour toujours.

— Qu'est-ce... que je vais faire ?

— Annoncer à tes parents que tu ne veux plus du pasteur.

— Ja... jamais je n'oserai.

— Ecoute-moi : si à la fin de cette semaine, tu ne t'es pas débarrassée de ton fiancé, j'irai moi-même voir ton grand-père.

— Il ne vous écoutera pas !

— Alors, je t'enlèverai et on ira se marier là où personne ne nous trouvera !

Elle le crut.

* * *

L'atmosphère était plutôt à la morosité chez les Espalem, depuis le dîner Bertignat.

— Enfin, ils savent que nous sommes fiancés, Rachel et moi !

— Qui peut l'ignorer dans le canton !

— Alors, la décence devait les obliger à m'inviter... Je vais te confier le fond de ma pensée, Deborah... Jonas tourne autour de Rachel...

— Cela n'a aucune importance, si elle tient à toi.

— D'accord, mais les Bertignat...

— Et si c'étaient les Collonges qui s'étaient opposés à ta présence, ce soir-là ?

— Les... ! Ça ne va pas ! Les... Pour quelles raisons auraient-ils agi de la sorte ?

— Peut-être parce qu'ils n'ont pas oublié la scène du cimetière ?

— Pense donc !

Au fond, Joseph n'était pas tellement rassuré. Le village, comme le pasteur, se posait des questions. Sarah et sa mère savouraient une espérance un peu folle à laquelle l'absence d'Espalem au dîner des Bertignat donnait du poids. Et si le torchon brûlait entre Joseph et Rachel ? Les suppositions allaient bon train, chacun ayant une explication à donner. Le boucher, dans son magasin, se contentait de ricaner quand un client lâchait une jolie méchanceté sur les fiancés. L'épicier, tout en refusant de se mouiller, convenait que le pasteur avait subi un affront difficile à justifier. De nouveau, à propos d'une querelle très particulière, Vivezargues vit ses habitants se ranger en deux camps : ceux qui, sans savoir pourquoi, approuvaient les Bertignat et ceux qui, n'étant pas hostiles, par principe, aux Collonges, regrettaient la façon dont on se conduisait à l'égard d'Espalem. À la vérité, les premiers étaient beaucoup plus nombreux que les seconds. Enfin, il y avait ceux qui, dans les deux partis, ne comprenaient rien à la situation. Parmi eux, Isaac Mouleyris. Le vieux, rencontrant Josuah — et sans y mettre de malice — demanda :

— C'est-y vrai, compère, que ta petite-fille et le pasteur, ça marcherait plus tellement ?

— Qui c'est qui t'a dit ça ?

— Je pourrais pas te préciser... Un bruit qui court, mais un gros bruit.

— Oui, eh bien, t'occupe pas de ces racontars et autres saloperies que certains débitent sur notre compte ! Je vais me fâcher pour de bon, Isaac, si on continue à m'asticoter ! Alors, sois prudent si tu tiens pas à recevoir des éclats !

Collonges avait parlé sur un tel ton que le vieil Isaac en fut tout retourné et se promit de clore le bec au premier qui s'aviserait de blâmer la Rachel et son fiancé. Le sachant un peu benêt, Josuah n'avait pas donné libre cours à sa colère devant Mouleyris, pourtant il fallait qu'elle explose et il en réserva la primeur à sa parentèle. Judith, sa fille et le cousin en furent les spectateurs. À peine avait-il mis le pied dans la salle basse où on l'attendait pour passer à table que déjà il tempêtait :

— Ce pauvre imbécile d'Isaac ! Ce sont les autres qui lui ont raconté des histoires et lui, il avale tout ! Il a pas assez de jugeote pour séparer le vrai du faux !

Le cousin interrompit Josuah en le questionnant :

— De qui parlez-vous ?

— De qui ? D'Isaac, parbleu ! mais c'est aussi de tous que je parle, de ceux qui cessent pas de dire du mal de nous, de notre famille ! et pourquoi ? parce que celle-là (il désignait Rachel, avec le tuyau de sa pipe) elle se conduit pas ainsi qu'elle le devrait !

Rachel ne s'attendait pas à cette attaque. Elle réagit avec force :

— Alors, vous aussi, grand-père, vous vous en prenez à moi ?

— Je m'en prends à toi parce que c'est toi qui es la cause de cette histoire !

— Comment ? Qu'est-ce que j'ai fait ?

— Tu te conduis mal !

Judith pouvait supporter pas mal de choses et encaisser bien des avanies, sauf qu'on s'en prenne à son enfant ; elle ne le tolérait pas. Les paroles de Josuah la soulevèrent littéralement de sa chaise et elle se mit à crier comme jamais elle ne se l'était permis.

— C'est vous qui osez dire des choses pareilles de ma fille ? Et vous croyez que je vais vous laisser faire ? Vous avez pas honte de vous mettre du côté de ceux qui nous salissent au lieu de nous protéger ? Vous avez trop peur de plus pouvoir commander ! Vous avez jamais fait que ça, commander ! Votre fils, mon cher époux, vous l'avez empêché de vivre ! obéir ! toujours obéir ! Et maintenant, vous vous en prenez à Rachel ! Eh bien, je vous laisserai pas faire ! et s'il le faut, nous partirons, elle et moi. On vous abandonnera ! Vous pourrez commander à vos souliers !

Bouche bée, Josuah écoutait sans bouger, Ebenezer remarqua en souriant :

— Je crois que vous avez eu votre paquet, cousin.

Le grand-père n'avait pas encore réagi que Judith, attrapant sa fille par la main, ordonnait :

— Viens, mon petit, qu'il reste avec ses mauvaises idées !

Du coup, Josuah sortit de son abattement pour plaider sa cause.

— Judith, je peux pas accepter que tu emploies ce ton avec moi.

— Vous avez qu'à...

— Tais-toi !... Des habitudes qu'il te faudrait pas prendre, ma mie !

— Si de votre côté...

— Si Rachel se conduisait mieux avec son fiancé...

Ebenezer intervint, conciliant et retors :

— Bah ! Tout sera oublié le jour des noces..

— Je n'épouserai pas le pasteur !

Josuah regarda Judith qui fixait Ebenezer souriant à Rachel. Puis le grand-père poussa un rugissement qui glaça le sang dans les veines de sa belle-fille ne comprenant plus rien aux événements se déroulant sous ses yeux. Le vieux respira profondément et d'une voix où grondaient mille tempêtes, il interrogea Rachel :

— Qu'est-ce que t'as dit ?

— Je n'épouserai pas le pasteur.

— Nom de D... !

La maman balbutia :

— Tu veux plus te marier?

Josuah fonça :

— Te mêle pas de ça, Judith!

— C'est ma fille!

— Pas le moment de me le rappeler! Rachel, t'ignore pas que jamais un Collonges n'a manqué à sa parole? Quand on n'est pas riche, il nous reste l'honneur pour nous sentir l'égal des plus fortunés. La parole d'un Collonges a sans cesse été la meilleure des garanties. Je me suis engagé auprès du pasteur, tu l'épouseras donc.

— Non!

Ce « non » claqua comme un coup de fusil. Ebenezer posa la main sur sa bouche afin qu'on ne le vît point rire. Judith se signa et plongea dans un murmure pieux. Josuah se dressa de toute sa taille et empoigna sa canne.

— Tu obéiras!

— Non!

— Dans ces conditions, tu peux faire tes paquets. Je te renie! Je te connais plus!

La mère émergea de ses patenôtres pour déclarer à son beau-père :

— Puisque vous avez le cœur de chasser votre petite-fille de la maison de son père, je pars avec elle.

— Bon débarras! Je vais enfin être libre!

Sur le point de sortir, Judith se retourna :

— Libre d'aller à l'hospice comme Ezechiel!

Les deux femmes parties, les hommes observèrent un long silence. On eût pu croire qu'ils remâchaient les mots entendus pour en extraire le suc vénéneux. Le premier, Josuah, se décida :

— Les monstres!

Ebenezer s'enquit :

— Vous vous rendez compte que vous parlez de votre bru et de votre petite-fille?

— Elles me sont plus rien! Je les ai reniées!

— Pendant que vous y êtes, reniez aussi vos morts!

— Qu'est-ce que vous racontez ?

— Vous êtes croyant, Josuah... Que peut penser votre fils en voyant son père maudire sa femme et son enfant ?

Josuah ne répondit pas tout de suite.

— Bon sang ! Vous l'avez entendu comme moi ? L'insolente...

— On est toujours insolent, quand on se bat.

— Vous admettez qu'elle se batte contre moi !

— Pas contre vous, cousin... La petite se bat pour son bonheur.

— Son bonheur ! Ebenezer, vous avez de ces idées !

Josuah, sincère, se voulait le champion d'une manière de vivre qu'il se figurait éternelle. L'engagement pris, la parole donnée, vieux dieux fatigués aux cultes désertés. Malgré son entêtement absurde, le cousin admirait ce vieil homme, gardien vigilant d'un temple vide.

— Voyons, Josuah, vous acceptez l'idée de finir à l'hospice ?

— Il n'en est pas question !

— Et pourtant, si vous avez personne pour veiller sur vous ?

Visiblement, cette perspective épouvantait Collonges, mais jamais il n'avait cédé. Néanmoins, il grogna d'une voix moins ferme :

— Elle désobéit !

— Elle a vingt ans passés.

— J'en avais quarante-deux quand mon père m'a giflé sous prétexte que je lui avais répondu sans respect.

— C'était hier.

— Pour moi, c'est toujours aujourd'hui.

Sa grande colère apaisée, Josuah bourra de nouveau sa pipe. Ebenezer comprit qu'il pouvait parler, que l'entêté l'écouterait.

— Josuah... nous sommes à la fin de ce qui aura été notre époque. Alors, pourquoi vouloir garder les habitudes de nos grands-pères ? Rachel veut être heureuse, pouvez-vous la blâmer ?

— Le bonheur d'une femme est dans le mariage.

— Qui vous donne à penser qu'elle refuse de se marier ?

— Vous l'avez entendue !

— C'est pas le mariage qui la rebute, mais le fiancé.

— Un pasteur ! Qui peut-elle épouser de mieux ?

— Quelqu'un qu'elle aimerait.

— Cousin, vous avez que ce mot-là à la bouche !

— Depuis que ma Sidonie est morte, je sais ce qu'est l'amour et comme il est difficile de vivre sans. Cousin, laissez la petite se marier à son idée.

— Où trouvera-t-elle quelqu'un, ici ?

— Oh ! j'ai l'impression qu'elle l'a déjà trouvé.

— Qui ?

— Jonas Bertignat.

* * *

Jamais Saül n'avait vu sa femme et sa fille d'aussi bonne humeur. Il ne comprenait pas les raisons de cette euphorie et personne n'avait envie de le lui expliquer. Sans cesse à l'affût des bruits courant le village, l'invitation des Bertignat était, pour Sarah et sa mère, riche de promesses. Pas un geste de Rachel n'échappait à l'attention passionnée des Aïlhac. Zelpha apprit, par un bavardage inconsidéré d'Élisabeth Brenat, que Jonas et Rachel avaient passé une heure ensemble, sans surveillance. Ce jour-là, Mme Aïlhac ne se sentit plus de joie. Elle voyait déjà la rupture des fiançailles du pasteur et de Rachel et elle s'en réjouissait car, dans sa simplicité, elle était persuadée qu'à l'heure où Joseph redeviendrait libre, ce serait pour solliciter la main de Sarah.

* * *

Il y avait plus d'une heure que Joseph était assis dans son jardin. Il ne voulait pas se l'avouer, mais il s'y sentait mieux qu'au temple. Peut-être parce que, dans la maison de Dieu, il lui incombait de penser à ses paroissiens tandis que, parmi ses légumes et ses fleurs, il n'avait à se soucier que de lui.

Il rêvait à ce que pourrait être son existence — jusqu'ici assez morne, il en devait convenir — lorsque Rachel la partagerait. Mais la partagerait-elle ? Quelques jours plus tôt, il aurait haussé les épaules si quelqu'un avait manifesté le plus léger doute sur ce point. Depuis sa certitude ancienne, il y avait eu l'affaire du cimetière, les bruits fâcheux courant sur le compte de sa fiancée, la présence insolente et répétée de Jonas.

Son regard glissa des cardons sur le chemin d'en bas qui dessert sa maison et il reconnut la silhouette heurtée de Josuah. Que voulait-il ? Le pasteur, qu'un froid intemporel envahissait, commençait à avoir peur sans savoir pourquoi. Quand le vieux fut parvenu à la hauteur d'Espalem, il s'arrêta et dit :

— Salut...

— Bonjour.

Le bonhomme soufflait tout en s'essuyant le visage avec un grand mouchoir à carreaux. Il soupira :

— C'est plus de mon âge...

Joseph le laissait aller à son idée. Il ne tenait pas à le troubler.

— Y a des choses, on croit qu'elles arriveront jamais et puis, elles arrivent. On n'y peut rien.

Où voulait-il en venir ?

— Pas gai de trop vieillir, monsieur le Pasteur... On voit disparaître tout ce qu'on aimait, moquer tout ce à quoi on croyait.

Joseph n'ignorait pas que le vieux, d'ordinaire, ne parlait pas pour rien. À quoi donc rimait ce bavardage inutile ? et cette plainte mal déguisée ?

— Je peux plus lutter. Me manque la force. Les gens

de Vivezargues sont mauvais, ils souhaitent faire le mal et ils y parviennent.

Espalem s'impatienta :

— De quoi s'agit-il, Josuah ?

— Rachel...

Ça y était ! Le frère de Deborah comprit qu'il devait s'apprêter à souffrir.

— Qu'a-t-elle fait ?

— Elle veut que je reprenne ma parole.

— À propos de notre mariage ?

— Oui...

— Elle a changé d'avis ?

— Oui.

— Elle ne m'épouse plus ?

— Non.

— Pourquoi ?

Josuah hocha la tête et soupira avec infiniment de mépris.

— Les femmes...

Le frère de Deborah était trop abattu pour s'emporter. Un homme qui geignait plus qu'il ne serrait les poings. La voix tremblante, il réclama des précisions :

— Monsieur Collonges, dois-je comprendre que votre petite-fille...

— Elle refuse de se marier, c'est ça. Vous aviez ma parole et j'ai trahi ma promesse. Je voulais la chasser, mais sa mère...

— Bien sûr.

* * *

Deborah balayait le sol de terre battue où la poussière s'accumulait sans cesse lorsque la porte s'ouvrit sur un coup de pied et Joseph apparut, le visage défait. Il regarda sa sœur, sans un mot.

Inquiète et surprise, elle murmura :

— Que se passe-t-il ?

Le regard vague, il écarta les bras, pitoyable et ridicule.

— Rachel ne veut plus de moi.

Elle étouffa le cri de joie qui lui montait aux lèvres.

III

Deborah

Ce fut d'abord un filet d'eau courant sous la mousse. Un murmure léger, si frêle que le moindre vent pouvait le dissiper sans même y prendre garde. Il avait pris naissance chez la Maria Erpavon, une veuve qu'on réputait un peu simplette. Judith l'avait choisie pour confidente parce que le hasard la faisait passer devant la ferme des Collonges au moment où, bouleversée par la révolte de Rachel, la bru de Josuah sortait pour pleurer à son aise. Elle avait tout raconté à Maria, souhaitant être plainte. La veuve, un peu surprise, écouta avec patience et ne retint du discours haché de Judith que l'annonce de la rupture des fiançailles. En temps ordinaire, la mère de Rachel eût gardé son chagrin pour elle seule mais, cette fois, sa peine était trop lourde pour qu'elle la pût supporter sans le secours d'autrui. La conduite de sa fille ruinait la vie familiale des Collonges. Le grand-père ne pardonnerait jamais et comment supporterait-il, dorénavant, la présence de la mère de celle qui l'avait déshonoré ? Quel avenir restait à Judith vieillissante si elle ne voyait plus son enfant ?

Sans y attacher beaucoup d'importance — elle vivait à l'écart des agitations villageoises —, Maria rapporta la nouvelle à Ezrah Malvières en lui achetant un morceau de pot-au-feu. Du coup, le ruisselet devint ruisseau et la rumeur qu'il suscitait prit d'autres proportions. Son écho commença à se cogner aux maisons de Vivezargues qui se mirent à bourdonner comme des ruches. Abandonnant couteaux et couperets, Ezrah se précipita dans la cuisine où s'affairait son épouse, Agar. Celle-ci, sans se soucier de ce qui mijotait sur son fourneau, se hâta chez les épiciers et mit Sephora Chalignac au courant de la rupture entre Rachel et le pasteur. Le ruisseau se mua en torrent dont le tumulte emplit très vite le village lorsque l'épicière eut averti la femme du maire à laquelle elle se heurta presque, tant l'information qu'elle portait la distrayait au point de lui faire oublier le sens des réalités. Avant même d'en parler à son époux, Elisabeth glissa la nouvelle dans l'oreille de Zelpha Aïlhac en payant le pain qu'elle avait acheté.

L'Éternel serait descendu du Ciel pour les interroger que les Aïlhac, mère et fille, n'eussent pas été plus bouleversées. Zelpha se jeta dans l'escalier et le grimpa à une allure qui aurait laissé pantois son mari. Elle ouvrit la porte de la chambre de sa demoiselle avec une impétuosité qui, sur l'instant, figea celle-ci de terreur. Son large visage irradié de joie, la maman prit son enfant par la taille et l'écrasant sur sa majestueuse poitrine, s'écria :

— Ça y est ! Dieu m'a écoutée ! Ça y est ! Loué soit l'Éternel !

Sur le moment de manquer de souffle, Sarah râla :

— Qu'est... qu'est-ce qui... qui y est ?

Zelpha desserra son étreinte et cria plus qu'elle ne dit :

— Il l'épouse plus !

La jeune fille se laissa choir sur son lit.

— Je comprends rien à ce que tu racontes !

Apaisée — quoiqu'un peu énervée par l'incompréhension de sa progéniture — la boulangère parla en détachant bien les mots :

— Le pasteur épouse plus Rachel ! Tu as saisi, oui ?

Sarah joignit les mains en un geste de surprise émerveillée.

— Le Ciel lui a enfin ouvert les yeux ?

— Au vrai, ça serait plutôt Rachel qui voudrait plus de lui.

— L'idiote !

— Idiote, ma belle, qui nous laisse le champ libre.

— Tu es bien sûre, au moins ?

— Le village entier parle que de cette histoire !

Ce n'était pas tout à fait vrai, mais presque. Le ruisselet du début était devenu un fleuve inondant Vivezargues. Pas un foyer où l'on ne plaignit le pasteur, pas une maison où l'on ne déchira Rachel à belles dents et nulle part mieux qu'à la boulangerie. Saül, revenant du fournil, avait été surpris par la bonne humeur trop apparente de ses femmes. Zelpha chantonnait en disposant le couvert et Sarah, assise sur une chaise, avait la figure stupide que l'on attribue à ceux et à celles réputés, fort vulgairement, en train de sourire aux anges. Renseigné quant aux raisons de ces joies inattendues, le boulanger, au lieu de faire chorus, se contenta de remarquer :

— Notre pauvre pasteur doit être malheureux...

Désappointée, Zelpha répliqua sur un ton aigu :

— Il avait qu'à réfléchir ! À quoi ça sert les études si on n'est pas capable de distinguer une Marie-couche-toi-là d'une honnête fille ?

— De quel droit t'insultes la petite Collonges ?

— Du droit qu'a toute mère chrétienne de défendre la vertu !

Saül haussa les épaules.

— Je me demande souvent si, en vieillissant, t'es pas devenue plus bête que méchante ?

— Très bien ! Injurie-moi devant notre pauvre enfant !

— Notre pauvre enfant est une bécasse qui, au lieu de vivre comme toutes celles de son âge, écoute les sottises que tu lui enseignes. En tout cas, à la lumière de ce qu'il s'est passé dans notre village, je préférerais avoir Rachel pour fille que cette grosse pâte molle et mal levée de Sarah !

La remarque déclencha un concert de cris, d'injures, d'invocations célestes et de pleurs qui ne troubla en rien l'appétit du boulanger. Hors d'elle, Zelpha se dressa et le poing tendu, invectiva son mari.

— Tu prends le parti de la dévergondée ! Ça m'étonne pas ! Tu tiens ça de ton grand-oncle Mardochée qui coursait les bergères dans les prés au point que les gendarmes voulaient l'emmener en prison ! Ta famille, Saül, c'est tout vice et compagnie ! Ma fille, une bécasse ! Mais, toi, espèce de grand mal pendu, qu'est-ce que tu te figures que t'es ?

— Tu l'auras voulu, ma jolie !

La gifle fit vaciller la boulangère et Sarah hurla à la mort. Il ne fallut pas beaucoup de temps à Vivezargues pour apprendre que la Rachel, non contente d'avoir ridiculisé Joseph, avait détourné le boulanger de ses devoirs et rendait l'existence difficile à sa femme et à sa fille.

Par un de ces renversements illogiques dont les foules sont coutumières, après avoir stigmatisé les fiançailles de la petite Collonges et du pasteur, on reprochait, maintenant, à la première, de ne plus vouloir du second. On se disait outré de ce que Rachel épousât le pasteur, mais on se déclarait tout autant indigné qu'elle ne voulût plus de lui. Toutefois, si les hommes n'attachaient guère d'importance aux avatars matrimoniaux de Joseph Espalem, les femmes faisaient bloc contre la capricante Rachel encourant une colère qu'elle ne méritait pas. Dans les calomnies dont elles se régalaient, les épouses inquiètes, les filles jalouses assouvissaient la rancune tenace suscitée par la beauté, l'élégance naturelle de l'enfant de Judith. Ces rumeurs injurieuses n'atteignaient pas les Collonges dont les portes obstinément fermées n'incitaient pas aux confidences. On n'osait pas s'adresser à Deborah ou à son frère de crainte d'être vivement rabroué. Quant aux Bertignat, ils continuaient à intimider la majorité des villageois. Il y avait pourtant deux ou trois familles qui ne se laissaient pas emporter par ces passions stupides et cela, finalement, dressa les gens les uns contre les autres. Le plus ennuyé, dans cette histoire, était le maire, Ruben Brenat. Caractère patient et plein de bon sens, Ruben était tenu au courant par sa femme, Elisabeth, car n'ayant affaire qu'à des hommes, il n'avait pas accès au milieu féminin, d'où l'aide indispensable de son épouse.

Le maire avait les meilleurs contacts avec ses administrés, au café. Là, il prenait de belles colères, s'emportant contre les bavardes que la démangeaison de parler poussait aux pires excès verbaux. Ruben était long à s'énerver mais, lorsqu'il s'abandonnait à sa mauvaise humeur, les autres n'osaient plus rien dire.

— Il a fallu que j'arrive à mon âge pour voir la bêtise régner dans notre village ! Et vous, les maris, à quoi êtes-vous bons ? Vous n'êtes donc plus capables d'obliger vos femmes à fermer leurs gueules ? C'est pas difficile, si ça doit continuer de cette façon, je persuaderai Josuah de déposer une plainte en diffamation et ça risquera de coûter cher à quelques-uns d'entre vous, n'est-ce pas, Aïlhac ?

Pris à partie, le boulanger rougit jusqu'aux oreilles et une grosse colère le secoua à tel point qu'il sortit précipitamment et rentra directement chez lui où devant les clientes, sans prononcer un mot, il calotta sa femme d'abord, sa fille — qui voulait intervenir — ensuite. On ne comprit pas mais on fut impressionné. L'événement rapporté incita nombre d'époux à user de la même thérapeutique pour calmer les impatiences bavardes de leurs compagnes. Ainsi, ce que la sagesse n'avait pu obtenir, la violence l'assura et, peu à peu, le calme revint dans Vivezargues, sauf chez les Espalem et les Collonges.

Josuah n'adressait plus la parole à sa petite-fille et n'échangeait, avec sa bru, que les paroles strictement nécessaires à la marche de la maison. Le grand-père et Rachel butés, c'était — comme toujours — la pauvre Judith qui encaissait les coups. Un matin où elle se sentait plus énervée que d'habitude, elle apostropha les deux autres, à l'heure du déjeuner matinal.

— Ça peut plus durer ! Je deviens folle ! Celle-là qui nous met dans le pétrin et qui, au lieu de s'excuser, nous fait la tête ! Si t'étais pas si grande, Rachel, je te flanquerais une volée dont tu m'en dirais des nouvelles ! Quant à vous, beau-père, je vous comprends pas. Que vous soyez vexé, fâché, je l'admets, mais pourquoi vous en prendre à moi ?

— Parce que tu es sa mère !

— Holà ! Votre fils y a été pour quelque chose, non ?

— Tais-toi ! T'as pas le droit de parler de mon fils !

— Et pour quelles raisons ? C'était mon mari, tout de même !

— Hélas !

— Oh ! J'ai pas toujours été une femme honnête, des fois ?

— T'as toujours été une gourde et t'as élevé ta fille en demoiselle ! et voilà le résultat !

Selon son habitude, Judith fondit en larmes et Josuah, excédé (pas très fier de lui, en plus), sortit fumer sa pipe dans la cour. Apitoyée et gonflée de remords, Rachel entreprit de consoler sa mère :

— Voyons, maman, tu sais bien que le grand-père, il ne pense pas la moitié de ce qu'il raconte. L'âge le rend un peu maboul.

Judith repoussa vigoureusement sa fille.

— Tu oses insulter le papet, espèce de dénaturée ? Un vieux, peut-être mais sans qui t'aurais pas eu l'éducation que t'as reçue ! D'ailleurs, pour ce que ça t'a servi ! La plus salope des filles du village n'aurait pas osé agir comme tu l'as fait ! Choisir un garçon, lui tourner la tête au point qu'il en devient idiot, puis le laisser tomber et aller avec un autre ! Tu appelles ça des manières, toi ?

— Vaut mieux se tromper avant qu'après !

— Alors, tu devrais essayer tous les gars de Vivezargues avant de faire ton choix, sans-pudeur !

— J'espérais que, toi, tu me comprendrais...

— Et toi, bougre d'égoïste, tu as pensé à ce que sera ma vie quand tu seras partie ?

— Si tu veux, on t'emmènera.

— Et je laisserai Josuah, seul ? T'as une drôle d'idée des devoirs envers les parents.

Farouche, Rachel répliqua :

— Je ne renoncerai jamais à Jonas !

— Et si c'est lui qui, un jour, renonce à toi ?

* * *

La vie quotidienne des Espalem était aussi drôle qu'un jour d'enterrement. Au fond, le frère et la sœur ne cessaient pas d'enterrer leurs illusions. Joseph avait cru dans l'amour de Rachel et, maintenant, il avait sur les lèvres ce fameux goût de cendres dont parle l'Écriture. Deborah ne parvenait pas à surmonter son désappointement. Elle s'était persuadée que Rachel, renonçant au pasteur, ce dernier verrait la petite sous son vrai jour et qu'il se féliciterait d'avoir recouvré sa liberté. Naïve, Deborah ignorait tout des aventures du cœur...

Il n'arrêtait pas de parler de Rachel. Une femme moins équilibrée que Deborah serait allée de crise de nerfs en crise de nerfs, et ce sot qui ne s'apercevait de rien ! Il errait dans la maison, ne voyant rien, ne prenant garde à rien, un zombi. Au temple, les assistants du culte se rendaient compte de ce changement. Il ne disait plus les prières, il ne chantait plus les psaumes, laissant aux autres le soin de prier et de chanter. Toutes les remarques de sa sœur à ce sujet laissaient le pasteur indifférent. Parmi ses ouailles, un grand nombre étaient convaincus que Joseph allait se reprendre et était prêt à patienter le temps qu'il faudrait. Mais il y avait les bigots — surtout des vieux —, persuadés que la carence de leur guide spirituel mettait en péril leur part de paradis. L'attitude de Joseph exaspérait Jonas qui y devinait un reproche constant. En outre, elle éloignait Rachel des offices dominicaux. N'étant point idiot, il sentait que la jeunesse de Vivezargues le rendait responsable de cet état de choses. Pour gagner la partie, il ne voyait qu'une solution : faire nommer Espalem dans une autre bourgade. Dans ce but, sans en parler à son père, il incita les plus hargneux à écrire à Privas pour que le synode prît la responsabilité d'écarter un de ces membres par qui le scandale risquait d'arriver.

Le culte terminé, Joseph se sauvait littéralement par une porte basse rarement utilisée. Elle lui permettait d'échapper aux curiosités malveillantes. Les femmes qui entendaient manifester leur soutien au pasteur en grognaient de dépit. Jonas faisait chorus le plus discrètement possible.

Elisabeth Brenat retint Deborah qui, elle aussi, se hâtait vers son refuge.

— Deborah, que se passe-t-il ?

— Pardon ?

— Voilà deux dimanches où votre frère semble oublier qu'il est le pasteur de cette paroisse. Il ne s'occupe plus de nous. Il ne commente pas les Écritures. Visiblement, il ne s'intéresse guère au troupeau qui lui a été confié.

— Je sais... Malheureusement, il a été beaucoup plus atteint qu'on ne le pensait.

— Foutaises ! Quand on est au service de l'Éternel, on se doit de réagir et de ne pas se conduire comme n'importe qui. Vous pouvez le lui dire de ma part, Deborah.

Mme Brenat, sa harangue terminée, s'écarta, digne et raide, laissant Mlle Espalem — envers qui elle nourrissait beaucoup d'estime — désemparée. Sur le chemin de sa maison, Deborah commençait à se demander si elle devait, vraiment, se féliciter de la décision de Rachel.

Ainsi qu'il en prenait de plus en plus l'habitude, Joseph demeurait assis, sans rien faire ni dire, dans le coin le moins éclairé de la salle basse où l'on cuisinait, mangeait, recevait. Sa sœur supportait difficilement cette attitude molle, résignée.

— Qu'est-ce qui t'a pris de te sauver comme un malfaiteur ?

— Je n'ai pas envie de voir les gens et leurs visages ironiques ou ruisselants de commisération.

— Ta fuite peut leur donner à penser que tu te sens fautif.

— Je m'en fiche !

— Curieux raisonnement !

Sans insister davantage pour entretenir une conversation inutile, Deborah se mit à préparer le repas. Au moment de servir, alors que Joseph s'affalait devant la table comme si, détaché du monde, il s'apprêtait à rendre l'âme, elle s'emporta :

— Joseph, il y a des limites ! Ton comportement devient indécent ! Je te plaignais, maintenant tu me fais honte !

— Tu es une menteuse, Deborah ! Tu ne m'as jamais plaint, au contraire, tu t'es réjouie du malheur qui m'atteignait.

— Du malheur ! Parce qu'une fille capricieuse — comme on l'est à son âge — change d'avis ! Ça ne te gêne pas de proférer de telles sottises ?

— Tu oses appeler sottises ce qui brise ma vie ?

Elle se contenta de hausser les épaules et d'avouer, avec amertume :

— Je te croyais plus solide.

Ils cessèrent cette discussion qui ne pouvait mener nulle part et entreprirent de manger ce dont Deborah avait garni leurs assiettes. Alors qu'on servait le fromage, Joseph déclara, en ayant l'air de se parler à lui-même :

— Pourtant, je suis sûr qu'on aurait été heureux, tous les deux, Rachel et moi.

— Toi, peut-être, mais elle ?

— Qu'as-tu donc contre cette petite, à la fin ?

— Rien et c'est ce que tu ne parviens pas à comprendre. Tu construis un drame sur une histoire banale. Tu n'es ni le premier ni le dernier amoureux déçu. Tu dois te comporter en homme et non pas pleurnicher comme un gamin.

— On voit bien que tu n'as jamais aimé !

— Qu'en sais-tu ? Quoi que tu puisses en penser, j'ai rencontré des hommes au bras desquels j'aurais aimé vivre les jours que l'Éternel m'aurait accordés.

— Pourquoi ne l'as-tu pas fait ?

— Parce que tu étais là.

— Tu n'avais qu'à me mettre en pension !

— Je ne possédais pas l'argent nécessaire et j'avais promis à notre mère de la remplacer auprès de toi.

De nouveau ils se turent et le pasteur, en dépit de son égocentrisme, était gêné par ce rappel de ce qu'il devait à son aînée. Celle-ci, la vaisselle terminée, mit son frère en garde, en lui rapportant sa très brève conversation avec l'épouse du maire.

— Elisabeth est une femme pleine de bon sens et qui a de l'amitié pour nous. Tu devrais prendre son avis en considération.

— Qu'elle se mêle de ses affaires !

— Tu oublies que tu es le pasteur de ce village et, que tu le veuilles ou non, tu es un exemple.

— Alors, pourquoi Dieu m'a-t-Il abandonné ? Pour quelles raisons m'a-t-Il blessé à mort ?

— Tu ne penses pas qu'il y a bien d'autres choses dont Il doit s'occuper sans se soucier de l'amourette d'un de Ses serviteurs qui a tendance à oublier son devoir ?

Joseph ne répondit pas. Il avait un peu perdu la notion des valeurs. Sa sœur profita de cette espèce d'abattement provoqué par sa cruelle réflexion, pour ajouter :

— Tu te trompes sur toute la ligne, mon pauvre petit. Tu te figures — et tu te complais dans cette idée qui te sert d'excuse — que j'ai toujours détesté Rachel. Ce n'est pas vrai. Simplement, j'étais convaincue, dès le début, qu'en dépit de son charme elle ne pouvait pas être l'âme du foyer d'un pasteur. Je vais même te confier le fond de ma pensée : je suis persuadée qu'elle était sincère, qu'elle tenait à toi...

Il ricana :

— Elle me l'a prouvé d'une drôle de manière !

— Je suis sûre qu'elle serait devenue ta femme, si l'autre n'était pas venu. Ce n'est pas Rachel qui est à blâmer, mais ce Jonas, cause de notre malheur.

— Elle n'avait qu'à ne pas l'écouter !

— Pourquoi exiger des autres une volonté qu'on n'est pas, soi-même, capable d'avoir ?

— Tout ça, ce ne sont que des mots... Je monte au jardin.

Il sortit, laissant sa sœur en proie à ses pensées. Assez curieusement et sans qu'elle songeât à analyser sa conviction nouvelle, elle oubliait Rachel pour concentrer toute la haine dont elle était capable sur le seul Jonas. Parce que la rupture des fiançailles de son frère ne lui avait rien apporté, contrairement à son espérance, et parce qu'elle était incapable d'en vouloir à ce dernier, elle reportait tout le poids de sa désillusion sur Jonas Bertignat dont l'apparition à Vivezargues avait été l'annonce de ses misères. À cause de ce Jonas maudit, Joseph était devenu quelqu'un d'autre, quelqu'un sur lequel Deborah n'avait plus prise. Tant et tant d'années de compréhension mutuelle qui s'écroulaient, s'effaçaient comme si elles n'avaient jamais existé. Si cela avait été en son pouvoir, Mlle Espalem aurait dissuadé Rachel d'épouser Jonas et elle l'aurait ramenée chez eux, pour rendre la vie au pasteur. Un rêve...

* * *

Dans la campagne, dont le début de l'automne adoucit les rudesses, Eleazar Bertignat va d'un bon pas, le pas retrouvé de sa jeunesse paysanne. Les premières grives se glissent, furtives, au ras des buissons et se réfugient sur les branches des sorbiers. Dans la fraîcheur lumineuse du matin, on voit les hommes qui avancent dans les terres labourées à une allure une fois pour toutes réglée au fil des générations et sèment d'un geste dont l'ampleur mesurée a été apprise du père qui la tenait de son père et ainsi de suite, en remontant dans les âges.

Eleazar marche sans se soucier d'un but à atteindre. Il respire à pleins poumons un air à la pureté duquel il n'est plus habitué et qui l'enivre un peu. Il longe des jardins où s'affairent des femmes aux épaules enveloppées dans d'épais fichus de laine qui sentent le suint. Quelques-unes se redressent en entendant le bruit des souliers ferrés, et Bertignat les salue, familier :

— Alors, Eva, on sème encore ? N'est-ce pas un peu tard ?

— Quelques radis seulement si le temps se tient au beau, on pourra en manger à la fin du mois.

Le citadin envie cette assurance, cette foi dans l'honnêteté de la terre qui ne triche pas. Il salue d'autres paysannes (il soigne sa popularité) qui arrosent des choux-fleurs gourmands d'eau.

— Salut, Thamase ! la terre est basse, hein ?

En s'appuyant sur sa bêche, une vieille se relève avec peine.

— L'Éternel l'a voulu ainsi pour nos péchés.

Sans plus se soucier de l'importun, elle se remet à sa tâche. Ces gens, murés dans leur foi, énervent Eleazar. Comment parler politique, économie, à des hommes et des femmes qui ne veulent écouter que la voix du Seigneur à travers le Livre ? A quoi bon leur parler d'un avenir meilleur ? Ils ne songent qu'à leur salut et vivent dans le seul espoir du paradis.

Par moments — moments de dépression — Bertignat, en dépit d'une conviction trop hautement proclamée, se sentait loin, très loin de ceux dont il espérait recueillir les suffrages. Bien qu'on se tût en sa présence, il n'ignorait pas que Jonas, en supplantant le pasteur dans le cœur de

Rachel, ne s'était pas fait des amis. D'ailleurs, il ne comprenait pas pourquoi. Il avait toujours entendu blâmer par les plus sages les fiançailles du pasteur et ces mêmes sages se scandalisaient maintenant... Eleazar avait vécu trop longtemps loin de Vivezargues. Il avait oublié que, chez les hommes et les femmes de cette vieille race, on ne reniait jamais les engagements pris, aujourd'hui comme au temps des dragonnades. Il y en avait aussi de franchement hostiles, la Ruth Dadou, par exemple, une créature énergique dont le mari, Ozias, lui obéissait au doigt et à l'œil.

Bertignat la croisa, menant ses chèvres dans un pré où elle les laissait jusqu'au soir, attachées à un piquet par une longue corde. Huguenote farouche et bornée, elle donnait — malgré les remontrances des pasteurs qui s'étaient succédé — à ses animaux des noms de saintes honorées par les catholiques.

— Bien le bonjour, dame Dadou.

— Vous pouvez le garder votre bonjour !

— En voilà des façons !

— Si elles vous plaisent pas, ça m'est égal !

— Mais enfin, qu'est-ce qu'il vous prend ?

— Il me prend que vous et votre godelureau de fils, vous amenez le trouble au pays. Sous vos airs polis, vous seriez inspiré par le diable que j'en serais pas autrement étonnée !

Sur cette remarque, la Dadou s'en va avec ses chèvres, laissant Bertignat suffoqué et incapable de trouver une réponse. Il ne se doutait pas qu'il y eût des gens qui lui étaient si rudement opposés. Du coup, le ciel lui parut moins bleu, le soleil moins chaud et, pour la première fois, il se demanda si le mariage de Jonas avec Rachel n'était pas une erreur. Cependant, en homme qui a réussi sa vie et s'appuie sur cette réussite pour estimer qu'il ne peut se tromper, Eleazar retrouva vite le calme dissipant les doutes que la vieille garce avait fait naître. Il repartit, placide, rassuré. Suivant des chemins tortueux, passant entre des haies de ronces où des trouées permettaient de voir loin tout en demeurant caché, Bertignat atteignit les pentes du Coiron du côté où elles surplombent Vivezargues et les hameaux d'alentour. Une sorte d'éperon, refuge de Bethsabée, d'où l'on avait la commune de Vivezargues presque entière sous les yeux. Ce panorama dont les limites se perdaient dans des brumes lointaines donnait une impression de puissance à celui qui le contemplait, le sentiment d'avoir le monde à ses pieds. Eleazar ne se perdait pas dans les méandres malsains de la mégalomanie. Il était attentif à compter les voix qu'il pourrait hypothétiquement recueillir le jour où il se présenterait à la députation. Sur ce point, il avait changé d'avis quant à la marche à suivre dans sa future carrière politique. À cause de son âge, il n'envisageait plus de parvenir au Sénat en passant les obstacles de la mairie et du Conseil général. La voie de la députation n'était peut-être pas plus facile, mais assurément plus rapide. A Vivezargues, il était certain de faire un bon score, de même à Aubignas, à Saint-Martin-l'Inférieur. Une campagne hardiment menée lui apporterait un avantage sérieux dans tous les villages du Coiron. Enfin, il ne doutait pas que Privas lui serait fidèle. En somme, tout se présentait le mieux du monde.

— Rien n'est jamais gagné d'avance...

Surpris tout à la fois par la réflexion collant si parfaitement à sa pensée et par une présence insoupçonnée, Bertignat se retourna et soupira, délivré, en reconnaissant Bethsabée.

— Ah ! c'est vous... Vous aimez faire peur, hein ?

— Non, c'est moi qui vis dans la peur.

— Pourquoi êtes-vous là ?

— Ton odeur.

— Par exemple ! Sentirais-je mauvais ?

— Non... l'ambition. Pourquoi tu te contentes pas de ce que tu as ?

— En quoi cela vous regarde-t-il ?

— En rien, bien sûr, mais j'aime pas voir les gens emprunter des routes qui mènent nulle part.

— Cela veut-il dire que je n'arriverai pas au but que je me suis fixé ?

— Tout juste.

— Pourquoi ?

— Parce que tu te heurteras à un adversaire que personne peut vaincre.

Sur ce, sans prendre congé, Bethsabée s'éloigna de sa démarche caractéristique la faisant ressembler à un gros coléoptère.

Qu'avait voulu exprimer cette bonne femme ? C'est vrai qu'elle avait deviné ses pensées, mais était-ce extraordinaire ? Dans le pays, nombreux étaient ceux qui connaissaient ses projets et la vieille, toujours à l'écoute des bavardages féminins, avait pu pêcher de quoi établir son savoir.

Toutefois, quoiqu'il en feignît, Eleazar était assez troublé et, quand il réintégra sa maison, il appela son fils pour lui annoncer :

— Il faut précipiter le mouvement, Jonas. Nous ne devons pas laisser proliférer les cancans à notre sujet. Nous devons au contraire montrer ce que nous souhaitons à tous ces paysans. Tu veux toujours épouser la demoiselle Collonges ?

— Plus que jamais !

— Alors, on ira, dès demain, voir Josuah. Je le ferai prévenir tout à l'heure.

* * *

En dépit de la visite annoncée, le grand-père (au scandale de sa bru et de sa petite-fille) n'avait rien changé à sa tenue quotidienne. Au contraire, Rachel et sa mère s'affairaient à leur coiffure, à leur robe sous l'œil ironique de Josuah. Après le déjeuner, les femmes lavèrent la vaisselle, mirent de l'ordre dans la pièce et remontèrent dans leur chambre pour apporter une ultime touche à leurs toilettes.

De leur côté, les Bertignat revêtirent leurs habits dominicaux. Le père et le fils enfilèrent des gants, se coiffèrent de chapeaux à bords roulés. Eleazar prit sa canne d'ébène à poignée d'argent. Ensemble ils sortirent et, à pas lents, traversèrent Vivezargues. On les salua sans oser les aborder. Derrière les fenêtres closes, apparaissaient de vieux visages aux regards curieux. Tous ceux qui les voyaient devinaient, en remarquant la solennité de leur démarche, le but de cette promenade insolite.

Josuah, les yeux mi-clos, fumait sa pipe, complètement détaché de son entourage. Judith et Rachel couraient à travers la pièce, se heurtant, s'esquivant, déplaçant une chaise, passant un chiffon à poussière sur des meubles qui n'en avaient pas besoin. Ce remue-ménage irritant le grand-père s'était déclenché sitôt que l'envoyé des Bertignat, venu annoncer la visite de ces derniers, eut refermé la porte derrière lui. L'écho du pas des visiteurs dans la cour figea sur place le ballet ménager. Lorsque Eleazar et Jonas entrèrent, Judith exécuta — à l'étonnement de sa fille et des autres — une sorte de révérence que son volume transforma en un exercice de gymnastique. En homme sûr de lui, Bertignat père lança un :

— Bonjour tout le monde !

La salutation tomba dans le vide, les femmes étant trop émues pour répondre autrement que par des sortes de gloussements, le vieux demeurant enfermé dans sa méchante humeur. Eleazar n'était pas homme à s'étonner d'une pareille réception.

— Comment allez-vous, monsieur Collonges ?

Josuah répondit par un grognement peu aimable dont Bertignat ne tint aucun compte.

— Vous me semblez en pleine forme, madame Collonges ?

Judith, qui n'avait guère l'habitude d'être traitée aussi courtoisement, rougit et bafouilla :

— Merci bien.

Pour dissiper la gêne que créait l'humble attitude de sa mère, Rachel entreprit de présenter des biscuits tandis que Judith sortait de l'armoire le service à café qui avait été son cadeau de noces. Bertignat se planta devant le grand-père.

— Monsieur Collonges, vous savez, naturellement, pourquoi nous sommes venus, mon fils et moi ?

Hargneux, le vieux répliqua :

— Non !

— Allons, allons ! nous avons passé l'âge des gamineries !

— Il y a longtemps...

— Alors, soyons sérieux. Je suis venu vous demander la main de votre petite-fille Rachel, pour mon fils Jonas.

— Non.

Pris de court, Eleazar ne put que protester assez platement :

— Et pourquoi, je vous prie ?

— Parce qu'elle est fiancée à un autre.

— Elle a rompu !

— Pas moi !

— Mais ce n'est pas vous qui vous mariez, tout de même !

— J'ai donné ma parole !

Rachel commença à pleurer doucement. Les larmes de sa fille donnèrent à la maman une audace inattendue.

— Des fois que je serais pas la mère de Rachel ?

Josuah soupira, mauvais :

— Malheureusement !

— Malhonnête ! En ce cas, monsieur Bertignat, moi je vous accorde la main de ma fille !

Eleazar s'inclina.

— J'en suis très heureux... Je pense que vous voudrez

bien donner à Jonas la permission d'embrasser sa fiancée ?

Josuah tempêta :

— Bravo ! Nous voilà en pleine débauche ! D'ailleurs, comme on vient de me faire savoir que je n'ai plus rien à dire, agissez comme vous l'entendez. Seulement, comptez pas sur moi pour me mêler de vos histoires pas bien ragoûtantes, si mon avis vous intéresse !

Bertignat, qui s'énervait, s'enquit froidement :

— Dois-je entendre que vous ne serez pas présent aux fiançailles ?

— Ni au mariage ! Si elle est pas une fille perdue, Rachel peut pas se marier sans ma permission.

— Tiens donc ! et pour quelle raison ?

— Parce que c'est l'usage !

— On est à la fin du XXe siècle ! Les mœurs ont changé !

— Pas de quoi s'en vanter !

Rachel intervint, impétueusement :

— Grand-père, j'ai passé vingt ans, je suis majeure depuis longtemps et donc je n'ai besoin de la permission de personne pour me marier ! Que ça te plaise ou non, j'épouserai Jonas !

Amer, Josuah regarda Bertignat.

— Vous l'entendez ? Voilà comment les jeunes vous remercient aujourd'hui... Judith, en souvenir de mon pauvre fils, tu resteras ici... je veux pas que mon malheureux garçon, quand je le rejoindrai, puisse me reprocher d'avoir abandonné sa femme. Quant à toi, Rachel, je te dois rien. Tu partiras quand tu voudras.

Bertignat s'indigna :

— Vous chassez votre petite-fille ?

— C'est elle qui veut plus de nous et, moi, je retiens personne. Qu'on se le dise !

— Merci, j'ai compris. Tu viens, Jonas ?

Indécis, le jeune homme montra Rachel.

— On ne va pas l'abandonner ?

Judith, émue, assura les visiteurs que là où elle serait, sa fille aurait toujours sa place. Le grand-père gémit :

— J'aurais jamais cru, qu'un jour, chez moi, j'entendrais des abominations pareilles !

— Eh bien ! vous les avez entendues !

Muselé, le vieux s'enferma dans un silence hostile. Sans se concerter, les autres se résolurent à l'ignorer et, en homme d'affaires peu enclin aux rêves, Eleazar précisa :

— Plus tard, nous parlerons de la dot.

Josuah ricana tandis que sa bru avouait :

— Nous avons quasiment rien à nous.

— Ne vous en souciez pas, madame Collonges, Jonas aura de l'argent pour deux.

Les Bertignat prirent congé de Rachel et de sa mère. Ils oublièrent Josuah. Quand ils eurent quitté la place, le climat chez les Collonges devint difficile à supporter. Judith, qui n'était pas faite pour le drame, demanda :

— Vous nous en voulez, grand-père ?

Il la contempla d'un regard froid.

— Je n'ai ni à vous en vouloir ni à vous approuver. Vous n'existez plus pour moi. Je vous vois même pas. À partir de maintenant, je vous cause plus.

Sur ce, il leur tourna le dos, bien résolu à ne pas sortir d'un mutisme réprobateur. Cependant il en émergea très vite lorsque le maire entra, visiblement troublé.

— Josuah !

— Qu'est-ce qu'il y a ?

— Amos est mort !

* * *

Elles n'osaient pas bouger devant cette immobilité qui les glaçait. Depuis le départ du maire, il n'avait pas esquissé le moindre mouvement. Il ressemblait à une vieille statue de bois ravagée par le temps. Sur le visage que les rides déformaient, les yeux s'enfonçaient dans les orbites comme s'ils s'y enfouissaient peu à peu. Les gens âgés n'ont guère de larmes. Ils les ont usées tout au long de leur existence. Les pleurs rares de Josuah coulaient lentement en suivant les sillons labourant sa figure. Judith ne l'avait vu ému à ce point que le jour — déjà lointain — où le maire de l'époque était venu lui annoncer qu'il n'avait plus de fils. Rachel était bouleversée par ce spectacle si nouveau pour elle. Judith posa, presque craintivement, sa main sur l'épaule du vieillard. Il ne bougea pas. Elle chuchota :

— Il avait nonante ans...

Josuah ne pouvait pas l'entendre. Il était si loin d'elle, si loin de tous, si loin du temps où vivaient les autres.

— Vous voulez quelque chose ?

Elle se penche pour l'entendre murmurer.

— Amos... Amos Béage...

— Vous le retrouverez un jour... l'Éternel l'a promis.

Puis, elle se redresse et, prenant sa fille par la main :

— Laissons-le tranquille... Viens !

— Mais s'il a besoin de nous ?

— Nous pouvons pas le rejoindre là où il est. Viens...

Elles sortent furtivement, en silence. Le grand-père ne les a pas vues et il reste seul, enfoncé dans sa peine. Amos était presque un homme lorsque Josuah était entré, pour la première fois, chez Mlle Erugerolles qui, moyennant quelques présents dont elle se nourrissait, enseignait le rudiment aux gamins dont les parents souhaitaient qu'ils puissent, un jour, écrire et compter, des parents qui voulaient, à travers leurs garçons (jamais les fillettes) grimper un peu dans l'échelle sociale.

Josuah se rappelait Mlle Erugerolles, une quarantaine efflanquée, les cheveux coiffés en bandeaux, le torse maigre enfermé dans un corsage étroit aux épaules pointues, une petite croix huguenote en or éclairant la guimpe noire. Mlle Erugerolles était toujours en deuil, on ne savait de qui ou de quoi. Longtemps, le jeune Collonges avait eu très peur de cette demoiselle prompte à vous taper sur les doigts avec sa règle qui ne la quittait jamais. Le samedi, le pasteur entrait dans la classe, saluait l'institutrice et parlait aux petits de l'Éternel et des belles récompenses qu'Il réservait à ceux qui parviendraient au terme de leur route sans traîner de trop gros péchés derrière eux. Il y avait eu d'autres pasteurs, farouchement anticatholiques et qui racontaient les horreurs subies par leurs ancêtres après la révocation de l'édit de Nantes. Certains parents se plaignaient de ce que leurs enfants, perdus dans des cauchemars, poussaient, en pleine nuit, des hurlements terrifiés.

Un samedi matin, alors qu'il rentrait chez ses parents, Josuah avait été cruellement attaqué par trois gamins de son âge et il aurait succombé si un grand jeune homme n'était intervenu, calottant celui-ci, flanquant une taloche à celui-là, bottant les fesses du dernier. C'était Amos Béage et le début d'une amitié qui allait durer soixante-huit ans pour s'éteindre aujourd'hui.

Une fois de plus, le village avait repris le chemin du cimetière. Pour conduire le deuil, les deux Anciens allaient d'une allure que les difficultés du parcours rendaient cahotante. Isaac Mouleyris agrippait ses quatre-vingt-cinq ans au bras encore solide de Josuah. L'Aîné, qui n'avait plus toute sa tête, chantonnait. Quand il exagérait, Collonges le tirait par la manche et lui intimait l'ordre de se taire.

Le temps avait la douceur rare qu'il connaît parfois au début d'octobre. Ces heures lumineuses étaient d'autant mieux appréciées qu'on les savait fragiles, furtives. L'expérience des aînés leur permettait de prévoir les caprices atmosphériques. Les femmes, qui ont toujours peur de l'avenir, s'enveloppaient chaudement, en prévision des froids futurs. On passait sous de beaux épicéas, sur lesquels les variations de température semblaient n'avoir aucun effet. Les fayards commençaient à perdre leurs feuilles. Se dressant à l'orée d'un sentier qu'empruntent d'ordinaire les moutons et leurs bergers, une pierre portait le nom d'un pasteur tué par les soldats du roi alors qu'il se rendait au chevet d'un malade qui, en dépit des tortures subies, s'entêtait dans sa foi. En passant devant la pierre commémorative, les hommes soulevaient leur chapeau, les femmes murmuraient une prière.

Dans la longue suite de gens accompagnant Amos à sa dernière demeure, chacun avait ses soucis qui lui tenaient sans cesse compagnie, quelles que fussent les cérémonies auxquelles il assistait. Parmi ceux suivant la dépouille d'Amos, seuls pensaient au défunt Josuah et, par moments, Isaac. Pour les autres, le mort n'avait été qu'une espèce de curiosité vivante. Pour les plus âgés, Béage était le témoin d'une époque qu'on ne connaissait plus que par les histoires colportées ici et là. Le pasteur gardait les yeux fixés sur le corbillard, de crainte de rencontrer le regard de Rachel. Les dames Aïlhac surveillaient étroitement le comportement de la jeune Collonges et se félicitaient de la voir se rapprocher de Jonas autant que la décence le permettait. Deborah, elle aussi, épiait le fils Bertignat qu'elle se persuadait être l'artisan du malheur de son frère. Tout en veillant à ne pas marcher sur les talons de celui qui le précédait, Bertignat repérait ceux qui, à son avis, voteraient pour lui le jour où il briguerait leurs suffrages et ceux susceptibles de l'appuyer, mais qu'il faudrait convaincre.

Quand le cercueil fut descendu dans la fosse, le pasteur récita les prières rituelles auxquelles l'assistance répondit en un murmure confus puis lorsque Josuah s'avança au bord du trou, on se tut. Au début, on n'entendait rien et tout le monde fit un pas en avant. Joseph s'était mis à côté de Collonges. La voix de Josuah, enrouée par l'émotion, faisait penser au grincement de ces poulies rouillées au-dessus des puits d'autrefois.

— Amos...

Dans le silence qui s'imposa brusquement, on entendait roucouler des ramiers tandis que le pituit d'une caille faisait se dresser l'oreille des chasseurs.

— Je suis là, avec le pauvre Isaac, mais lui, il sait plus bien où il est...

On regarda le père Mouleyris. Le nez dans les nuages, il sourit.

— T'aurais pas dû me laisser comme ça, Amos... Qu'est-ce que je vais faire, moi, à présent? Avec qui je parlerai du vieux temps?

Judith chuchota à l'oreille du pasteur :

— Voulez-vous que j'essaie de l'emmener?

— Non... Laissez-le parler selon son cœur.

Josuah continuait, sans plus se soucier de rien ni de personne.

— T'as rejoint Ezechiel, maintenant. Vous avez plus qu'à m'attendre. Je tâcherai de pas être trop long.

À la manière dont on écoutait Collonges, Eleazar comprit que, d'une façon ou d'une autre, il fallait qu'il le ramène dans son camp.

— Allez, adieu Amos, mon frère... À te revoir...

Déjà le vieux s'écartait de la fosse et l'assemblée s'apprêtait à s'éloigner lorsque Josuah revint près du cercueil comme s'il avait oublié quelque chose.

— À propos, Amos, des fois que tu rencontrerais ma défunte, tu peux y dire qu'elle me manque par moments. C'est pas que la Judith soit pas une brave femme, mais elle comprend pas vite...

Les assistants sourirent, attendris, à l'étonnement des Bertignat devenus trop citadins pour saisir ces tendresses cachées sous des mots rudes.

— Tu lui diras aussi...

La voix du grand-père se fit plus forte.

— ... que sa petite-fille, elle est pas ce qu'elle croyait...

L'attention de tous se figea de nouveau.

— Elle nous a déshonorés. A cause d'elle, je suis le premier des Collonges à avoir manqué à sa parole et ça, je le lui pardonnerai jamais. T'es d'accord, hein?

Les regards convergèrent vers les Bertignat et Rachel. Le maire et son épouse, prudents, sentant que le vent tournait en faveur de Josuah, furent les premiers à lui serrer la main. Judith glissa son bras sous celui de son beau-père et l'emmena doucement. Au passage, elle prit Isaac par la main et Ruben, le maire, eut le sentiment que cette bonne grosse femme entraînait le passé de Vivezargues avec elle.

Eleazar, tandis qu'on remontait au village, sentait une sourde inquiétude l'envahir. Il ne faisait pas de doute que tous ou presque partageaient le point de vue de Josuah quant au comportement de Rachel et Bertignat père recommençait à se demander si le coup de publicité, qu'il avait cru réussir avec le mariage de son fils, n'était pas une grave erreur. Loin d'aider, comme il l'espérait, sa future carrière politique, il risquait de lui nuire. Les plus subtils calculs, les stratégies les mieux étudiées ne résistaient pas à cette sensibilité rustique dont il venait d'avoir une preuve.

Elle n'aurait pu expliquer exactement pourquoi, mais Judith était heureuse. De ce que son beau-père avait dit d'elle au défunt, elle ne retenait que ce certificat de brave et bonne femme, décerné devant tous. Rachel, pour sa part, était bien loin d'éprouver cette euphorie où paraissait baigner sa mère. Non seulement elle était blessée par le jugement que son grand-père avait porté sur elle, en public, mais encore elle s'inquiétait à l'idée de ce que Jonas pouvait penser après cette algarade ayant eu le village pour témoin. Pas une seconde, la fille de Judith ne songea à celui qu'elle avait abandonné. Elle était ainsi faite qu'elle ne s'intéressait guère à ce qui ne la touchait pas immédiatement. Joseph Espalem avait déserté sa mémoire du jour où elle avait su que Jonas l'aimait.

* * *

Le pasteur ne parvenait pas à sortir de ce brouillard de la pensée où l'avait plongé la désertion de Rachel.

L'incompréhension l'emportait de beaucoup sur l'humiliation et le chagrin. Pourquoi avait-elle agi de la sorte ? Il avait tourné et retourné la question, sans trouver de réponse. Il ne lui venait pas à l'esprit de se livrer à une autocritique de sa propre attitude, tant il était convaincu qu'on devait s'adresser à celle qu'on aimait comme on s'adresse à Dieu. Joseph était insensible aux nuances. Pour lui, l'honnêteté des sentiments ressemblait à un chemin droit et sans ombre. Il n'était pas permis, quand on s'y trouvait engagé, de s'en écarter, fût-ce un instant, pour suivre un sentier forestier. À ses yeux, le devoir observé portait en soi sa récompense. Il s'était persuadé, sans effort, que Rachel lui ressemblait et c'est la raison profonde pour laquelle il ne comprenait pas ce qu'il lui arrivait.

Évitant de passer dans le village quand il n'avait pas affaire au temple, le pasteur tentait de recouvrer son équilibre mental en s'épuisant dans de longues marches à travers la campagne et, lorsqu'il dénichait un endroit où il ne risquait pas d'être surpris, il tombait à genoux et interpellait l'Éternel.

— Seigneur, pour aussi juste que soit Votre justice, je ne méritais pas un pareil châtiment... J'aime Rachel et je suis sûr, même si elle ne s'en rend pas compte, qu'elle m'aime aussi. Simplement, elle se trompe. Ô Seigneur, ramenez-la sur la bonne route, faites qu'elle me revienne. Je ne parviendrai pas à vivre sans elle.

Puis, prenant Dieu pour confident, il délirait à en perdre le souffle. Il décrivait ce que serait son existence quand Rachel serait de retour. Heureusement, personne ne l'écoutait. Toutefois, le soir, lorsqu'il entrait dans la salle où sa sœur l'attendait, il avait un regard halluciné qui effrayait celle-ci. Elle essayait de lui parler avec douceur.

— Tu es allé te promener ?

— Oui.

— D'habitude, c'est le jour où tu restes à la maison, pour préparer ton sermon dominical.

— Je me fiche du sermon. D'ailleurs, je n'en prononcerai plus.

— Tu es fou de dire de telles choses ! Tu sais bien que tu y es obligé !

— Pourquoi ?

— Parce que tu es au service de l'Éternel !

Il se mit à crier d'une voix aiguë :

— L'Éternel, comme tu dis, m'a récompensé de mes services en permettant qu'on me vole la femme que j'aime et qui m'aime !

— Mon pauvre Joseph... Tu oublies que tu es pasteur !

— Plus pour longtemps !

— Quoi !

— Tu as parfaitement entendu. Je ne me sens plus pasteur du moment que je ne peux pas compter sur Celui que je sers !

— Ce n'est pas possible ! Tu ne renierais pas tes engagements ?

— Si, en me tuant !

Deborah, anéantie, l'écouta monter l'escalier, ouvrir la porte de sa chambre. Elle perçut le grincement du sommier quand il se laissa tomber sur le lit. Elle n'était plus capable, elle non plus, de raisonner. Elle n'émergeait du tourbillon où elle se perdait que pour maudire ce Jonas capable de mener Joseph au suicide. Son dévouement fraternel la conduisait à des solutions absurdes. La peur de voir son cadet s'abandonner à un geste désespéré lui brouillait l'entendement. Bien qu'elle sût (et après l'avoir proclamé) que Rachel était à l'origine de ce désastre, elle la rangeait, maintenant, parmi les victimes, réservant toute sa haine au fils Bertignat. Elle devenait aussi injuste, aussi obnubilée que Joseph et elle ne s'en doutait pas.

À Vivezargues, les amours malheureuses du pasteur, la colère des Collonges commençaient à ne plus passionner l'opinion. S'intéressaient encore au scandale les ennemies de Rachel, les bigotes ne supportant plus les négligences du service divin et celles enfin qui — follement ou non — nourrissaient des projets particuliers quant à Joseph Espalem. Ainsi, la Zelpha Aïlhac. À table, secondée par sa fille qui lui donnait la réplique, elle ne parlait que du pasteur et de ses peines de cœur, ce qui avait le don d'exaspérer le boulanger, homme sans malice, incapable de comprendre le jeu que menait son épouse.

— Mais, nom d'un petit bonhomme, vous allez finir de vous occuper de ce qui vous regarde pas ?

Sarah ne protestait pas, par respect pour l'auteur de ses jours. Zelpha n'avait pas les mêmes obligations.

— Il y a que les sans-cœur qui compatissent pas au malheur d'autrui !

— Ma pauvre femme, je crois bien que t'as le ciboulot qui tourne plus rond ! Enfin, tu vas pas prendre le deuil chaque fois qu'il y a un cocu dans le coin ?

— Oh ! devant une innocente, des mots pareils !

— Fais pas notre fille plus bête qu'elle est, ça suffit comme ça !

— Et voilà que tu l'insultes, à présent ? Si t'avais moins bu, elle serait peut-être un peu plus dégourdie !

— Dis plutôt que si j'avais pas pris femme dans une famille tarée...

— Saül !

— Zelpha !

Pendant que Sarah pleurait, au moment où le boulanger était sur le point de rosser sa compagne, le bon Dieu qui aimait bien ce brave homme, envoyait un gosse qui, inconscient du drame qui se jouait, s'enquérait d'une voix flûtée :

— Maman, elle voudrait trois livres de gros pain.

Soufflant à la façon d'une bête prisonnière, Saül abandonnait la table pour servir son jeune client. Sincère, Mme Aïlhac se demanda, tout haut :

— Je vois pas ce qu'a ton père, ces temps-ci ?

Zelpha, dès qu'elle avait un moment de libre, s'asseyait derrière la fenêtre d'où elle pouvait voir approcher ceux ou celles qui passeraient devant la boulangerie. Quand on réclamait son assistance, elle se faisait remplacer par Sarah. Ainsi, du plus loin qu'il apparaissait, Joseph était aussitôt repéré. La tactique de Mme Aïlhac se révélait des plus simples. Sitôt signalée l'approche d'Espalem, elle sortait, munie d'un balai et livrait, avec un apparent enthousiasme, une dure bataille contre la poussière toujours renouvelée. À l'instant où celui qu'elle guettait arrivait à sa hauteur, Zelpha saluait le pasteur qui ne pouvait pas ne pas répondre. Sans lui laisser le temps de se reprendre, elle enchaînait sur le climat, sur les malaises inhérents à son âge. Finalement, emporté par ce maelström de mots qui le submergeait, Joseph se retrouvait dans la cuisine des Aïlhac, sans trop savoir comment il y était arrivé. Sarah, par mille stupides gracieusetés, se portait au secours de sa mère. Pendant que celle-ci versait du café dans une tasse, sa fille demandait, dans un sourire :

— Vous mangerez bien un petit quelque chose ?

Il refusait timidement tandis que la boulangère insistait :

— Vous avez pas tellement bonne mine...

Il acceptait alors un pain au lait dont il mâchait lentement des morceaux, sans rien dire. Zelpha profitait de ce qu'il avait la bouche pleine pour jouer la mère qui comprend tout, qui peut tout entendre.

— On connaît vos ennuis et on compatit à votre peine... C'est pas juste.

Quoiqu'au fond, il s'irritât d'être plaint par des gens se mêlant abusivement de ses affaires, il aimait qu'on s'occupât de lui.

— Tout le monde, au cours de sa vie, connaît le malheur, cependant, vous qui êtes au service de l'Éternel, vous comprenez ce que nous comprenons pas.

Entre deux bouchées, il avoua :

— Personne ne comprend... et Dieu ne se dérangera pas pour nous expliquer, nous consoler.

— Vous pensez pas qu'on doit réagir ?

— Quand on peut...

— Vous savez ce qu'on raconte, hein ? Une de perdue...

C'était stupide. Il n'osait pas exprimer clairement une opinion qui la blesserait à juste raison. Et cette grosse fille qui le regardait avec une sorte d'admiration éperdue. Il pensa à un veau. Lui évitant l'embûche d'une réponse, Saül se montra et, s'arrêtant sur le seuil, s'exclama, jovial :

— Elles ont fini par vous mettre le grappin dessus !

Craignant la gaffe qui ruinerait tous les efforts déjà consentis, Zelpha se précipita au-devant de son mari :

— T'as rien à faire ici, Saül ! Laisse-nous tranquilles !

Le boulanger regarda Joseph par-dessus l'épaule de sa femme et déclara en riant :

— Vous voyez, après trente ans de mariage, comme elle me cause ?

Il ajouta, bonhomme et maladroit :

— Vous vous doutez pas à quels embêtements vous avez échappé, veinard !

* * *

Dans la belle maison des Bertignat (devant laquelle, en passant, chaque habitant de Vivezargues éprouvait un pincement de jalousie), le père et le fils ne vivaient plus à l'unisson. Si Jonas, enfoui dans ses rêves amoureux, se souciait peu des autres, Eleazar se perdait dans des incertitudes et l'attitude de son fils l'irritait.

— Tu n'as pas l'impression, Jonas, que depuis notre visite aux Collonges, nous sommes moins populaires qu'avant ?

— Qu'est-ce qui te fait dire ça ?

— Rien de précis, j'en conviens. As-tu remarqué comme nous étions isolés au cimetière ?

— Pas spécialement...

— Évidemment, toi, tu n'avais d'yeux que pour Rachel !

— Normal, non ?

— Jusqu'à un certain point !

— Ce qui signifie ?

— Que tu devrais refréner ton ardeur, te rappeler que nous n'habitons pas la ville, mais un village austère où l'amour, même le plus décent, le plus légitime, a toujours des allures de péché.

— Que veux-tu que j'y fasse si ces ploucs sont desséchés ?

— Ça suffit, Jonas ! Je te prie de parler avec plus de décence de mes futurs électeurs !

— Ah !... je comprends, maintenant !

— Quoi donc ?

— Les raisons qui poussent Brenat à nous éviter ! Il se doute que tu vas essayer de lui prendre sa place !

— Je me fiche de la mairie ! mais j'ai besoin de toi pour ma propagande. Alors, occupe-toi moins de Rachel et un peu plus de mes intérêts.

— Je ne connais pas tellement ce genre de boulot...

— Allons donc ! Tu es sympathique et tu as de l'argent, que te faut-il de plus ?

— Savoir par où commencer ?

— Oublie un moment Rachel et essaie de nous rabibocher avec sa famille.

— Difficile...

— Mais non ! Ne va pas attaquer le vieux de front, bien sûr. En revanche, tu peux facilement faire de la mère de Rachel une alliée. Quand tu auras les deux femmes dans ta manche, convaincre Josuah deviendra un jeu d'enfant.

Eleazar avait un grave défaut : il se figurait que le bluff était l'arme essentielle des gagneurs et il s'était acharné à convaincre son fils de la justesse de ses vues. Jonas éprouvait une telle admiration pour la réussite matérielle de son père qu'il n'avait aucune raison de croire qu'il pouvait se tromper. La tendresse qu'il portait à Rachel lui rendait parfois le joug paternel difficile à supporter, mais il obéissait depuis si longtemps...

La première fois qu'il rencontra Judith, Jonas l'aborda. La bru de Josuah, surprise, un peu désemparée, ne sut ce qu'il convenait de faire.

— Bonjour, madame Collonges.

Elle ne pouvait pas ne pas lui répondre, sous peine de se montrer grossière.

— Bonjour.

— La santé est bonne ?

— Écoutez, monsieur Jonas... mon beau-père me pardonnerait pas s'il apprenait que je vous ai causé. Vous m'avez déjà pris ma fille...

— Je l'aime et elle m'aime... Ce n'est quand même pas un crime !

— Non, évidemment... mais Josuah avait donné sa parole.

— Et alors ? Vous ne pensez pas que l'amour, c'est plus important que ces vieilles histoires de parole donnée et reprise ?

— Dans le fond...

Jonas possédait un charme dont il savait user avec infiniment d'habileté. Très vite, Judith se mua en victime consentante.

— J'éprouve beaucoup de peine de l'attitude de votre beau-père. J'aimerais être son ami. Hélas ! il s'est enfermé dans des idées d'une autre époque. Ça n'a pas dû être drôle tous les jours, pour vous...

La mère de Rachel poussa un énorme soupir.

— Ah ! non, alors...

— Quand nous serons mariés, votre fille et moi, vous viendrez passer tout le temps qu'il vous plaira chez nous, en ville.

Avec une mine de gamine à qui l'on promet des confitures, Mme Collonges avoua :

— J'aimerais beaucoup... seulement, je voudrais pas vous gêner...

— Nous gêner ! La maman de ma bien-aimée sera une seconde mère pour moi.

Afin de lutter contre l'émotion qui l'envahissait, la brave femme évoqua la forte personnalité de Josuah.

— Si je le quitte, y aura personne pour s'occuper de lui !

— Il n'aura qu'à venir avec vous !

— Lui ! Vous y pensez pas !

Ils firent quelques pas ensemble et Judith, tout occupée de son débat, ne prit pas garde aux regards étonnés de celles que le couple croisait.

— Il me semble que, si vous le vouliez, vous arriveriez à lui faire entendre raison.

— Si vous le connaissiez...

— Bah ! Il aime sûrement sa petite-fille et s'il comprend que vous êtes prête à la suivre... Tenez, dimanche en huit, on annoncera officiellement nos fiançailles. Ce serait merveilleux si Rachel avait auprès d'elle sa mère et son grand-père.

À cet instant, Judith prit conscience de la façon dont l'épicière la suivait des yeux et elle eut peur que Josuah apprît, par d'autres, la rencontre de sa bru et du fils Bertignat. Il y verrait la marque indiscutable d'une trahison. Prenant rapidement congé du fiancé de sa fille, Mme Collonges se hâta vers sa demeure où, depuis la visite des Bertignat, régnait une atmosphère quasiment irrespirable. Josuah semblait incrusté dans son fauteuil d'où il ne bougeait guère, usant le temps à lire et relire son almanach. Il n'adressait la parole qu'à sa bru et seulement pour les besoins essentiels du quotidien. Judith se contentait de répondre aux questions et d'obéir sans jamais demander quoi que ce fût. Rachel vivait dans sa chambre et n'apparaissait qu'à l'heure des repas silencieux. Toutefois, dans la matinée, pendant que sa mère était au village, la fiancée de Jonas préparait le repas, sans échanger un mot avec son grand-père.

Rachel faillit lâcher le saladier qu'elle essuyait quand sa mère, ayant posé son filet, annonça :

— J'ai rencontré Jonas.

Cette nouvelle ne suscitant aucun écho, elle poursuivit :

— On a bavardé longuement...

Rachel jeta un rapide coup d'œil sur le vieux qui ne réagissait toujours pas, tandis que Judith — ignorante ou insoucieuse du danger — continuait :

— Il a été très aimable et m'a dit des choses très gentilles...

Un grognement de Josuah témoignait de son attention.

— Il est malheureux de notre brouille. Il serait content de se réconcilier avec vous, Josuah.

Le pépé fit entendre un long ricanement où l'ironie le disputait au mépris. Judith poursuivit :

— Dimanche en huit, on annoncera le mariage. T'aurais pu nous prévenir, Rachel !

— À quoi bon ? Dès que j'ouvre la bouche, ici, je suis traitée comme la dernière des dernières.

— Que veux-tu, ma pauvre petite, faut te faire une raison : il y a des gens qui ont pas de cœur, personne y peut rien.

Ce brusque changement de camp arracha le grand-père à son impassibilité.

— Tu me trahis de nouveau, Judith, bravo ! Ça m'étonne d'ailleurs pas, t'as toujours été une hypocrite !

— Et vous, qu'est-ce que vous êtes ?

— Je te permets pas de...

— Dimanche, en huit, au temple, vous et moi devons être aux côtés de Rachel !

— Nous y serons pas !

— Moi, si !

— Je vous foutrai dehors toutes les deux !

— On partira ! et vous, vous filerez à l'hospice, comme Ezechiel.

— Tu mériterais que je te flanque une raclée !

Rachel intervint, en empoignant le pique-feu.

— Touchez à maman et je vous fais péter le crâne !

Il y eut un court silence où chacun se mesura du regard, puis Josuah reprit sa place, se contentant de commenter :

— Ton éducation, Judith. Je te félicite.

* * *

Dans les premières heures de ce dimanche d'octobre, on a été réveillé par les coups de feu tirés par les chasseurs. Ce n'est pas qu'il y ait beaucoup de gibier, mais on a plaisir à se retrouver entre hommes et à se raconter des histoires de chasse, qui relèvent de la fable, on le sait, mais quelle importance ? Les femmes aussi se sont levées de bon matin : la maison à mettre en ordre, le repas à préparer, s'habiller, aider les plus jeunes à faire de même et, surtout, ne pas être en retard au temple où l'on doit annoncer le futur mariage de Rachel et de Jonas. Question passionnante : les Collonges seront-ils là ? Quelle sera l'attitude du pasteur ? Les chasseurs viendront, mais ils devront déposer leurs armes dehors et attacher leurs chiens à l'extérieur. Quelques minutes avant le début de l'office, il n'y a plus une place de libre.

Les prières furent récitées sans grande attention, mais avec impatience. On chanta, en témoignant d'un manque d'entrain évident le « Cantique de Siméon ».

Laisse-moi désormais, Seigneur, aller en paix.
Car, selon ta promesse, tu fais voir à mes yeux
Le salut glorieux que j'attendais sans cesse.

À l'étonnement du plus grand nombre, Josuah Collonges était là, avec sa bru, près de Rachel. Les plus sages approuvaient cette apparente réconciliation, les envieux en éprouvaient une profonde déception. Enfin, vint le moment où le pasteur se prépara à annoncer les noces de Rachel et de Jonas. Josuah se leva et, sans prendre la moindre précaution, quitta ostensiblement le temple. Judith hésita, faillit le suivre, se ravisa et demeura à sa place. Sous l'affront, Rachel était devenue toute rouge. Les Bertignat ne parvinrent pas à masquer leur humiliation à ceux qui, le sourire aux lèvres, les épiaient. Le grand-père étant sorti, le pasteur termina son annonce en précisant que le mariage aurait lieu dans la deuxième quinzaine de novembre et que le village entier y serait convié.

— Et maintenant, mes chers amis, je vais vous commenter un passage de Jérémie, prophète auquel il nous faut toujours revenir quand on veut essayer de comprendre le pourquoi des misères humaines. L'Éternel s'adresse à Jérusalem :

> « Je me suis souvenu de la piété de ta jeunesse
> de l'amour de tes fiançailles
> alors que tu me suivais au désert,
> Au pays qu'on n'ensemence pas.
> Quelle iniquité vos pères ont-ils trouvée en moi,
> pour s'éloigner de moi,
> pour suivre la vanité et devenir eux-mêmes vanité ? »

» Vous comprenez qu'ici Jérémie stigmatise ceux qui ne respectent pas leurs engagements. Et c'est vrai qu'il n'y a rien de plus grave que le manquement à la parole donnée...

On y arrivait ! L'assistance en frémit de plaisir et l'on regarda beaucoup plus Rachel et les Bertignat que Joseph continuant, impassible :

— Car, manquer aux promesses faites, c'est hypothéquer l'avenir, c'est empêcher qu'on construise l'avenir sur un terrain solide puisque, à tout moment, votre compagnon peut vous trahir. Aux mauvais chrétiens se rendant coupables de cette félonie, nous n'appelons pas sur eux la colère de l'Éternel. Nous nous contentons de les plaindre, et nous nous efforçons de ne pas les mépriser.

Rachel ne savait plus où se mettre. Judith n'écoutait que d'une oreille et ne comprenait pas bien ce que racontait le pasteur. Eleazar calmait son fils qui se promettait, à mi-voix, de casser la figure de Joseph Espalem, se persuadant qu'il n'avait pas le droit, sous couvert de l'Ancien Testament, d'insulter n'importe qui. Bertignat père, plus solide, moins esclave de ses sentiments, sentait l'hostilité l'entourant. À cause de son fils, il s'était fourré dans un drôle de guêpier. Il se demandait anxieusement comment il allait pouvoir en sortir.

À l'agréable sensation éprouvée par le plus grand nombre devant l'humiliation infligée publiquement aux Bertignat et aux Collonges, succédait une sourde inquiétude. De quelle façon réagiraient-ils ? Sans doute Josuah avait-il reconquis son prestige en se désolidarisant d'Eleazar, de son fils et de Rachel devant tous, mais les Bertignat ? Au sortir du temple, les hommes, contrairement à leur habitude, ne se dispersèrent pas. Les femmes, elles aussi, montraient peu de hâte à retourner à la maison. Elles attendaient elles ne savaient trop quoi.

Pendant l'office, Deborah avait vécu des moments difficiles. Elle n'aurait jamais cru que son frère fût capable d'une telle méchante ruse. Elle ne lui en voulait pas car elle entendait à travers ces dures remontrances un long cri d'amour. Deborah avait éprouvé une grande pitié envers la pauvre Rachel que personne ne défendait. Elle ne voyait pas les Bertignat, mais elle imaginait leur dépit et elle en éprouvait une satisfaction pas très pure. Non loin de Mlle Espalem, les Aïlhac formaient un bloc. Si Saül, visiblement, s'ennuyait et n'écoutait pas, sa femme et sa fille buvaient du lait. Une joie mauvaise déformait les traits de Zelpha. Quant à Sarah, elle riait discrètement en écoutant le pasteur qu'elle jugeait plus beau que jamais. À la fin de l'office, Deborah rejoignit son frère au presbytère.

— Tu es fier de toi, Joseph ?

— Pourquoi serais-je fier ?

— D'avoir glissé l'Éternel dans ton jeu ? Penserais-tu, par hasard, que c'est pour servir tes petites vengeances que le Christ est mort sur la croix ?

— Tu m'ennuies, à la fin ! J'en ai assez de tes leçons !

— As-tu vu la malheureuse Rachel ?

— La malheureuse !

— Enfin, ce n'est quand même pas une raison parce qu'elle en aime un autre pour que tu aies le droit de l'accabler devant tout le village !

— Tu exagères !

— Ce n'est pas moi que tu dois convaincre, mais Dieu ! Il te sera demandé compte de l'usage que tu auras fait du costume que tu portes !

— Il ne semble pas que mon auditoire m'ait désapprouvé ?

— Parce que tu as flatté ce qu'il y a de plus bas en eux : le goût de la médisance. Est-ce vraiment ton rôle ?

— Deborah, tu m'embêtes ! Je rentre.

Comme il se dirigeait vers la porte de derrière, elle se précipita pour lui barrer le passage.

— Ah non... Ils t'attendent... Tu n'as pas le droit de te dérober !

— Mais je n'ai pas envie de discuter.

— Méfie-toi, Joseph... Si tu ne vas pas à ceux qui, pour l'heure, te soutiennent, ils risquent de changer d'opinion et très vite.

Avec un soupir tout ensemble résigné et rageur, Espalem sortit par la grande porte. À peine avait-il franchi le seuil du temple que Zelpha et Sarah se précipitèrent sur lui.

— Ah ! monsieur le Pasteur, vous avez été magnifique !

— Vous m'avez bouleversée !

Il fallut que Saül intervînt pour arracher Joseph à ses admiratrices.

— Alors, vous croyez que le pain va se vendre tout seul ? File à la boutique, Zelpha, sinon je vais me fâcher ! Accompagne ta mère, Sarah.

Les deux femmes s'éloignèrent en maugréant tandis que le boulanger expliquait courtoisement au serviteur de l'Éternel :

— Ces femmes, c'est pire que des chèvres et si on n'y a pas la main, elles ont tôt fait de tout foutre en l'air !

Après avoir, vainement, essayé de calmer son fils, Eleazar était rentré chez lui, soucieux. L'algarade déclenchée par Espalem allait — il n'en doutait pas — porter ses fruits. Une chose s'affirmait certaine : tant que Joseph demeurerait à Vivezargues, les projets de Bertignat seraient très aléatoires. Il convenait donc de débarrasser le pays de cet importun. Sans plus attendre, le père de Jonas écrivit aux Messieurs de Privas parmi lesquels il comptait de solides appuis.

Sur la place, on parlait et on s'agitait beaucoup. Si la majorité approuvait l'attitude du pasteur, il y en avait pour le blâmer. Parmi ces derniers, Jonas pérorait. Encouragé par ceux qui l'écoutaient, le fils d'Eleazar se porta au-devant d'Espalem.

— Tout pasteur que vous êtes, vous êtes aussi un parfait salaud !

Joseph voulut poursuivre son chemin, sans répondre. Hors de lui, Jonas l'empoigna par le bras.

— Vous avez osé parler de ma fiancée...

Une voix anonyme lança :

— Ta fiancée, c'est une pute !

Du coup, Bertignat abandonna le pasteur en criant :

— Qui a dit ça ? Qu'il se montre s'il n'est pas un lâche !

Un certain Nathan, qui travailait dans les bois, écarta les gens qui le séparaient de Jonas et vint se planter devant lui.

— C'est vrai que la Rachel est une traînée et après ?

En réponse, le fils d'Eleazar gifla avec force le grossier personnage qui, à son tour, flanqua son énorme poing de bûcheron dans la figure du fiancé de Rachel. Cet échange parut mettre le feu aux poudres et, surtout par goût de la bataille, on se rua les uns sur les autres. Alerté, le maire accourut pour tenter de rétablir l'ordre. Mais, s'étant un peu trop avancé dans la mêlée, il reçut des horions qui lui firent perdre son sang-froid et il cogna à son tour sur tous ceux qui passaient à sa portée. Le tumulte était tel que les ménagères abandonnèrent leurs tâches domestiques pour aller voir ce qu'il se passait. D'abord, le spectacle les effraya, puis elles se portèrent spontanément au secours de leur parentèle, épousant une querelle dont elles ignoraient l'objet. Dans l'ensemble, il s'agissait de rudes gaillardes endurcies par de pénibles travaux. Judith, qui n'avait pas suivi assez vite Rachel dans sa fuite, encaissa, sur la tête, un coup qui lui enfonça son chapeau jusqu'aux yeux.

En voyant rentrer sa bru, Josuah ne put se tenir de rire, imité, avec plus de discrétion, par Rachel revenue bien avant sa mère. L'indignation faisait bafouiller celle-ci tandis qu'elle expliquait les événements appelés à rendre ce dimanche inoubliable.

— Tout est venu de ce que le pasteur a prêché. Les gens y ont vu une allusion à ses malheurs avec Rachel. A la sortie du temple, Jonas Bertignat s'en est pris à Espalem, il a même menacé de le frapper.

Rachel poussa une exclamation horrifiée.

— ... puis il lui a reproché d'avoir mal parlé de ma fille. À ce moment, le Nathan Olmit, celui qui travaille dans les bois, il a dit une grosse saleté sur ma Rachel.

Amer, Josuah s'enquit :

— Ça t'étonne ! Quand on se conduit comme elle s'est conduite, faut pas se vexer si on vous appelle comme vous le méritez !

La demoiselle gémit :

— Oh ! grand-père...

Judith continuait :

— Alors Jonas y a tapé sur le museau et le Nathan, il lui a flanqué son poing en plein dans la figure, même qu'il a été tout barbouillé de sang !

Intraitable, le vieux approuva :

— Ça lui apprendra à voler les fiancées des autres !

Rachel pleurait sans bruit et dans l'indifférence totale de ses parents. Josuah savourait le récit de la bagarre comme s'il s'agissait d'une victoire personnelle. Quant à la narratrice, elle était trop occupée à rapporter par le menu ce à quoi elle avait assisté, pour prendre garde à sa petite.

— Alors, les plus nombreux ont pris parti pour le pasteur, et pas beaucoup pour Jonas et tout le monde s'est mis à cogner sur tout le monde. Même les femmes sont sorties de chez elles pour se mêler à la batterie. J'ai eu peur et j'ai voulu m'ensauver. C'est à ce moment que j'ai reçu un coup sur la tête et je sais pas qui c'est qui me l'a flanqué.

Le grand-père se réfugia dans la sagesse biblique pour masquer, plus ou moins, sa jubilation.

— Il est écrit « Malheur à celui par qui le scandale arrive » et comme scandale, je crois que c'est réussi ! Voilà, ma pauvre Judith, la façon dont ta fille nous remercie de l'avoir élevée au-dessus de notre condition.

Rachel ne réagit pas, car elle n'écoutait plus depuis qu'elle avait appris que son fiancé avait été blessé.

— Comment va Jonas ?

— J'en sais rien... Lorsque je suis partie, il continuait à se battre.

— Mon Dieu...

Josuah, que les pleurs de sa petite-fille ne touchaient guère, remarqua, avec une joie mauvaise :

— « Qui sème le vent, récolte la tempête. »

La tempête avait plutôt malmené le jeune Bertignat et, lorsqu'il se montra à la domesticité de sa maison, il suscita cris et plaintes. Son père, attiré par le bruit, se précipita et demeura saisi par le spectacle qu'il avait sous les yeux. Il ne put que dire :

— Eh bien... on t'a arrangé !

On lavait les plaies de Jonas qui grognait quand les remèdes le brûlaient.

— Qui t'a fait ça ?

— Les amis du pasteur.

— Pas très malin, hein ?

— On avait insulté Rachel de façon ignoble !

— Encore Rachel !

— Elle est ma fiancée. l'aurais-tu oublié ?

— Oh ! non...

Abandonnant son fils aux mains de celles qui le soignaient, Eleazar regagna la pièce donnant sur le jardin et qui lui servait de refuge. L'homme qui avait toujours eu confiance en lui, qui jamais n'avait envisagé un échec, se mettait à douter de son avenir. Depuis qu'il avait songé à courir une carrière politique, il s'y était de plus en plus attaché. Renoncer à ses espérances le meurtrissait cruellement. Il n'entendait pas abandonner sous quelque prétexte que ce fût. Cependant, il était assez clairvoyant pour admettre que les incartades de son fils n'arrangeaient pas ses affaires, aussi reçut-il assez brutalement Jonas lorsque ce dernier se présenta devant lui, pansé et changé.

— Assieds-toi... Ça va ?

— Oui... des plaies superficielles.

— Maintenant, explique-moi ce qui s'est passé ?

— Ce fut la faute du pasteur. Rappelle-toi son prône inspiré de sa haine à notre égard et ses commentaires injurieux sur Rachel. Chacun s'est rendu compte qu'il s'agissait d'une vengeance !

— J'ai eu l'impression qu'il était approuvé par le plus grand nombre.

— Tu sais bien pourquoi ! Les jaloux, les envieux, tous ceux qui nous en veulent d'être riches, d'avoir la plus belle maison, le plus grand domaine...

Eleazar hocha la tête.

— Ça fait beaucoup de monde...

— Quelle importance !

— Par moments, je me demande si tu es aussi intelligent que je me le figurais ?

— Merci !

— Voyons, Jonas, as-tu, oui ou non, conscience que taper sur mes futurs électeurs n'est pas une méthode pour obtenir leur suffrage ?

— Tout de même, je ne pouvais pas laisser traiter Rachel de putain sans réagir !

— Elle commence à m'embêter, ta Rachel !

— Père !

— Je ne peux pas accepter que son inconduite mette ma carrière en péril !

— Tu parles d'inconduite ! Tu prends le parti des insulteurs !

— Pas de fumée sans feu !

— Oh ! tu oses parler ainsi de celle qui sera ma femme !

— Je me fiche de ton stupide mariage !

— Et moi, je me moque de ta future et grotesque carrière.

Brusquement, dressés l'un en face de l'autre, le père et le fils se regardaient avec de la haine dans les yeux. Leur complicité, jusqu'ici sans faille, laissait la place à une hostilité qui, du premier moment, atteignait une ampleur insoupçonnée, les surprenant tous deux. Ils avaient l'impression que les visages jusqu'ici familiers n'étaient que des masques tacitement acceptés. Tremblant de colère au point d'en bafouiller, Eleazar remarqua :

— Tu as une façon bien particulière de me remercier de tout ce que j'ai fait pour toi !

— Je connais la chanson ! Elle sert d'excuse à tous les égoïstes !

— Je refuse mon consentement à ton mariage !

— On s'en passera !

— Tu n'auras plus un sou !

— Je m'arrangerai !

— Va-t'en !

— Tu me mets à la porte ?

— File te réfugier chez ta Rachel. A vous deux, vous direz du mal de vos parents, ça vous distraira.

— C'est, en effet, ce que nous ferons.

Ils continuaient à se fixer comme s'ils espéraient quelque miracle faisant que ce qui avait été dit ne l'ait pas été, que les gestes de rupture n'aient point été accomplis. Un peu hébétés, ils ressemblaient à ces survivants des catastrophes qui, debout parmi les cadavres. sont choqués au point de ne pas réaliser qu'ils sont vivants.

Le bruit de la porte que Jonas refermait derrière lui arracha son père à la torpeur où il semblait plongé. À nouveau, une sorte de fureur l'empoigna qu'il tenta d'apaiser en injuriant l'absent. Il maudissait l'ingratitude des enfants, il stigmatisait l'imbécillité d'un fils qui, à cause d'une amourette, renonçait à tous ses privilèges de garçon riche. Pas un instant Bertignat ne prit conscience de son propre égoïsme, trouvant naturel de sacrifier le bonheur d'un jeune couple à une aventure politique, pour l'heure seulement rêvée.

Eleazar resté seul, établit de nouveaux plans qui se résumaient tous à ceci : ne pas laisser les sottises de son fils porter préjudice à ses projets. Il importait donc, au premier chef, qu'on sût, dans le village, que Bertignat blâmait hautement le comportement de Jonas et qu'il ne voulait plus entendre parler du mariage avec Rachel Collonges. Il estimait qu'une pareille position, connue de tous, lui attirerait la sympathie des électeurs et notamment celle de Josuah Collonges avec lequel il devenait nécessaire de se rabibocher au plus vite. Toutefois, il ne devait pas oublier le pasteur dont la seule présence lui portait préjudice. Il résolut de négliger la lettre écrite et de se rendre, dès le lendemain, à Privas pour accélérer la prise de position du synode.

Judith ne put retenir une exclamation en voyant arriver Bertignat. Tout de suite, elle eut peur. Elle était seule avec son beau-père, Rachel ayant filé rejoindre Jonas. Cependant, le visiteur ne semblait pas manifester de mauvaises intentions.

— Bonjour, madame Collonges et bonjour à vous aussi, l'Ancien.

Il en fallait davantage pour amadouer Josuah.

— Qu'est-ce que vous voulez ?

— Rachel n'est pas là ?

— Ça vous étonne ?

— Non et d'un côté, je préfère.

— Parce que ?

— Parce que j'ai flanqué mon fils à la porte, que je refuse mon consentement au mariage projeté avec votre petite-fille et qu'enfin il n'aura plus un sou de moi.

Le grand-père en glapit de plaisir.

— Voilà la meilleure nouvelle que j'aie entendue depuis longtemps. Sers-nous la goutte, Judith.

Mais Judith ne l'entendait pas de cette oreille.

— Alors que mon enfant va peut-être mourir de chagrin, vous, vous pensez qu'à boire !

Bertignat voulut consoler Mme Collonges.

— Vous savez, c'est dans les romans qu'on meurt d'amour, dans la vie c'est beaucoup plus rare.

— Vous connaissez pas Rachel !

— Peut-être, mais je ne crois pas qu'elle soit exceptionnelle.

Le grand-père ajouta :

— Elle a qu'à retourner à notre pasteur...

La bru sursauta :

— C'est pas Dieu possible que vous compreniez rien à rien. Rachel a oublié Joseph Espalem quand elle a rencontré votre fils, monsieur Bertignat. Le pasteur, c'était pour se marier, pour obtenir une place dans la société, tandis que Jonas, c'est l'amour !

Eleazar haussa les épaules.

— Oh ! l'amour...

— Vous y croyez pas ?

— Mais si, mais si... Pas chez les jeunes, cependant, qui prennent pour amour un simple désir physique.

— Pas ma Rachel !

Josuah remarqua :

— Vous parlez, vous parlez et vous oubliez que votre fils, monsieur Bertignat, et Rachel sont majeurs et qu'ils se marieront quand il leur plaira, que nous l'acceptions ou non.

Eleazar approuva :

— Je sais. Ils se marieront, convaincus qu'ils vont triompher de tous les obstacles, mais très vite, ils s'apercevront que, sans l'argent de papa, l'existence devient difficile, sinon impossible. Ils commenceront alors à se quereller.

Judith protesta à nouveau.

— Pourquoi ?

— Parce que les chevaux se battent quand la mangeoire est vide.

* * *

Le chef Bardet était un quadragénaire d'humeur enjouée. Bien que catholique, il se plaisait dans cette Ardèche sévère dont il appréciait tout autant la droiture naturelle de ses habitants que la beauté des paysages. Contrairement à la majorité de ses compagnons, il acceptait, quel que fût le temps, de partir en tournée. On lui avait ordonné d'aller voir ce qu'il se passait à Vivezargues où, d'après des appels téléphoniques anonymes, il semblait qu'il y eût un début de guerre civile. Privas est déjà une ville méridionale et on n'y est pas trop dupe des mots, mais on éprouve tellement de plaisir à les entendre et à les prononcer ! Ce matin-là, Bardet monta dans la voiture de service avec le gendarme Epalle qui l'accompagnait. Celui-ci vivait dans un mutisme quasi total. Cette manie lui permettait d'écouter ou d'en donner l'impression. Quittant leur caserne, le chef et son compagnon filèrent en direction du Rhône. À Chomérac, ils tournèrent à gauche pour s'engager dans un chemin pittoresque qui, sur treize kilomètres, traverse un pays un peu à l'écart et qui plonge les amoureux de la nature dans un milieu de rêve. Bardet ne se lassait pas d'admirer ces paysages qui l'émouvaient. Par moments, il faisait confidence de ses états d'âme à Epalle dont il n'attendait pas de réponse. Ils arrivaient au pied du Coiron et, obliquant à droite, ils empruntèrent une route tortueuse, difficile, qui leur fit traverser Saint-Martin-le-Supérieur, d'où on atteignait le col de Fontenelle où le chef s'arrêtait toujours pour respirer l'air vivifiant des hauteurs du Coiron. Epalle durant cette halte imposée fumait une cigarette, ce qui scandalisait son supérieur.

Par un chemin tout aussi difficile et pittoresque, les représentants de l'ordre dévalèrent du col sur le côté méridional du Coiron. Bardet fit encore une halte avant Secoutres à seule fin de se payer le plaisir de savourer le point de vue qui s'offrait sur la vallée de l'Auzon et les montagnes dominant Aubenas. En entrant dans Vivezargues le chef, gouailleur, remarqua :

— Notez, Epalle, que nous ne voyons pas de cadavres.

— Heureusement, chef.

— Ni traces de bataille.

— Heureusement, chef.

— Ce qui me plaît en vous, Albert, c'est votre conversation. Comme il est à prévoir que les gens que nous interrogerions mentiraient avec l'entêtement caractéristique du coin, rendons visite au maire, c'est un honnête homme et, s'il ment, ce sera de façon officielle.

Ruben Brenat tenait beaucoup à son écharpe de maire et, depuis qu'on lui avait soufflé discrètement qu'Eleazar risquait de prendre sa place si l'idée lui en venait, il ne le portait pas dans son cœur. Le pugilat de la veille, où il avait encaissé des coups sans savoir qui les lui avait flanqués, n'avait fait qu'aigrir son ressentiment à l'égard des Bertignat. Lorsque les gendarmes, introduits par Elisabeth, pénétrèrent dans son bureau, Ruben sut que ses ennuis n'étaient pas terminés. Après avoir serré la main de son hôte obligé, Bardet, toujours jovial, s'exclama :

— Alors, monsieur le Maire, paraît qu'on s'étripe chez vous ?

— Holà... N'exagérons pas, Oscar... simplement une batterie...

— ... à laquelle vous avez pris part si j'en dois juger par les deux morceaux de sparadrap qui agrémentent votre visage.

— J'ai voulu arrêter ces imbéciles.

— Pourquoi cette batterie ? D'ordinaire, cela se passe à la sortie du café, mais chez vous, c'est à la sortie du temple ! Je reconnais que c'est plus original et plus grave aussi. Vos administrés auraient-ils la nostalgie des guerres de Religion ?

— Allons, Oscar... Ce n'est pas le moment de plaisanter... et d'abord, comment êtes-vous au courant ?

— Le téléphone est un moyen commode pour ceux et celles qui nous renseignent anonymement.

— Bon, eh bien ! Je vais vous confier les vraies raisons de la bagarre.

Ruben raconta les amours manquées du pasteur, le mariage projeté de Jonas avec la fiancée de Joseph. Il avoua qu'Espalem, parlant sous le couvert d'un prophète, avait libéré sa rancune, raison pour laquelle le fils Bertignat l'avait injurié et menacé au sortir du culte. Brenat conclut :

— Vous n'ignorez pas, chef, combien nous sommes attachés à nos pasteurs par ici ? Une survivance du vieux temps, sans doute.

— Vaudrait mieux que ça ne recommence pas.

— Comptez sur moi.

— Vous comprenez, Ruben, on préférerait ne pas s'en mêler.

Sa conscience désormais en repos, le chef accepta de trinquer avec le maire, approuvé par le gendarme Epalle.

* * *

Eleazar était rentré satisfait de Privas où il avait pu toucher les gens qu'il lui fallait rencontrer. L'arrivée du maire, si elle le surprit, ne l'inquiéta pas. Depuis son accrochage avec son fils, Bertignat avait repris du poil de la bête. Il s'avouait qu'il s'était fait une montagne d'une taupinière. En réfléchissant calmement, il ne croyait pas possible qu'un homme de sa race pût sacrifier fortune et situation à un coup de cœur. Jonas lui reviendrait, il en était certain. Devant lui, Ruben Brenat se dandinait, visiblement embarrassé. Un paysan qui, transplanté dans un décor inhabituel, perdait contenance.

Eleazar joua la carte du paternalisme.

— Alors, Ruben, quel bon vent vous amène?

Cependant, le père de Jonas se trompait à nouveau, le maire n'étant pas le moins du monde intimidé.

— Je pense pas qu'on puisse parler de bon vent.

— Allons, allons, ne dramatisons pas, hein? C'est à propos de la batterie de dimanche?

— Oui.

— Nos garçons ont le sang un peu chaud...

— Ce n'est pas une raison pour se conduire comme des voyous.

— Vous ne croyez pas que vous exagérez?

— Pas du tout et, pour parler net, s'en prendre à un pasteur, c'est à la fois une grossièreté et une imprudence, car un pareil geste fait ressortir trop de souvenirs.

Eleazar eut un petit rire.

— Vous ne pensez tout de même pas qu'un échange de coups de poing soit le prologue d'une guerre civile?

— Ce que je pense n'a aucune importance, monsieur Bertignat. Je suis venu vous demander d'ordonner à votre fils de cesser ses stupidités.

Aussitôt, le père de Jonas se cabra.

— Doucement, monsieur le Maire! Je ne vous permets pas de...

— Vous n'avez rien à me permettre ou à me défendre.

— Vous le prenez d'un peu trop haut !

— Je vous avertis : si votre fils s'entête à faire le clown, je le laisse se faire assommer par ses adversaires et je le remets entre les mains des gendarmes.

— Sans blague ?

— Continuez de la sorte et vous dresserez tout le pays contre vous.

— Cela devrait vous arranger ?

— On connaît vos ambitions, monsieur. Elles ne vous mèneront à rien. Je suis moins savant et moins riche que vous, mais moi, on me connaît alors que vous n'êtes qu'un étranger et le resterez. A bon entendeur, salut.

Sur ce, Ruben pivota sur ses talons et quitta la pièce sans ajouter un mot. Eleazar avait toujours eu horreur qu'on lui tînt tête et plus encore d'être vaincu. Il se mit à haïr furieusement Brenat qui, jusqu'ici, lui était indifférent. Revenant à ses ambitions antérieures, il décida de supplanter Ruben à la mairie. Quel beau jour ce serait quand, élu par la population de Vivezargues, il entrerait dans le bureau où, d'ordinaire, Ruben officiait et, devant tous, prendrait sa place. Son triomphe hypothétique faisait défiler devant ses yeux des images qui, marquant sa victoire, lui donnaient envie de crier sa joie.

Néanmoins, Bertignat s'était trop battu au cours de son existence pour oublier qu'un adversaire n'est vraiment vaincu que lorsqu'on lui fait toucher terre des deux épaules. Il devait traiter Ruben en rival coriace et ne rien lui épargner au cours d'une bataille où tous les coups sont permis. Pour l'heure, à la suite de l'échauffourée du dimanche précédent, Brenat avait marqué un point. Il importait donc de récupérer Jonas et, pour cela, de ne plus s'opposer à son mariage. Après tout, cette tête de linotte de Rachel n'avait aucune importance. Eleazar estima que, son fils revenu à ses côtés, à eux deux, ils endoctrineraient facilement le pays et quelques billets judicieusement distribués convaincraient les pseudo-irréductibles. Mais il fallait trouver Jonas. Où se cachait ce garçon que l'amour rendait stupide ?

Alors que Bertignat savourait une vengeance qui n'était encore qu'un rêve, le maire rentrait chez lui pour abandonner son costume de cérémonie et revêtir ses habits de tous les jours. Il se sentait plus à son aise avec son vieux pantalon, son chandail dont le col bâillait un peu trop, son gilet noir auquel l'usure apportait des reflets verdâtres. Pour les démarches qu'il lui restait à faire, il préférait être familier plutôt que guindé. Pendant qu'il buvait la tasse de café que sa femme venait de lui servir, celle-ci s'enquit :

— Comment ça s'est passé ?

— Pas tellement bien.

— Raconte.

— On s'est lancé des mots qui disaient parfaitement ce qu'ils voulaient dire.

— Et ça s'est terminé ?

— Je suis parti avant qu'il me foute à la porte, mais je crois, quand même, que j'ai eu le dessus.

* * *

Depuis le début de cette histoire entre son frère et Rachel, Deborah avait l'impression de vivre dans un monde peuplé de fantômes. Quand elle repensait au bonheur qui avait été sien pendant tant et tant d'années, les larmes lui montaient aux yeux. Pareille à toutes celles qu'un malheur — apparemment injuste — accable, elle se demandait comment cela était possible. Le temps lui durait que le mariage maudit eût lieu et que le fils Bertignat quitte Vivezargues au plus vite avec sa femme. Peut-être, alors, tout le monde se calmerait et on pourrait retrouver le bonheur perdu. Mais, au fond d'elle-même, elle ne le croyait pas. En épluchant les légumes, en taillant le lard, elle massacrait cent fois ce Jonas, cause de toutes ses misères. Le fils d'Eleazar hantait l'esprit de

Mlle Espalem. Une obsession totale. Elle en avait oublié Rachel, réservant sa haine à Jonas. Elle se persuadait que c'était Jonas et lui seul, la cause de ce chaos où avait sombré sa joie de vivre. En voyant arriver Brenat, elle se redressa, essuyant ses mains à son tablier.

— Bonjour, Deborah.

— Bonjour, monsieur le Maire.

— Je ne vous dérange pas ?

— Bien sûr que non. Éplucher des légumes n'a rien de passionnant.

— Comme la plupart des tâches quotidiennes.

— Hélas ! Asseyez-vous, monsieur le Maire. Boirez-vous quelque chose ?

— Non, merci.

Ils se turent, gênés tous deux, parce qu'ils savaient ce que l'un et l'autre taisaient, et ils n'osaient pas poser la question qui déclencherait l'explication redoutée.

— Votre frère n'est pas là ?

— Non.

— Je ne l'ai pas aperçu dans son jardin...

— Il n'y va presque plus...

À nouveau, ils restèrent un assez long moment sans parler puis Ruben déclara, tout à trac :

— J'ai beaucoup d'estime pour vous, Deborah.

— Je ne sais pas si je la mérite...

— Oh ! que si... Avec ma femme, on parle souvent de vous... On aurait aimé avoir une fille qui vous ressemblât.

La sœur feignit de plaisanter, mais sa voix était pleine de larmes.

— C'est très gentil. Je... je ...

Brenat posa la main sur le bras de son interlocutrice.

— Vous savez, n'est-ce pas, pourquoi je suis ici ?

— Disons que je m'en doute.

Encore le silence. C'était la manière de Ruben.

— Où est votre frère, en ce moment ?

— En train de marcher dans les champs, j'imagine. Tous les jours, sauf le dimanche, il part sans me confier où il va. D'ailleurs, il l'ignore quand il quitte la maison. Il marche pour se fatiguer, pour ne plus penser au chagrin qui le ronge.

— Rachel ?

— Oui et aussi ce Jonas qui la lui a volée !

— Il ne se console pas avec sa foi ?

— Non.

— Il n'a quand même pas perdu sa confiance dans l'Éternel ?

— Qui pourrait répondre à cette question, à part lui ?

— En tout cas, Deborah, je compte sur vous pour faire comprendre au pasteur que je ne peux admettre que le scandale de dimanche se renouvelle.

— Il ne m'écoute plus.

— Je vous plains. Entre nous, même quand ils entrent au service de Dieu les hommes peuvent rester des imbéciles.

En sortant, Ruben se heurta à Joseph qui rentrait, fourbu.

— Par exemple, monsieur le Maire !

— Asseyons-nous sur ce banc, au soleil. On aura mal aux fesses, mais on respirera et puis, j'ai déjà assez embêté votre sœur.

Ils prirent place sur le siège rustique accoté au mur fermant la cour.

— Vous désirez me parler ?

— Exact ! et vous devinez pourquoi ?

— À cause de l'histoire de dimanche ?

— Pas seulement. Sans doute, le pugilat déclenché par vos soins et ceux de Jonas Bertignat a suscité un scandale qui, je vous l'assure, ne se renouvellera pas, quitte à voir un pasteur emmené par les gendarmes.

— Vous savez très bien que c'est Jonas qui m'a agressé !

— Je vous en prie ! J'étais au temple, j'ai assisté à l'office, je vous ai entendu et si vous n'appelez pas ça une agression verbale, je me demande ce qu'il vous faut !

— Cela dépend des points de vue.

— Il y a plus grave, monsieur le Pasteur.

— Vraiment ?

— Vous n'exercez plus votre sacerdoce comme il convient.

— En quoi cela vous regarde-t-il ?

— Je suis protestant et, à ce titre, j'ai le droit de...

— Vous n'avez aucun droit dans ce domaine ! Jouez au gendarme si le cœur vous en dit, mais ne venez pas fourrer votre nez dans un domaine qui m'est réservé et à moi seul !

— Erreur ! C'est grâce à nos subsides que vous vivez et donc nous avons le droit d'exiger ce pour quoi nous donnons notre argent !

— C'est vous que ce raisonnement mercantile déshonore, pas moi !

— Vous êtes un malade, monsieur Espalem, il faut vous soigner !

— Fichez-moi la paix, vous et vos amis !

— En tant que maire, je vous empêcherai de semer le trouble dans le village ! C'est mon devoir et je le remplirai quoi qu'il doive m'en coûter !

Joseph parut se recroqueviller sur lui-même et il gémit plus qu'il ne dit :

— Pourquoi ? mais pourquoi m'a-t-elle fait ça ?

Touché par ce chagrin démesuré, Ruben sentit fondre sa colère.

— Rachel mérite pas que vous vous mettiez dans des états pareils ! Vous avez assez vécu pour apprendre combien les filles sont changeantes !

— Elle n'était pas comme les autres...

— Qu'en savez-vous ? En tout cas, elle ne veut plus de vous, hein ?

— Ce n'est pas vrai ! Elle se trompe ! C'est moi qu'elle aime ! Je le sais !

Le maire regarda longuement le pasteur puis, hochant la tête, il se leva, tapota l'épaule de Joseph en soupirant :

— Mon pauvre garçon...

Se dirigeant vers sa demeure où l'attendait Elisabeth, Ruben se félicitait de la simplicité de celle-ci qui s'appliquait — depuis le lointain jour de leurs noces — à être une bonne épouse, sans avoir l'idée de se poser des questions auxquelles elle n'aurait pu répondre, lui non plus, d'ailleurs. Brenat ne se sentait pas dans son assiette. Son entrevue avec le pasteur l'avait troublé. C'était la première fois qu'il voyait la passion se manifester avec autant de véhémence, autant d'éclat. Ils lui étaient étrangers, ces gens qui n'avaient que le mot bonheur à la bouche. Ils commençaient à l'exaspérer. En dépit de sa bonne volonté, il ne les comprenait pas et il leur en voulait de ne pas les comprendre. Le bonheur... Il le goûtait, lui, le bonheur ! et les autres n'avaient qu'à l'imiter, sans aller chercher midi à quatorze heures en se racontant des histoires à dormir debout. Une bonne santé, une maison solide, suffisamment d'argent pour ne pas craindre l'avenir, une compagne sur qui l'on savait pouvoir compter quoi qu'il arrivât, c'était ça, le bonheur. Le reste ne valait même pas la peine d'en parler, surtout quand on voyait dans quel état ces bêtises mettaient quelqu'un comme le pasteur.

Tout en marchant lentement (l'air était si doux et la lumière si belle... !), Ruben, après ces divers incidents, était enclin à penser à des choses auxquelles il n'avait jamais songé. Ainsi, son mariage avec Elisabeth. Brusquement, sans l'avoir expressément voulu, le maire plongeait dans un passé qu'il croyait avoir oublié ou du moins perdu de vue tant il était enfoui sous tous les événements qui avaient eu lieu au cours d'une déjà longue vie commune.

Un jour (il y avait si longtemps que Brenat éprouvait quelques difficultés à se rappeler la date exacte), M. Vallongues — alors pasteur de Vivezargues — était venu le trouver dans sa grange où il réparait un râteau ayant perdu quelques dents. Le pasteur, un homme solide, toujours prêt à donner un coup de main dans les travaux les plus pénibles, se montrait sans cesse de bonne humeur. Il s'était assis sur une grosse souche de fayard servant de billot et, sans perdre une minute, avait exposé le motif de sa visite. Le maire n'avait qu'à fermer les yeux pour réentendre la voix de M. Vallongues dont les accents rocailleux évoquaient le torrent roulant des galets :

— Ruben, tu as travaillé dur et c'est pas moi qui dirai le contraire. Tu as vingt-cinq ans, tu t'es mis à ton compte et ça a l'air de marcher.

— Ben, je me plains pas...

— Je sais et je sais aussi que tu rends grâce à Dieu d'avoir béni ton travail. Mais tu ne penses pas qu'il serait temps pour toi de te marier ?

— Me marier ?

— Dans une maison qui prospère, il y a une femme. Ruben, tu ne vas quand même pas attendre de n'avoir plus de dents et d'être cassé en deux par les rhumatismes pour commander la noce ?

— Je dis pas...

Alors le révérend avait demandé d'un ton sévère :

— Ruben, mon garçon, serais-tu contre le mariage ?

— Oh ! non, mais...

— Mais quoi ?

— Je... je connais pas de fille.

Le pasteur eut un rire triomphant.

— Moi, j'en connais une et je suis sûr, si j'en crois mon ami Coussergues, qu'elle fera parfaitement ton affaire.

— Ah ?... si vous la connaissez...

Vallongues avait paru un peu gêné avant d'avouer :

— Quand je prétends que je la connais, c'est manière de parler. Mon confrère Coussergues, qui m'a écrit à ce sujet, est quelqu'un en qui j'ai confiance. Une fille de vingt-quatre ans, solide, rompue à tous les travaux de la ferme et qui habite une maison isolée du côté de Saint-Andéol-de-Berg. Une bonne chrétienne, fidèle au temple de Villeneuve lorsqu'elle en a la possibilité. Je ne pense pas, ami, que tu trouves jamais mieux.

Le pasteur Vallongues impressionnait beaucoup Ruben.

— Je l'ai jamais vue, moi, cette personne et je peux pas décider comme ça, à l'aveuglette ?

— Tout juste, aussi dimanche prochain, sitôt après le culte, nous partons tous les deux pour rendre visite aux Chanedède, les parents d'Elisabeth, car elle s'appelle Elisabeth, ta future. Tu en as de la chance !

Brenat ne voyait vraiment pas pourquoi.

Revivant ces heures perdues dans le passé, le maire se laissait aller à un attendrissement inhabituel chez lui. Quel qu'eût été son scepticisme, à l'époque, il s'était trouvé au rendez-vous fixé avec sa charrette traînée par Matelot, un grand cheval noir plein de fougue. Le pasteur assis à côté de lui, Ruben avait fait claquer le fouet et on était partis, d'un trot soutenu, en direction de Saint-Pons, d'où on fila sur Saint-Jean-le-Centenier et Villeneuve-de-Berg. Matelot estimant sans doute qu'il avait apporté une contribution suffisante à cette partie de campagne, se mit au pas jusqu'à Saint-Andéol-de-Berg et ni les coups de fouet, ni les injures et menaces tempérées par la présence du pasteur, ne lui firent modifier son allure. À Saint-Andéol, quand le mentor de Brenat demanda le chemin de la ferme des Chanedède, il suscita une certaine émotion et bien des curiosités. Sur un chemin de terre aux pièges invisibles, Matelot crut bon de trotter au grand dam de ses passagers secoués comme il n'était pas permis et craignant sans cesse de verser. Sur l'aire où, jadis, on battait le blé au fléau, le pasteur de Villeneuve, Ozias Coussergues attendait les arrivants. Contrairement à M. Vallongues, il était de petite stature et montrait un teint maladif, donnant l'impression qu'il avait toujours froid. Il accueillit avec empressement son confrère et le protégé de celui-ci. Jacob et Salomé Chanedède formaient un couple à l'image de tous les ménages de ce pays austère. Timides, ils saluèrent les nouveaux venus poliment, mais sans chaleur. Sur leur invitation, on pénétra dans la ferme et l'on s'installa autour d'une longue table de noyer ciré. Quand on eut bu un verre de vin blanc aigre à souhait, la maman Chanedède s'adressa à son mari :

— Le père, vous devriez annoncer à Elisabeth que nos hôtes sont là et qu'elle doit descendre.

Tandis que Jacob quittait la pièce, la maman s'excusa dans un sourire :

— Elle aura voulu se faire belle.

M. Coussergues approuva :

— C'est de son âge et flatteur pour ceux qu'on veut ainsi honorer.

M. Vallongues fit chorus.

Ravie, la mère ajouta afin de ne rien oublier des qualités de sa fille :

— Avant de monter dans sa chambre, Elisabeth a préparé le dîner.

Remarque qui parut enchanter tout le monde. Lorsqu'on entendit les pas qui descendaient l'escalier de bois, Ruben sentit son cœur battre plus vite. Dès qu'il vit la jeune fille, il sut qu'elle serait sa compagne et qu'ils feraient leur vie ensemble.

Matelot, qui avait probablement hâte de retrouver son écurie, trottait allégrement sur le chemin du retour. Légèrement congestionné par le repas auquel il avait fait honneur, M. Vallongues avait beaucoup de peine à ne pas sombrer dans une somnolence digestive et ce, d'autant plus que son protégé, quelque peu tourneboulé par les péripéties de cette excursion matrimoniale, ne parlait guère. Pour lutter contre le sommeil, le pasteur incita son compagnon à bavarder.

— Alors, Ruben, que penses-tu de celle qui, un jour, sera peut-être Mme Ruben ?

— Elle me plaît bien. Elle a l'air de savoir ce qu'elle veut. Ça prouve qu'elle a du caractère. Elle semble solide.

De belles hanches qui promettent de beaux enfants. Et ses bras ? Vous avez vu ses bras ?

— Ma foi...

— Presque aussi musclés que les miens. Et puis, une poitrine de bonne laitière. Elle aura pas de mal à nourrir les petits.

M. Vallongues remarqua doucement :

— Tu parles comme si tu venais d'acheter une génisse à la foire... Le mariage, c'est autre chose, Ruben. Les qualités morales doivent l'emporter sur les qualités physiques. Ce n'est pas avec des muscles qu'il faut affronter l'existence à deux, mais avec le cœur.

Brenat ne répondit pas. Il ne paraissait pas tellement convaincu. Le pasteur ne savait pas tout des travaux de la ferme. Il ne voyait que le côté extérieur et il ignorait la fatigue, les angoisses dues aux caprices du ciel. On n'avait guère le temps de se faire des mamours quand l'orage grondait au loin et qu'il fallait rentrer le foin.

De son côté, M. Vallongues songeait que, s'il avait été en proie aux amours humaines, il aurait parlé autrement d'Elisabeth Chanedède.

Aujourd'hui, le pasteur n'était plus de ce monde ni les parents d'Elisabeth. Un univers disparu. Maintenant qu'il avait dépassé la cinquantaine, Brenat ne regrettait rien. Elisabeth avait été la compagne qu'il espérait. Elle lui avait donné trois beaux enfants : Sephora qui était mariée à Marseille, Moïse, entré aux Chemins de Fer et Ismaël qui travaillait dans la grosse ferme de ses beaux-parents du côté de Barjac. Bien sûr, on ne les voyait pas souvent, les uns et les autres, mais c'est le sort commun des vieux de s'enfoncer petit à petit (au fur et à mesure que les enfants deviennent des hommes et des femmes) dans la solitude. Ruben et Elisabeth avaient la chance — dont ils ne remercieraient jamais assez l'Éternel — de vieillir ensemble sans gros soucis d'argent. Une fin de vie paisible que les incartades de Rachel Collonges risquaient de troubler. À cause d'elle, les habitants de Vivezargues se dressaient les uns contre les autres. À cause d'elle, le pasteur ne savait plus où il en était. À cause d'elle, Ruben devrait peut-être se battre pour garder sa mairie. Une colère soudaine secoua Brenat et, comme il passait devant le chemin menant à la ferme des Collonges, il l'emprunta.

Chaque fois qu'elle s'adressait à sa fille, Judith se heurtait à un mur et comme Josuah refusait de parler aux « traîtresses », la pauvre femme, repoussée par celle-là, rebutée par celui-ci, ne voyait pas ce qu'il convenait de faire. Dans de pareils moments, il lui venait d'horribles idées, comme par exemple d'adopter la religion catholique à seule fin d'invoquer la protection des saints dont les hérétiques papistes ont un exemplaire pour n'importe quelle circonstance de la vie quotidienne. Mais, sitôt que ces affreuses pensées lui effleuraient l'esprit, elle avait honte et montait vite dans sa chambre pour supplier l'Éternel de ne pas lui tenir rigueur d'une faiblesse passagère. Sans doute avait-elle l'oreille du Tout-Puissant car, au bout de quelques minutes, elle redescendait auprès des siens, rassérénée.

Josuah souffrait du mutisme qu'il s'imposait pour punir les femmes de sa maison. Il n'avait pas prévu qu'il serait la première victime de son entêtement. Il ne pouvait rompre son silence sans se déshonorer et le vieux était très chatouilleux quant aux règles inventées mais scrupuleusement respectées de l'honneur. Il n'empêche que toute une journée sans parler, c'est dur même lorsqu'on est certain d'avoir raison.

Quant à la pauvre Rachel, elle ne comprenait plus rien à rien. Tout le monde lui en voulait. Elle aurait été une fille des rues, elle n'aurait pas été plus mal traitée. On pouvait croire que sa rupture avec le pasteur était un crime sans pardon. Le plus pénible pour elle tenait à ce que son grand-père prenait le parti de ses adversaires. Et voilà maintenant que le père de Jonas rejoignait, à son tour, le camp de ceux qui lui en voulaient. Heureusement, Jonas lui restait. Sans lui, sans sa tendresse, elle ne sait pas ce qu'elle serait devenue. Naturellement, elle n'ignorait pas qu'elle pouvait compter sur l'amour de sa mère. Hélas ! Judith ne savait que pleurer.

Les coups frappés à la porte résonnèrent dans le silence, volontairement entretenu, qui régnait dans la pièce. Selon son habitude, le vieux grogna. Rachel baissa un peu plus le nez sur son ouvrage de couture. Judith, espérant une visite qui serait un divertissement, s'empressa d'aller ouvrir et Ruben entra.

— Bonjour Josuah, salut mesdames... Vous n'êtes pas malade, l'Ancien ?

Le grand-père sauta sur l'occasion de soulager sa mauvaise humeur chronique.

— Et pourquoi je serais malade ?

— On vous voit plus au village !

— Et on m'y verra plus !

— Pourquoi ?

— Parce que je suis déshonoré !

Judith voulut intervenir. Son beau-père la prévint.

— Tais-toi ! ça te regarde pas, t'es pas de la famille.

La mère de Rachel faillit étouffer de rage et prit le maire à témoin.

— Vous l'entendez ? La façon dont il me traite alors que je le soigne depuis que je suis entrée dans cette maison, il y a plus de trente ans ? Si mon cher époux était pas mort, personne — pas même le beau-père — oserait me parler comme ça !

Josuah, mauvais, ironisa :

— Tiens donc !

— Tout aurait changé si j'avais eu un garçon !

— Je dois reconnaître que t'as mis près de trois ans pour nous donner cette affaire !

— Cette affaire, c'est votre petite-fille !

— Plus maintenant ! je l'ai reniée !

Le maire, dont on semblait oublier la présence, se manifesta.

— Vous n'ignorez pas le respect que j'ai pour vous, Josuah... et vous, Judith, je vous tiens pour une des plus braves personnes du pays.

On feignit de ne pas entendre le vieux grommeler :

— Vous êtes pas difficile...

— De plus, c'est pas avec vous autres que j'ai affaire, mais avec Rachel.

La petite redressa la tête et fixa le maire, étonnée, tandis que Judith se relevait, prête au combat.

— Qu'est-ce que vous lui voulez ?

Ruben négligea l'interruption.

— Écoute-moi, Rachel... Je t'ai vue naître et, pour moi, t'es restée la gamine qui me chipait des pommes quand j'étais occupé loin de mon jardin. Pour moi, tu demeures encore une gamine qui a pas eu son compte de fessées. Je m'adresse à toi en tant que maire de Vivezargues et je te dis : Rachel, tu commences à nous casser sérieusement les pieds.

— Alors, vous aussi !

— Parfaitement, moi aussi ! Seulement moi, je te parle au nom du village. On était tranquilles quand tu étudiais à Valence et depuis que tu es de retour, c'est l'enfer. Ton grand-père joue les proscrits, ta mère se fait sans cesse rabrouer. A cause de toi, toujours, le pasteur est en train de perdre l'esprit, le père et le fils Bertignat se sont brouillés. Rachel, ça suffit ! Tu as vu que l'autre dimanche, on s'est battus, toujours par ta faute. Il faut que cela cesse ! Persuade ton nouveau fiancé de quitter le village au plus vite en t'emmenant avec lui.

Judith geignait :

— Mais qu'est-ce qu'on a fait au Ciel pour que tous se liguent contre nous !

Rachel, pour une fois, ne pleurait pas. Sous les regards surpris des autres, elle mit une pèlerine sur ses épaules et au moment de sortir, s'adressa à Brenat :

— J'espère qu'un jour viendra où vous aurez honte de toutes les misères que vous m'avez infligées.

Elle referma la porte derrière elle avant qu'aucun de ceux qu'elle quittait ait réagi. En vérité, ils étaient assez impressionnés par cette ultime remarque alors qu'ils attendaient des cris et des pleurs. Judith eut le dernier mot :

— Le Seigneur a dit : « Jugez pas si vous voulez pas être jugé. » Prenez-en de la graine, tous les deux.

En réalité, Rachel avait été servie par les circonstances. Elle s'interrogeait pour décider de la façon de s'y prendre pour rejoindre Jonas à leur rendez-vous quotidien lorsque le maire était entré. La scène qui avait suivi devint le moyen efficace pour s'en aller en évitant toutes les questions. Ceux qui affirmaient que la petite Collonges était une tête sans cervelle se trompaient.

Jonas et sa fiancée se retrouvaient chaque jour, en fin d'après-midi, au pied d'une colline qui bossuait à peine le paysage. Ils croyaient leur stratagème ignoré alors que tout le pays était au courant. Ainsi qu'il convient, le garçon arrivait toujours le premier. Quoique l'endroit fût proche du village, il n'était pas sur les chemins journellement empruntés par les paysans. On y pouvait donc jouir d'une certaine solitude. Toutefois, les moutons d'un des fermiers d'Eleazar venaient y paître régulièrement. La présence des animaux ne gênait en rien les amoureux. Il n'en eût pas été de même si le berger qui vivait avec ses moutons vingt-quatre heures sur vingt-quatre avait été un autre que Devi Espontaille.

Un drôle de corps que cet Espontaille. Un beau garçon, bien fait de sa personne, un joli visage où les yeux d'un bleu transparent semblaient deux saphirs perdus dans une forêt de poils. Ses cheveux, la barbe et la moustache formaient un taillis. Par moments, la bouche apparaissait comme une large blessure qui, à peine entrevue, disparaissait dans l'ombre pileuse. Le grand malheur de Devi — un orphelin élevé à l'Assistance — tenait à ce qu'à trente-deux ans, il jouissait de l'intelligence d'un enfant de huit ans, sauf en ce qui concernait les bêtes et les plantes. On aimait Devi, même si, parfois, on s'en amusait un peu.

Dès qu'il voyait le couple s'asseoir dans l'herbe, Espontaille montait vers lui, s'arrêtait à trois mètres et saluait en ôtant son bonnet et en s'inclinant profondément. Il ne parlait que si on lui adressait la parole. En revanche, il riait (un rire semblable à un gloussement) sans qu'on sût pourquoi. Une tache de soleil sur la feuille d'un arbre, l'appel d'un oiseau, la fuite d'un lapin suffisaient à le mettre en joie. Une âme toute simple.

Avisant une brebis pleine, Rachel ne sachant quoi dire à Devi remarqua assez sottement :

— Elle va avoir un petit.

— Oui, un agneau et il sera blanc.

— Comment le sais-tu ?

Il ouvrit la gueule de l'animal et montrant la langue :

— L'agneau sera blanc puisque la langue est rose. Les mères des agneaux noirs ont la langue noire.

Parce qu'il était le plus souvent seul, parce qu'on s'adressait rarement à lui, Espontaille adorait parler quand il en avait l'occasion.

— Pourquoi tu n'as pas une chèvre ou deux ?

Le berger leva un doigt et déclara sentencieusement :

— Vends ta chèvre si tu veux t'enrichir.

Jonas désirant rester seul avec son amie ordonna au simplet :

— Laisse-nous à présent, Devi... On a à causer, Rachel et moi.

De nouveau, après s'être profondément incliné, Espontaille prit congé sur un impeccable salut militaire comme il l'avait vu faire aux soldats au cours des grandes manœuvres qui, de loin en loin, prenaient le Coiron pour théâtre des opérations.

Lorsque le berger se fut éloigné avec son troupeau, Rachel raconta à Jonas la visite du maire et toutes les méchancetés débitées sur son compte. Le garçon serra les poings.

— Celui-là, il ne perd rien pour attendre !

Une abeille, égarée loin de sa ruche, souligna de son vrombissement la colère de Jonas. Alertée, Rachel cria :

— Attention qu'elle ne te pique pas ! Une piqûre peut faire mourir !

L'insecte s'éloigna et le fils d'Eleazar expliqua à sa compagne :

— Il y a des endroits, pas loin de Privas, où les abeilles ont une telle importance que dans les familles quand le maître meurt, on met un crêpe au rucher. Oh ! regarde les moutons !

Les bêtes, au lieu de se détacher du troupeau pour manger une herbe neuve, se serraient les unes contre les autres. Les attardées se hâtaient de rejoindre leurs congénères.

— Qu'est-ce qu'ils ont ces moutons ?

— Peur.

— Peur ! Mais de quoi ?

— L'orage.

Rachel leva les yeux vers un ciel limpide.

— Voyons ! Il fait si beau !

— Pour nous, oui. Eux, ils sentent l'orage qui arrive. Sans le savoir, ils nous avertissent. Regarde Devi !

Le berger, avec de grands gestes, ramenait les plus jeunes, ceux qui n'avaient pas encore l'expérience puis prenait la tête du troupeau pour regagner les fonds où se trouvait l'étable. Un vent léger et sournois faisait frissonner les champs. Des changements à peine ébauchés modifiaient l'air que l'on respirait. Jonas se leva et aida Rachel à se mettre debout.

— Profitons des avertissements célestes !

Bras dessus bras dessous, ils remontèrent vers le village. Ils approchaient des maisons de Vivezargues. Le temps se gâtait, et Rachel pensait aux moutons. Ils reçurent les premières gouttes en arrivant à la demeure des Bertignat. Les jeunes gens hésitaient, ne sachant que décider. À cet instant, une fenêtre du premier étage s'ouvrit et Eleazar, se penchant, cria :

— Entrez vite, vous allez vous faire tremper !

Surpris par cette invitation inattendue, ils obéirent. Bertignat rejoignit le couple dans le salon.

— Qu'attendiez-vous pour vous mettre à l'abri ?

Tendu, Jonas répliqua :

— Tu oublies que tu m'as flanqué à la porte ?

— Voyons ! Un simple mouvemement d'humeur... Il ne faut pas prendre au sérieux ce genre d'éclat.

— Alors, tu acceptes mon mariage ?

— Il me tarde d'y assister ! Vous savez, Rachel, que j'ai beaucoup d'affection pour vous. Je vous considère déjà comme ma fille. On va boire un verre pour effacer notre brouille légère, Jonas. Un doigt de porto pour ta fiancée et, pour nous deux, le pastis de la réconciliation.

Ils trinquèrent à leur bonne entente puis Eleazar en vint à ce qu'il désirait leur apprendre :

— J'ai vu Josuah, comme vous le savez. Il est buté. Pas grand-chose à en espérer. Le maire, qui a peur de moi, prend le parti de mes adversaires. Bon. Tu n'ignores pas, mon fils, que lutter ne m'effraie pas, au contraire ! Si nous sommes unis tous les trois, nous viendrons à bout de n'importe quel obstacle. Qu'en penses-tu, Jonas ?

— Je ne vois pas en quoi Rachel et moi pouvons t'aider ?

— D'abord, ne plus vous cacher pour vous rencontrer. Prenez tout le village à témoin de votre bonheur.

Rachel protesta faiblement :

— Est-ce que le pasteur ne risque pas de considérer cette attitude nouvelle comme une provocation ?

Eleazar eut un rire méprisant.

— Celui-là, c'est mon problème et je le résoudrai sans l'aide de personne.

Dans sa chambre, au soir de ce même jour, Rachel s'endormit le soleil au cœur.

* * *

Elle marchait depuis l'aube et une lourde fatigue ralentissait de plus en plus son pas. Elle devait se hâter pourtant, sinon les dames de Privas seraient fâchées et risqueraient de lui fermer la porte au nez. Où passerait-elle l'hiver, dans ce cas ? Bethsabée avait peur des nuits d'hiver, de la pluie et du froid de la mauvaise saison. C'était la première fois qu'elle s'attardait de la sorte. Elle n'aurait pas dû rester si longtemps à la ferme des Montauroux, là-bas, vers Thuyets. Seulement, la gendresse des Montauroux avait accouché un peu plus tôt que prévu. Tout le monde savait que Bethsabée s'y connaissait pour soigner les enfançons. De plus, elle n'ignorait rien des formules qui assuraient la santé du bébé et le protégeaient du mauvais œil. On a beau être un bon huguenot, il y a des choses, dans les familles, qui viennent de loin et qu'on ne saurait renier. Simplement, on n'en parle pas au pasteur. Le nouveau-né ayant eu quelques petites misères, Bethsabée était restée à la ferme jusqu'à ce que le petitou soit reparti du bon pied mais, pendant ce temps-là, les jours passaient. Lorsque Bethsabée s'aperçut qu'au mieux, elle aurait deux semaines de retard, elle avait ficelé son baluchon et était partie sans déranger personne. Depuis lors, elle marchait, marchait, marchait, suivant des sentiers forestiers, des drailles creusées par les sabots des moutons. Toutefois, dans sa hâte d'arriver, elle avait un peu trop forcé l'allure et commençait à respirer difficilement. Sur le chemin du retour, personne n'avait pu la retenir. Qu'allait dire Mlle Stéphanie, la plus sévère des deux directrices du refuge ?

Elle s'était reposée quelques moments dans une grange avant Vivezargues. Tout le monde dormait encore quand elle avait traversé le village. Elle préférait. Comme ça, elle ne perdrait pas des heures en bavardages inutiles. Il n'empêche qu'un morceau de pain et une tasse de café l'auraient revigorée. Privas était encore loin. Pour l'heure, cependant, elle se sentait bien et s'il n'y avait pas eu ce vent qui lui mangeait la respiration... Brusquement, elle s'aperçut, en regardant autour d'elle, qu'il n'y avait pas de vent. L'herbe immobile, les feuilles des arbres qui ne tremblaient même pas, en portaient témoignage. Dans ce cas, d'où lui arrivait cette brise légère lui frappant la figure ? La vieille s'arrêta et, s'appuyant au tronc d'un sorbier, essaya de comprendre. Ce fut juste à ce moment-là qu'on l'appela. Des yeux, elle fouilla l'environnement et ne découvrit pas trace de présence humaine. On l'appela de nouveau, d'une voix étrangement douce, la voix de quelqu'un qui apaise, console, protège. Dans l'instant où elle se détachait de l'arbre, elle reçut, derechef, en plein visage, le souffle de ce vent qui n'existait pas et qui lui apportait son nom plutôt chuchoté que crié. Décontenancée, un peu inquiète aussi, la pauvresse trébucha, ce qui déclencha quelque chose dans son cerveau et elle prit conscience que la voix si douce, s'adressant à elle, ne la nommait pas Bethsabée — ce surnom récolté de paysans facétieux au cours de ses errances — mais Madeleine. Depuis la mort du dernier des siens, elle n'avait jamais entendu prononcer ce prénom. On redit encore « Madeleine » à plusieurs reprises. La bonne femme n'avait plus peur. Elle souriait et ne sentait plus la fatigue. Elle avait reconnu la voix de sa sœur Agathe, enterrée trente années plus tôt. Elle murmura :

— Oui, oui, Agathe... Me bouscule pas. J'ai tout mon temps, à présent.

Elle ne redoutait plus les remontrances de Mlle Stéphanie parce qu'elle savait qu'elle allait mourir et que le vent qui la gênait n'était pas de ce monde. Bethsabée choisit une petite combe herbeuse au fond de laquelle coulait un ruisselet. Elle s'installa dans l'herbe encore épaisse, de façon à voir au-delà du talus qui la protégeait de tout et de tous. Peu à peu, sans bouger, Bethsabée s'éloignait.

Elle ne souffrait pas. Seulement, une envie de dormir de plus en plus forte. Elle ne vit bientôt plus le paysage réel l'entourant, mais un autre décor de bois, de prés où paissaient de grandes vaches rouges, les vaches de son Cantal natal. Elle riait à des remarques qu'elle seule entendait. Des enfants venaient à elle. Des garçonnets en tablier noir et des gamines portant des robes à carreaux de couleur claire. Elle connaissait les noms de tous ces petits : Jacquou, Pierrot, Jeannot, Suzon, Bernadette, Lili... Ses camarades, ses copines de l'école primaire. Ils accouraient en se bousculant avec de grands éclats de rire. Ils se dirigeaient dans sa direction comme s'ils sortaient de la classe et se hâtaient vers leurs jeux. Derrière les gosses, apparut la mère. Elle était telle qu'elle se la rappelait avec ses cheveux gris, la lassitude qui creusait constamment ses traits. Elle s'approcha :

— Je viens te chercher, Madeleine.

— Je t'attendais.

— Tu dois pas avoir peur.

— J'ai pas peur puisque tu es là.

— C'est bien. Donne-moi la main.

Ce fut seulement le surlendemain que des chasseurs découvrirent le corps.

La mort de Bethsabée fut ressentie dans toutes les fermes du Coiron. On s'était attaché à cette femme qui parlait peu et mendiait avec tant de pudeur. Pour tous, elle était une sorte de parente qui n'aurait pas eu de chance. Obscurément et parce qu'on la connaissait depuis si longtemps, on se sentait responsable de ses malheurs et on se demandait si on avait fait pour elle ce que l'on pouvait. Chez ces huguenots prompts à l'introspection, une sorte de malaise s'installa. Lorsque le maire déclara que, personne ne réclamant le corps de Bethsabée, il incombait à la commune sur le territoire de laquelle le décès avait eu lieu de procéder à l'enterrement, tout le monde fut d'accord. Le conseil municipal n'avait plus le choix qu'entre la fosse des inconnus, des abandonnés, des passants ou les frais d'un ensevelissement pareil à ceux auxquels les citoyens de Vivezargues avaient droit. Il n'y eut pas, dans le village, une seule voix discordante et chacun apporta son obole pour que la vagabonde prît place, sagement, parmi les parents et amis.

Bethsabée n'aurait jamais imaginé avoir une pareille foule à ses obsèques. On était venu des fermes perdues dans les collines et nombreux étaient les gens partis de chez eux dans le petit matin pour assister à la cérémonie. Lorsque chacun eut jeté une poignée de terre dans la fosse, le pasteur s'approcha et, ayant récité les prières habituelles, referma son livre, resta un instant silencieux puis :

— Adieu, Bethsabée. Nous ne savions pas grand-chose de toi sinon que tu n'étais pas heureuse et la détresse de ta vie manquée faisait de toi notre sœur. Tu refusais de te plier aux règles communes. Tu avais rompu avec la société de ce temps. Tu vivais à côté, trouvant dans une indépendance totale ta seule consolation. Tu nous as quittés ainsi que tu le souhaitais, dans la solitude de la campagne, veillée par les arbres et les fleurs, peut-être aussi par les bêtes qui se cachent le jour par peur des hommes. Bethsabée, tu as connu l'amitié et il ne t'aura manqué que l'amour pour te ramener parmi nous.

Deborah, Rachel, Jonas, le maire redoutaient le tour que prenait ce panégyrique inattendu. Joseph allait-il, une fois encore, profiter de cette cérémonie pour confier sa peine à ceux qui l'écoutaient et se moquaient de ses états d'âme ?

— En effet, mes amis, les Écritures maudissent le solitaire qui n'a pas su remplir son devoir, je veux dire ce pour quoi l'Éternel l'a créé... Croissez et multipliez, a-t-il été ordonné ! Et que répondra celui qui se présentera seul, le jour du Jugement dernier ? S'il se plaint de n'avoir pas été aimé, d'avoir été trahi, le Seigneur lui rétorquera que tout est de sa faute car celui ou celle que le Ciel n'a pas mis à l'écart en l'accablant de tares physiques mais qui n'a pas su éveiller la tendresse d'autrui, celui-là, je vous le dis, est perdu parce qu'il a abusé la confiance divine.

Au fur et à mesure qu'il avançait dans son discours, Joseph devenait plus fébrile. On le devinait au bord de la crise. Tendue, l'assistance guettait l'éclat. Se rendant compte du danger, le maire s'approcha et prit le bras du pasteur qui tournait vers lui un visage halluciné.

— Venez... la cérémonie est terminée...

Ruben ramena vers l'assistance un Joseph se laissant guider sans la moindre résistance. Deborah soupira, délivrée. Les nerfs de Rachel la lâchèrent et elle éclata en sanglots, ce qui en surprit plus d'un et en réjouit beaucoup. Les Bertignat furent parmi les premiers à quitter le cimetière. On leur emboîta le pas. Le pasteur ne faisant pas mine de bouger, le maire lui demanda :

— Vous rentrez avec nous ?

— Non, j'ai l'impression de n'avoir pas assez prié pour cette malheureuse créature.

— Comme vous voudrez...

Ruben et sa femme s'éloignèrent sans ajouter un mot. Ils étaient inquiets. Demeuré seul, Joseph regarda les fossoyeurs achevant de combler la fosse. Il aurait voulu être à la place de Bethsabée. Alors il ne ressentirait plus cette douleur lui rongeant la poitrine quand il pensait à Rachel et qui s'exaspérait lorsqu'il la voyait. Les fossoyeurs, à leur tour, prirent la direction du village, leurs outils sur l'épaule. Joseph respira plus à l'aise. Il se rendait compte qu'il ne supportait plus la compagnie des curieux. Il ne s'étonna pas que Deborah ne l'ait pas attendu. Parce qu'il fallait, pour se disculper, expliquer son échec amoureux, il s'en prenait à sa sœur, rendue responsable de l'abandon de Rachel. Il eût été en peine de justifier son accusation. Longtemps, il demeura immobile devant la tombe de Bethsabée. Il ne lui prêtait guère attention quand elle était vivante ; sa mort solitaire la rapprochait. Il se mit à pleurer sans prendre conscience que, croyant pleurer sur la dépouille de la pauvresse, c'était sur sa propre personne qu'il pleurait. Il ne comprenait pas que le dévouement de Deborah, d'abord, celui de ses maîtres, ensuite, lui avaient caché la vie. Parce qu'il avait toujours été aimé, protégé, à trente ans, devant le malheur, il était aussi désarmé qu'un enfant et, comme un enfant, il accusait les autres, ne se mettant jamais en question. Son aînée l'ayant chéri comme une mère, ses maîtres ayant joué le rôle de père à son égard, il était persuadé que ceux qu'il aimait ne pouvaient pas ne pas l'aimer. Très vite, Joseph était devenu le centre d'un petit univers lui masquant le reste du monde. D'où sa conviction que Rachel se trompait en prétendant ne plus vouloir de lui. Il était sûr qu'elle l'aimait et ceux et celles qui ne partageaient pas sa certitude devenaient ses ennemis. Ainsi, Deborah. Toutefois, le plus grave, aux yeux des plus raisonnables, tenait à ce que Joseph, dans son désarroi, ne songeait pas à se réfugier dans la foi qu'il était chargé d'enseigner et de défendre. La réaction du pasteur vis-à-vis de l'Éternel venait de ce que, à ses yeux, tout le monde le trahissait, y compris Dieu.

Espalem resta longtemps au cimetière. L'atmosphère paisible de cet endroit calmait sa nervosité. Ici était le terme de toutes les passions. Qui sait si cette malheureuse qu'on venait d'enfouir dans la terre de Vivezargues n'avait pas aimé ? Au milieu des tombes, dans le silence où ne passaient plus que les bruits de la nature, Joseph se reprenait peu à peu. Il gardait ses illusions mensongères sans lesquelles il eût dû avouer un échec qui l'eût abattu, mais son raisonnement devenait plus serein tout en étant toujours aussi faux.

Apaisé, Joseph Espalem remontait vers le village quand, longeant un taillis, il en vit surgir Zelpha Aïlhac qui le heurta presque en prenant pied sur le chemin. Elle minauda :

— Excusez-moi, monsieur le Pasteur. Je vous attendais.

— Vous m'attendiez ! Mais pourquoi ?

Zelpha montrait le visage ravagé que dut avoir la mère à qui le roi Salomon proposa de couper son enfant en deux.

— J'ai été tellement bouleversée — et ma Sarah aussi — par votre discours sur la tombe de notre pauvre Bethsabée que j'ai tenu à vous remercier.

— Vous êtes bonne, madame Aïlhac.

— Que voulez-vous, ma fille et moi sommes des sensibles. Ah ! c'est pas ma Sarah qui vous aurait joué un tour aussi méchant que cette... que cette Rachel !

— Détrompez-vous, madame Aïlhac, Rachel n'a rien à voir dans le malheur qui me frappe.

Sur le moment, elle en resta bouche bée et jeta un coup d'œil de côté pour constater si son compagnon se moquait ou non d'elle. Timidement, pour ne point le heurter, elle feignit la naïveté.

— Pourtant... elle doit épouser le fils Bertignat ?

— Ça ne signifie rien !

— Ah ?

— On a exercé une pression sur elle. On a fait miroiter tout ce qu'on pourrait lui offrir et que je ne pouvais lui donner. Elle a cédé pour avoir la paix, mais je suis sûr qu'au fond, c'est moi qu'elle aime.

Zelpha faillit lui rétorquer que Rachel, en se mariant avec un autre, avait une étrange façon de lui prouver son attachement. Elle se retint pour ne pas desservir les espérances de Sarah, puis elle essaya une autre tactique dans l'espoir d'arracher le jeune homme à ses phantasmes.

— Heureusement que, d'ordinaire, les choses sont moins compliquées. Quand on s'aime, il me semble que tout est simple. Seulement il faut bien choisir, cela évite les déceptions.

— C'est vrai. Aussi, je me fais du mauvais sang pour Rachel. Lorsqu'elle ouvrira les yeux, comme elle sera malheureuse !

Elle l'aurait battu. Il ajouta, voulant être aimable :

— Je souhaite, du fond du cœur, que Sarah ne connaisse jamais les heures douloureuses que je vis.

— Puisque vous m'en parlez... À vous, je peux le confier... Ma Sarah a eu une grosse déception amoureuse.

— Vraiment ?

— Pourtant, il y a pas dans Vivezargues une enfant plus douce, plus disposée à devenir une excellente épouse, une bonne maîtresse de maison et une mère de premier ordre !

— Je n'en doute pas. Que lui est-il arrivé ?

Peut-être allait-il comprendre ? Zelpha se contrôla pour arborer un air mélancolique, sans plus. Cependant, elle se persuada qu'un gros soupir donnerait de l'authenticité à ses dires.

— Un chagrin d'amour, naturellement. Elle aime un garçon qui s'en doute pas.

— Pourquoi ne le lui dit-elle pas ?

— Oh ! monsieur le Pasteur ! Vous y pensez pas ! Ma Sarah est pudique et elle connaît les manières !

Au grand dépit de Zelpha, ce compliment vigoureux ne parut pas émouvoir Joseph. Mme Aïlhac se mettait discrètement à désespérer. Lorsqu'ils furent parvenus, tous deux, à la hauteur de la boulangerie, la mère de Sarah tenta un ultime effort.

— Comme je vous l'ai dit, vous avez bouleversé ma petite. Voulez-vous entrer un moment, pour la consoler ?

Joseph n'avait pas grande envie de se mêler aux histoires de la famille Aïlhac, mais il ne savait pas de quelle façon refuser et il suivit Zelpha.

Dans la cuisine, Sarah mangeait une énorme tartine beurrée sur laquelle elle avait étalé une couche de miel. La jeune fille n'inspirait pas la pitié. La mère, consciente de la surprise de son hôte, tenta une explication-excuse.

— Elle est de celles qui doivent manger pour ne pas se perdre dans les larmes. Y a des natures comme ça. Asseyez-vous, monsieur le Pasteur.

D'un ton sévère, où la demoiselle devina une irritation dont elle subirait les effets plus tard, elle ordonna :

— Enlève tout ça, Sarah, et sers-nous du café. Tu devrais raconter à M. le pasteur à quel point il t'a émue avec son discours à la pauvre Bethsabée.

Sarah ne possédait pas de dispositions particulières pour s'exprimer devant des tiers. Elle jeta un regard angoissé à sa mère.

— J'ai... j'ai pleuré !

Zelpha, impatiente, s'écria :

— On le sait que tu as pleuré ! tout le monde t'a vue ! Dis donc à M. le pasteur pourquoi tu as pleuré ?

Affolée, Mlle Aïlhac bredouilla :

— Je... je sais pas...

— Comment ça... tu sais pas ? Tu seras donc toujours aussi stupide ? Faites pas attention, monsieur le Pasteur, c'est la timidité. Eh bien ! puisque t'oses pas, moi je vais dire pourquoi tu pleures !

Pitoyable, la fille du boulanger chevrota :

— Maman, je t'en prie...

— Monsieur le Pasteur, elle a dû quitter le cimetière tant elle était étouffée par les larmes parce que vous avez parlé de ceux qui aiment et qui ne sont pas aimés. À cause de son secret, vous comprenez ?

Saül choisit cet instant pathétique pour entrer, toujours jovial et insensible à l'atmosphère de la pièce.

— Tiens ! Monsieur le Pasteur, heureux de vous voir ! Ces femmes vous ennuient pas trop ? À propos, Zelpha, en arrivant, j'ai entendu que tu causais du secret de ma fille. Qu'est-ce que c'est que ce secret ?

— Ça te regarde pas !

— Elle est raide, celle-là ! Alors, ma Sarah a un secret que son père doit pas connaître ?

— Parfaitement ! Vous autres, les hommes, vous comprenez rien aux sentiments !

— Je comprends pas mon enfant, moi ! Je sais pas y causer, peut-être ? Tu vas voir ! Sarah, qu'est-ce que t'as ?

— Rien !

— Réponds-moi ou je te tourne une gifle !

Joseph voulut s'interposer.

— Ne vous énervez pas, Saül...

— Avec tout le respect que je vous dois, monsieur le Pasteur, vous mêlez pas de nos affaires de famille et si cette bougre d'entêtée refuse de me répondre, je vais te la calotter et de belle façon !

La boulangère se rua au secours de Sarah.

— Touche-la seulement et t'auras affaire avec moi !

Espalem tenta de s'esquiver.

— Je vais vous laisser discuter entre vous...

Zelpha l'attrapa par le bras.

— Ah ! non... Nous quittez pas maintenant ! Voyez l'état de Saül ! Il est capable de tout ! Tu veux absolument dépouiller notre enfant de son secret, hein ? Dans ce cas, je répondrai pour elle : elle est amoureuse ! Tu es content ?

— Si c'est quelqu'un de comme il faut, pourquoi que je serais pas content ? Qui c'est ?

— Aucune importance puisque, lui, il se doute pas qu'elle l'aime et il l'aime pas.

— Qui c'est, bon Dieu ! Oh, pardon, monsieur le Pasteur !

— Ça, c'est son secret, Saül, t'as pas le droit de l'obliger à parler ! Mais j'y pense, ma Sarah, si tu avouais ton secret au pasteur ?

— Maman !

— Lui, il peut tout entendre... Ouvre-lui ton cœur, ma chérie, crois-moi.

— Jamais !

Une fois encore, Joseph protesta :

— Laissez-la tranquille, je vous en prie ! Elle est assez grande pour penser par elle-même sans avoir à en demander la permission à quiconque. Au revoir et merci pour le café.

Le pasteur s'en fut sans que Zelpha, cette fois, tentât de

le retenir. Leur hôte parti, les Aïlhac ne surent pas bien quelle attitude adopter. Ils s'observaient en dessous et finalement Saül, ayant retrouvé sa gaieté naturelle, conseilla :

— Si t'as des amours malheureuses, ma Sarah, je vais te faire un bon pâté à la viande, après tu verras que ça ira mieux

Saül résolvait tous les problèmes par l'intermédiaire de l'estomac.

* * *

À chaque fois qu'elle se trouvait seule, Deborah espérait que son frère allait revenir semblable à ce qu'il était autrefois. Elle ne s'abusait pas longtemps et le pas de Joseph, dans la cour, dissipait le songe inutile. Elle avait, de nouveau, connu l'angoisse au cimetière, lorsque Joseph s'était lancé dans son homélie vengeresse sur la tombe de Bethsabée.

Tout en accomplissant les gestes rituels de la ménagère préparant un repas, Mlle Espalem surveillait son frère. Sitôt qu'il était entré, Joseph, sans prononcer un mot, s'était assis dans le vieux fauteuil familial. Il allait passer là toute la journée, muet, immobile, ne se dérangeant que pour passer à table où il ne prêtait aucune attention à ce qu'il mangeait. Elle ne pouvait plus supporter ce silence qui lui brisait le cœur et les nerfs. Quoiqu'elle sût sa démarche inutile, elle essayait d'entamer un débat sur n'importe quoi, pour échapper au silence. Le plus souvent, il ne réagissait pas sauf quand il s'agissait de Rachel. Un sujet dangereux mais qui apportait à Mlle Espalem la certitude qu'il appartenait toujours au monde des vivants.

— Tu en as encore fait de belles au cimetière, mon pauvre Joseph...

— Qu'as-tu à me reprocher ?

— Parler d'amour sur la tombe d'une mendiante !

— Ce n'est pas à elle que je m'adressais, mais au village qui se fait le complice des trahisons qui m'accablent. Il faut que tous sachent à quoi ont abouti leurs sales manœuvres !

— Joseph, tu crois vraiment que le pays entier s'intéresse à tes amours malheureuses ?

— Malheureuses à cause de qui ? D'eux, les misérables, et de toi qui as pris leur parti contre moi, contre Rachel. Si vous ne vous en étiez pas mêlés, tous, Rachel serait toujours à moi. Au lieu de montrer à celle qui allait devenir ma femme l'erreur qu'elle s'apprêtait à commettre, vous l'avez poussée dans les bras du voleur, de ce Jonas contre qui vous auriez dû la défendre.

— Où vas-tu chercher ça ?

— Oui, oui... toujours l'hypocrisie, hein ?

— Pourquoi as-tu oublié notre passé ? Si tu ne l'as pas oublié, comment peux-tu penser que je pourrais te faire du mal ?

— Tu as changé, c'est tout, et par jalousie ! Tu ne voulais pas d'une autre femme dans la maison !

On en revenait toujours au même point. Une fois de plus, elle abandonna le sempiternel combat.

— Je ne peux rien pour toi, sinon te plaindre.

On frappa à la porte et ils se turent. Deborah ouvrit au médecin de Privas qui effectuait sa tournée mensuelle pour se rendre compte de l'état sanitaire de la région et en faire part à qui de droit. Son arrivée suscita quelque gêne. Le docteur était habitué à l'attitude paysanne devant les investigations médicales et il savait prendre le ton qu'il fallait.

— Tout va bien, ici ?

On lui répondit par l'affirmative et il en montra une satisfaction un peu exagérée.

— Tant mieux ! Ça me change de tous ceux que je viens de visiter et qui se plaignent de mille maux imaginaires. Pour mon rapport sur Vivezargues, je dois vous ausculter tous les deux. Je commence par vous, monsieur le Pasteur ?

Cette visite, apparemment impromptue, était le fruit d'un complot réunissant le maire, Mlle Espalem et quelques villageois que la conduite du pasteur inquiétait.

Deborah n'était plus du tout à son travail et manqua se couper en pelant une pomme. Dieu sait ce qu'il se passait là-haut ! Le médecin comprendrait-il la dépression — maladie rare à la campagne — dont souffrait Joseph et qui l'annihilait ? Lorsqu'elle entendit se refermer la porte de la chambre de son frère, Mlle Espalem eut du mal à respirer. Quand les pas du docteur et de Joseph résonnèrent sur les marches de l'escalier en bois, Deborah eut le sentiment angoissé que tout allait se jouer dans les minutes qui suivraient. Elle regarda d'abord son frère et constata, contrairement à son attente, qu'il ne semblait pas anxieux. Elle comprit que, du moment qu'on s'occupait de lui, il ne nourrissait plus d'inquiétude.

Joseph sortit en annonçant :

— Je vais faire un tour au jardin. Au revoir, docteur et merci.

Lorsqu'il fut certain, après s'en être assuré, que le pasteur s'était réellement éloigné, le médecin lâcha son paquet :

— Le corps va bien. Tout y est en ordre. Mais la tête, ma pauvre ! Il m'a raconté une histoire abracadabrante dont le maire m'avait déjà touché deux mots. Ce qui me turlupine, c'est cette conviction que le monde entier lui en veut. Une histoire d'amour ratée. Il a pourtant passé l'âge de ces gamineries !

— En surface, seulement.

— Quoi qu'il en soit, il doit partir se reposer, s'écarter de ce décor qui entretient ses obsessions. Il est en pleine dépression et, si on ne le soigne pas énergiquement, son esprit peut basculer de façon irréversible !

— Seigneur !

— Ma chère demoiselle, j'ai beau être chez un pasteur,

je vous dirai que l'heure n'est plus aux prières, plaintes, jérémiades et appels aux invisibles. Ce qu'il faut à votre frère, ce sont des soins énergiques si l'on ne veut pas aller à la catastrophe. Dès demain, à Privas, j'en parlerai à ceux qui ont quelque autorité sur lui.

— J'espère qu'ils vous entendront.

— On me croit toujours quand j'annonce de mauvaises nouvelles, ce sont les bonnes qu'on ne supporte pas.

Le docteur partit, affairé comme toujours. Joseph qui guettait son départ, se précipita vers sa sœur et sans songer un instant à lui demander si elle se portait bien, s'enquit :

— Il t'a parlé de moi ?

— Oui.

— Qu'est-ce qu'il t'a raconté ?

— Physiquement, tu es en très bon état, mais tu te fais trop de soucis. Il veut absolument que tu te reposes, loin d'ici, de préférence.

Alors qu'elle s'attendait à de vives protestations, elle fut étonnée de l'entendre approuver le diagnostic médical.

— Il a peut-être raison...

Le foyer des Espalem connut, dans les minutes qui suivirent, un calme qu'il ne goûtait plus depuis longtemps. Joseph semblait avoir changé de visage, échappé au morne ensevelissement dans un quotidien où il se voulait étranger. Il accepta une tasse de café et remarqua, ironique :

— Les hommes de science se figurent que l'amour est un problème comme un autre, qu'on peut résoudre par l'algèbre, la géométrie ou la chimie ! Ils ne savent pas que l'amour est un don du Ciel et que seul l'Éternel en est dispensateur.

Elle estima plus sage de ne pas répondre.

— Ils se persuadent — parce que ça les arrange — que tout le monde aime de façon identique, c'est stupide !

— Tu le penses vraiment ?

— Voyons ! Tu admettras que, dès le départ, il y a une différence de qualité entre l'amour qui emporte Rachel et celui que pourrait éprouver Sarah ?

— Je ne te suis pas ? Que vient faire Sarah, là-dedans ?

— Tu n'es pas au courant ? Dans ce cas, figure-toi que la jeune Aïlhac s'offre un chagrin d'amour.

— Comment le sais-tu ?

Joseph raconta les moments curieux passés chez les Aïlhac. Le chagrin de Sarah, la pression incompréhensible de la mère, la colère du père et conclut :

— Je me demande pourquoi Zelpha voulait absolument que sa fille me confiât son secret ?

Deborah ne répondit pas, navrée de constater que son cadet était plus borné qu'elle ne le supposait.

* * *

Les Bertignat avaient commencé leur campagne en vue de conquérir la mairie l'année suivante, excellent marchepied pour le Conseil général. Ils distribuaient énormément de poignées de main et dépensaient pas mal d'argent au café pour abreuver d'hypothétiques électeurs. Eleazar s'obligeait à visiter ceux qui avaient des ennuis avec l'administration et débrouillait leurs problèmes à l'aide de son avocat lorsque c'était un peu trop compliqué pour lui.

Bertignat père n'ignorait pas qu'il lui fallait avoir sur sa liste des gens unanimement respectés dans le village et les hameaux en dépendant. C'est pourquoi une de ses premières visites fut, en débit de leur brouille due aux fantaisies matrimoniales de Rachel, réservée au vieux Collonges.

Les premiers moments de la rencontre, entre Eleazar et Josuah, se révélèrent difficiles. Le bonhomme ne parlait pas et le visiteur, s'exprimant dans le vide sans éveiller d'échos, perdait pied. A la fin, l'impatience l'emporta sur la politique et Bertignat exposa sèchement ce qu'il était venu dire :

— Écoutez-moi, Josuah. Il n'y a plus d'Anciens et donc vous ne pouvez plus faire connaître vos avis. Or, un homme de votre expérience doit être écouté et entendu. Vous n'avez pas le droit de refuser votre aide à la gestion du canton.

— Il y a M. Affignac qui voudrait la place, lui aussi.

— Il est trop âgé !

— Il a quinze ans de moins que moi.

— Oui, mais enfin ce n'est pas la même chose...

— Pourquoi ? Les années ont douze mois pour lui comme pour moi.

— D'accord, mais l'intelligence ne dépend pas des années... bref, j'ai besoin de vous.

— C'est très aimable.

— Alors, vous êtes d'accord ?

— Sur quoi ?

— Pour figurer sur ma liste ?

— Je voudrais bien, malheureusement, j'ai donné ma parole.

— Ah ! on ne va pas recommencer ! Nos jeunes gens se marieront et, quand ce sera fait, personne ne se souciera plus de cette histoire. Vous ne le pensez pas ?

— Si, sans doute, hélas ! Toutefois, c'est pas de cette parole-là que je parle.

— Et de laquelle donc ?

Josuah ne répondit pas tout de suite. Il passa sa langue sur les lèvres comme si, gourmand, il s'apprêtait à déguster une friandise avant de déclarer :

— De celle que j'ai donnée à M. Affignac pour être à ses côtés. Il est dans mes idées.

— Sur sa liste !

— Ouais.

— C'est une trahison !

— Holà... Monsieur Bertignat, M. Affignac est un vieil ami...

— J'aurais dû me douter... Je vous croyais d'âme plus fière... Je me suis trompé, tant pis pour moi ! N'en parlons plus.

— C'est ça, n'en parlons plus. Au revoir, monsieur Bertignat.

Eleazar sortit sans répondre et, pour la première fois depuis longtemps, Judith éclata de rire. Une sorte de revanche sur tous les ennuis dus à ces Bertignat.

Le village ne se passionnait pas outre mesure pour les futures élections législatives. Les plus malins tiraient sans doute ce qu'ils pouvaient d'Eleazar et de son fils, quoique les jeux fussent faits d'avance. On aimait Affignac, enfant du Coiron qu'il n'avait jamais quitté. Seule Rachel s'exaspérait de ces histoires qui la privaient de son fiancé occupé par les combinaisons paternelles. Quand il pouvait consacrer quelques heures à sa bien-aimée, Jonas les employait à tenter de la persuader qu'il avait des devoirs vis-à-vis de son père et l'aider dans sa campagne était le moins qu'il pouvait faire. Il ne parvenait pas à la convaincre.

Si la politique laissait les villageoises indifférentes, il n'en était pas de même de la santé du pasteur et, à travers ses soucis physiques, ses préoccupations sentimentales. Dans l'ensemble, on ne lui tenait pas rigueur de ses incartades. On le plaignait et cette indulgence qu'on lui accordait, on la refusait à Rachel rendue responsable. On est aussi injuste dans les villages que dans les villes.

* * *

Moïse Esclanèdes, pasteur, jouait dans le synode ardéchois, le rôle de surveillant général et de temporisateur. Il parcourait la région privadoise tout au long de l'année à seule fin d'aplanir les hostilités personnelles ou de réchauffer de pieuses ardeurs qui s'amenuisaient dangereusement. Un homme honnête et bon, sous ses dehors sévères et en dépit d'une voix bourrue. Au physique, un personnage d'apparence chétive dont on n'attendait pas des réactions autoritaires, ce en quoi on se trompait.

Dans la voiture du synode, dont l'usage était réservé aux importants, M. Esclanèdes roulait doucement en cette arrière-saison qui parsemait le paysage de couleurs tendres et discrètes. La vue d'arbres presque dénudés était, pour le pasteur, des signes prémonitoires par lesquels l'Éternel rappelait aux voyageurs qui savaient voir la course du temps et l'assurance que tout, un jour, doit finir. Après une existence consacrée à Dieu, M. Esclanèdes ne s'expliquait pas la cécité volontaire de ses contemporains. Dans cet aveuglement, il distinguait de la malignité où il n'y avait en réalité que paresse et vanité.

Avant de quitter Privas, le censeur avait pris connaissance du dossier de Joseph Espalem. Il n'y avait rien trouvé d'extraordinaire, sinon cette passion subite pour une fille qu'on réputait légère, mais il savait que dans ces villages où l'on s'épiait les uns les autres, on avait tôt fait d'attribuer de noirs desseins à ceux avec lesquels on ne sympathisait pas pour de multiples raisons, jamais très honorables. Ce Joseph, privé de parents, avait été élevé par une sœur aînée qui lui avait donné plus de sensibilité que de caractère. Il fallait déplacer ce garçon pour l'aider à se reprendre.

Les limites de M. Esclanèdes relevaient de ce qu'il ne comprenait guère les faiblesses humaines. Homme d'une foi solide que rien ne pouvait ébrécher, il tenait pour sots ou mauvais ceux qui, pour des plaisirs terrestres et éphémères, sacrifiaient la promesse d'une joie éternelle. Aux yeux du pasteur, ces prairies parsemées de pensées, entre lesquelles la route serpentait, chantaient la gloire du Seigneur plus haut que tous les hymnes pieux.

Dans les champs, on ramassait les dernières pommes de terre tandis que d'autres labouraient. M. Esclanèdes avait l'âme bucolique, les travaux campagnards lui emplissaient le cœur d'une mélancolie attendrie. Ah ! si les hommes, au lieu de se jeter aveuglément dans les villes, étaient restés dans leurs fermes, l'humanité ne s'en porterait que mieux ! Dans les cités où l'on vit de mots, il faut mentir pour subsister tandis que les gosses courant dans les collines acquièrent un bon sens naturel qui, plus tard, les feront se méfier des promesses fracassantes.

En arrivant à Vivezargues, il se dirigea vers le temple. Il y pénétra, relevant la tête, pointant le nez, semblable au chien d'arrêt essayant de humer, dans le vent, l'odeur du gibier. L'état d'entretien de la maison du Seigneur était, déjà, une excellente indication. M. Esclanèdes rencontra une de ces filles sans âge qui se veulent les femmes de ménage de Dieu. Il l'aborda, benoîtement.

— Bonjour, madame.

— Mademoiselle !

Il l'aurait parié.

— Excusez-moi... C'est vous qui entretenez...

— Avec l'aide de quelques bonnes âmes.

— Je vous félicite. Je suis également pasteur et je cherche M. Espalem.

— Oh ! lui... Vous ne le trouverez pas ici !

— Ah ?

— Il vient guère que le dimanche, parce qu'il peut pas faire autrement !

— Je ne comprends pas. Enfin, il est bien toujours pasteur de Vivezargues ?

— Si on veut !

— Comment ça : si on veut ?

— Dame ! On le voit presque plus ! Il demeure chez lui comme un pestiféré !

— Incroyable !

— Et savez-vous pourquoi ? Parce que ce pasteur se conduit comme un gamin !

— Un gamin ?

— Une amourette, je vous demande un peu !

— Et... la personne en question ?

— Une allumeuse, comme on dit... Un jour c'est l'un, un jour, c'est l'autre.

— Dois-je comprendre que cette personne a des mœurs...

— Non, quand même pas... Disons qu'elle est incertaine quant à ses amours...

— Je vois.

— Quoi qu'il en soit, le pasteur est devenu à moitié fou... Il ne peut pas admettre qu'elle l'ait laissé tomber.

Quittant le temple, M. Esclanèdes commençait à avoir une vue assez nette de l'affaire. Une histoire quelque peu pitoyable, au fond. Ce pasteur était d'une naïveté effarante et une pareille naïveté n'était pas une recommandation pour diriger une paroisse. Le temps lui durait de rencontrer cet étrange pasteur.

Deborah s'attendait à recevoir l'envoyé du synode. Tout de suite, elle fut intimidée par l'aspect sévère et la dignité de son visiteur.

— Madame, je viens de Privas, délégué par le synode.

— Je vous espérais.

— Vraiment ?

— Vous ou un autre. Ça ne pouvait pas durer ainsi. Je suis la sœur aînée du pasteur. C'est moi qui l'ai élevé. Mal, sans doute, je n'ai pas su lui donner une âme forte.

— Dieu seul, mademoiselle, donne aux âmes privilégiées la force nécessaire pour ne se laisser arrêter par rien. Où est M. votre frère ?

— Il est au jardin. Je vais l'appeler.

— Quand il sera là, je vous serai obligé de nous laisser.

Tandis que Deborah plaçait ses mains en porte-voix pour héler son Joseph, M. Esclanèdes regarda autour de lui. Un décor pauvre, mais parfaitement entretenu et qui soulignait les qualités de Mlle Espalem. Dommage que son frère n'ait pas un sens identique du devoir. En entrant, Espalem salua le visiteur très sèchement :

— Bonjour, monsieur.

— Bonjour, mon ami. Je gage que votre sœur vous a appris qui j'étais ?

— Je crois, oui.

— Au cas où ses renseignements eussent été incomplets, je vous indiquerai que je suis le pasteur Moïse Esclanèdes, envoyé par le synode de Privas, pour être éclairé sur votre cas.

— Qu'est-ce qu'il a, mon cas ?

— Il nous est revenu aux oreilles qu'absorbé par un amour malheureux, non seulement vous négligiez vos devoirs de pasteur, mais encore que vous n'hésitiez point à invoquer l'Éternel pour appuyer vos hostilités personnelles. Non ! ne répondez pas avant que je ne vous pose la question qui ouvrira le dialogue ou mettra fin à notre entretien. Avez-vous perdu la foi ?

— Si, j'ai... ? mais bien sûr que non !

— Ah ! me voilà délivré d'un gros poids et, si vous croyez toujours à votre mission parmi les hommes, rien n'est perdu. Maintenant, je pense que nous pouvons nous asseoir.

Ils prirent place sur deux chaises qui se faisaient face.

— Contez-moi votre problème, cet amour entêté pour une fille qui ne veut plus de vous ?

— Un mensonge !

— Pardon ?

— Elle m'aime et elle n'aime que moi !

— Ne m'a-t-on pas indiqué, pourtant, que dans quelques semaines, elle doit se marier ?

L'envoyé du synode surveillait attentivement la réaction de son interlocuteur et la réponse de Joseph, en dépit des extravagances prévues, le stupéfia.

— Parce qu'on a abusé de Rachel au point qu'elle n'a plus de volonté.

— Abusé ! Mais comment ?

— En lui promettant les richesses que je n'ai pas et que mon rival possède.

— Si vous voyez juste, cette jeune fille manque vraiment de jugeote, non ?

— Elle est désarmée !

M. Esclanèdes, pour se donner le temps de réfléchir, sortit sa tabatière en corne et s'octroya une bonne prise qui le fit éternuer.

— Mon bon ami, vous vous doutez bien que je n'ai aucune qualité pour influer sur l'esprit de la demoiselle dont vous me parlez. Ma mission consiste à affirmer à vos supérieurs que vous avez gardé la foi et que vous demeurez un soldat de notre Église. Sur ce point, je suis complètement rassuré.

— Merci.

— En revanche, je dois me soucier de votre santé qui me semble ébranlée. Vous dormez ?

— Non.

— Eh bien, dès après-demain, on viendra vous chercher pour vous conduire à l'hôpital de Privas, dans le service du docteur Mouret. On y apprend à dormir. Une longue cure de sommeil, c'est ce dont vous avez le plus besoin. Quand vous serez reposé, on vous confiera une petite paroisse tranquille dans la montagne au grand air. Une convalescence, en quelque sorte. Je suis content de vous connaître. Je ne sais si nous nous reverrons. Courage. En vous quittant, je verrai votre sœur.

Joseph haussa les épaules.

— Oh ! ma sœur, elle se moque pas mal de ce qui m'arrive.

M. Esclanèdes prit un ton sévère.

— Je n'ai pas eu cette impression.

— Parce qu'elle sait dissimuler !

— N'est-ce pas elle qui vous a servi de mère ?

— Je ne dis pas, mais...

— Espalem, rappelez-vous que l'Éternel peut nous pardonner toutes nos faiblesses, mais il y a un péché pour lequel il n'y a point de pardon : l'ingratitude.

Dans la cour, le pasteur rejoignit Deborah.

— Ne vous inquiétez pas. Il n'est pas encore aguerri contre les douleurs que l'existence réserve à chacun d'entre nous. Il a besoin d'un dépaysement total et surtout de dormir longtemps. Après une cure de sommeil chez le docteur Mouret, il sera affecté à une nouvelle paroisse, plus petite, moins pénible à diriger. Ne vous rongez pas de soucis, mademoiselle. Ce n'est qu'une mauvaise passe à laquelle nous allons mettre fin pour sa santé et pour la vôtre. Que Dieu vous garde.

Contrairement à ce qu'elle avait espéré sans oser se l'avouer : retrouver son frère tel qu'il était jadis après la visite de M. Esclanèdes, Déborah déchanta en voyant Joseph tassé sur sa chaise, comme d'habitude.

— Ça va ?

Il ne répondit pas. Elle insista.

— On va t'envoyer te reposer. Pendant ce temps, tu ne penseras plus à rien.

— Et j'oublierai Rachel, hein ? C'est ça que vous espérez, tous ? Mais, vous vous trompez ! Jamais je n'oublierai ma petite Rachel !

L'aînée voulut changer de sujet.

— Ça ne te fera pas trop de peine de quitter Vivezargues pour une autre paroisse ?

Il eut un vilain rire, tout ensemble moqueur et sournois.

— Je ne quitterai jamais Vivezargues !

— Pourtant...

Violent, il interrompit sa sœur :

— Je n'abandonnerai jamais le village qui est à moi, qui m'a été confié, parce que le jour des noces de Rachel je me suiciderai.

Deborah savait qu'il le ferait.

* * *

Au bout de quelques jours, Vivezargues ne se souciait plus de Joseph Espalem parti à Privas pour y subir une cure de sommeil. Au début, on le plaignit, puis on passa à autre chose. De plus, l'arrivée du nouveau pasteur, un homme mûr, conscient de ses devoirs, sympathique à tous parce que discret, mobilisa l'attention. Eleazar tenta bien de l'enrôler secrètement dans son équipe de propagande. Il échoua, le nouveau venu entendant se consacrer uniquement à son ministère. Seules Deborah et les femmes Aïlhac s'inquiétaient pour Joseph. La première écrivait tous les trois ou quatre jours pour lui raconter les petits événements de l'existence villageoise. Il ne répondait jamais. Il avait défendu qu'elle vînt le voir. En revanche, Zelpha et Sarah rendaient visite au malade chaque samedi. Elles étaient très amicalement reçues et se persuadaient, peu à peu, que le cœur farouche du pasteur s'amollissait et que Rachel l'occupait de moins en moins.

À l'écart, Deborah vivait une sorte d'agonie car, du matin au soir et une grande partie de la nuit, elle entendait résonner en elle la terrible promesse de son cadet. Elle se rendait chez les Aïlhac pour écouter des comptes rendus auxquels elle ne croyait pas, convaincue que son frère mentait à ces simples créatures qui ne s'en apercevaient pas.

L'arrière-saison était là, au plein de son éclat. Mlle Espalem, à l'étonnement de ceux qui la voyaient passer, lorsque le temps le permettait, marchait à travers bois et champs. Elle suivait les drailles marquées par les troupeaux. Parfois, elle arrivait dans un de ces endroits légendaires où, à l'époque du Désert, certains pasteurs, au risque de leur vie, commentaient la Parole. Là, elle s'arrêtait, tombait à genoux et priait avec ferveur pour que Joseph oubliât sa promesse criminelle. Elle adjurait l'Éternel de lui rendre son frère d'autrefois. Puis elle se relevait et respirait l'air apportant l'odeur des arbres et de la terre remuée par le soc des charrues. Dans les traînées de brouillard se glissant ici et là, elle voyait son image, une fragilité, jouet d'événements sur lesquels elle ne pouvait rien. Dans les difficiles moments qu'elle vivait, Deborah aimait ce brouillard l'enfermant dans un monde où nul ne venait l'ennuyer. Elle demeurait seule avec sa peine que les autres ne pouvaient comprendre.

Dans onze jours, on célébrerait le mariage de Jonas et de Rachel. Il suffisait que cet engagement inéluctable lui vînt à l'esprit pour qu'aussitôt résonnât, dans sa tête, à la façon d'un glas, la promesse de Joseph : « Le jour des noces de Rachel, je me suiciderai. » Dans la maison, que l'absence du pasteur rendait encore plus vide, elle oubliait de manger en récitant d'inutiles prières. Elle expliquait naïvement à l'Éternel que son frère, refusant de vivre sans sa Rachel, Il devait faire quelque chose pour guérir Joseph ou écarter Jonas. L'esprit de Deborah commençait à craquer. Ne dormant que trois ou quatre heures par nuit, elle ne savait guère où elle était.

Un matin où, comme il arrive soudain dans l'arrière-saison, le soleil brillait d'un éclat particulier, Deborah chaussa ses gros souliers. Elle avait envie de revoir le décor où elle avait suivi son frère et Rachel, lors de leur première sortie officielle et surveillée. Elle se glissa hors du village sans attirer l'attention de quiconque et s'enfonça d'un bon pas sous les arbres escaladant la butte où ils s'étaient promenés tous les trois. Vers le milieu de la matinée, elle parvint à ce trou profond, ce ravin qui faisait, depuis longtemps, déserter le coin par les bergers après y avoir vu tomber nombre de leurs bêtes. De mémoire d'homme, jamais un animal ayant dégringolé dans ce gouffre n'avait pu être sauvé. Une chute de plus de cinquante mètres sur des rochers ne pardonne pas. Dans l'esprit enfiévré de Deborah, une certitude s'imposait : Joseph, qui sortait de l'hôpital dans moins d'une semaine, viendrait ici et se jetterait dans le vide. L'angoisse de Mlle Espalem était traversée par les vagues d'une fureur qu'elle ne pouvait dominer et qui la poussait à souhaiter la mort de Jonas dont la disparition libérerait Rachel de l'envoûtement la retenant prisonnière et lui permettrait de retourner à Joseph qui reprendrait goût à la vie. Sous la pression de la menace fraternelle, Deborah oubliait sa pondération et se révélait aussi exaltée que Joseph. Dans ces moments-là, elle ne se souvenait plus du triste destin de l'oncle Jérôme, le frère de sa mère, mort chez les fous, à l'hôpital qu'on ne nommait pas encore psychiatrique, ni ce qui était arrivé à la tante Julie, sœur de son père qu'on avait enfermée après qu'elle se fut déshabillée, un dimanche, au temple, pendant le prône, à seule fin d'être plus légère et de monter vers Dieu qui l'appelait sans lui donner le moyen matériel de le rejoindre. Depuis qu'elle avait eu connaissance de ces tares familiales, la sœur de Joseph avait vécu dans la peur de voir son frère — chaque fois qu'enfant il témoignait de quelque excentricité — prendre le terrible chemin emprunté par son oncle et sa tante. Elle se voulait à peu près certaine que Rachel était celle qui guidait le pasteur dans la direction redoutée.

Assise au pied d'un sapin, adossée contre le tronc, les jambes enfouies sous les fougères, Deborah avait le sentiment d'appartenir à la forêt dont elle n'était plus qu'un élément. Le grand silence du sous-bois apaisait le tumulte de son cœur et calmait l'ardeur de son sang. Elle n'était pas revenue dans ces lieux depuis qu'elle les avait visités avec ceux qui, alors, étaient de sages fiancés. Il lui semblait qu'il n'y avait que quelques jours. Une chose était sûre : le cas échéant, elle quitterait Vivezargues sans beaucoup de regrets. Elle se mettait à détester ces hommes et ces femmes qui ne s'étaient pas portés au secours de son frère. Avec Joseph, dans la petite paroisse où ils devraient, ensemble, recommencer, tout serait nouveau et le frère et la sœur, oubliant les dures épreuves subies, se remettraient à vivre comme par le passé, à une seule condition, cependant : que Joseph abandonnât ses idées macabres. Détendue, dans ce monde végétal elle reprenait confiance. Soudain, elle entendit craquer des branches mortes. Aussitôt, elle se tint immobile, aux aguets. Après une assez longue attente, elle distingua la silhouette d'un homme armé d'un fusil, qui avançait silencieusement, précautionneusement. Un chasseur. Deborah s'apprêtait à l'appeler pour ne pas risquer d'être prise pour gibier. Déjà, elle se tenait debout appuyée contre le tronc avec force, comme si elle voulait se confondre avec lui. Elle avait reconnu Jonas.

Le fils d'Eleazar goûtait ces instants de merveilleuse liberté et son fusil n'était qu'un prétexte, un alibi. Citadin, ne sachant pas écouter, il ne prit pas garde au déplacement furtif de Deborah qui le suivait. Celle-ci avançait, fixant d'un regard halluciné le dos de l'homme, cause de tous ses malheurs. Follement, elle pensa que Dieu le lui livrait. Sans se douter que la mort lui collait aux trousses, Jonas se dirigeait vers le ravin qu'il n'avait plus revu depuis son adolescence, quand on l'avait emmené à Privas, pour transformer le petit paysan en jeune homme de la ville. Dans la redécouverte de son pays, il retrouvait l'enfant qu'il avait été, l'enfant toujours émerveillé. Imitant — sans s'en rendre compte ! — le gosse qui se fait délicieusement peur en invoquant l'ogre, Jonas avançait à pas timides vers le gouffre dont, jadis, on lui défendait de s'approcher. Oubliant les années, il savourait la délicieuse impression de désobéir. Ainsi, il parvint au bord du ravin et se pencha un peu afin de regarder à travers les feuilles des plantes emmêlées. Il se redressait, lâchant ses appuis, lorsqu'une forte poussée lui fit perdre un équilibre instable. Son corps troua le rideau végétal masquant la profondeur de l'abîme et son hurlement d'épouvante retentit longuement par le biais des échos.

Stupide, les bras ballants, figée sur place dans un état second, Deborah ne réalisait pas encore qu'elle venait de tuer un homme. Quand, enfin, elle s'arracha à sa stupeur, elle porta vivement les mains à ses oreilles afin de ne plus entendre le cri abominable que la mort avait étouffé, mais qui continuait à vibrer en elle. Elle regagna sa demeure en effectuant un long détour qui la fit rentrer à la nuit. Elle se coucha sans manger, dans l'espoir de dormir, d'oublier. À chaque fois qu'elle s'assoupissait, elle entendait le long cri d'agonie de Jonas et se réveillait en sursaut, trempée de sueur. Elle se leva à l'aube et, en chemise, pieds nus, elle tomba à genoux sur le sol et tenta, sinon d'excuser du moins d'expliquer son crime à l'Éternel. C'était pour Joseph, uniquement pour que Joseph retrouvât le goût de vivre. Il ne pouvait pas être heureux tant que Jonas serait là. Il fallait qu'elle l'élimine... Elle n'avait pas pu résister à l'occasion offerte, cette occasion permettant d'espérer que le présent pouvait être effacé et le passé renaître. Elle suppliait Dieu de la comprendre. Il ne la punirait pas, comme si elle était une vulgaire criminelle tuant pour de l'argent ou pour de pauvres histoires de sexe. Deborah, depuis le départ de son frère, ne sortait guère et, partant, rencontrait peu de gens. Ainsi, elle n'avait pas eu à jouer la comédie et surtout, n'aurait pas à feindre quand on saurait.

* * *

Eleazar ne commença à s'inquiéter de l'absence de son fils qu'au bout de quarante-huit heures, lorsqu'à son coup de téléphone, on lui répondit de Privas qu'on n'avait pas aperçu Jonas. Rachel, perdue dans des questions auxquelles nul n'avait la possibilité de répondre, ne cessait de gémir. Judith essayait, en vain, de la calmer. Josuah vitupérait les femmelettes sans cesse disposées à pleurer sur des malheurs imaginaires et qui demeurent imaginaires tant que le poids de la réalité ne crève pas tous les songes. Harcelé par Bertignat, le maire alerta les gendarmes. Le lendemain, dans la matinée, le chef Oscar Bardet, suivi de son adjoint Albert Epalle, se présentait à Ruben Brenat.

— Décidément, monsieur le Maire, vous ne pouvez plus vous passer de nous !

— Oh ! si c'était que de moi...

— Bon, de quoi est-il question, cette fois ?

— Une disparition.

— Une fugue ? Quel âge a-t-elle ?

— Il s'agit d'un garçon, majeur depuis pas mal de temps. C'est le troisième jour...

Bardet sortit un carnet et un crayon.

— Le nom de ce citoyen ?

— Bertignat. Jonas Bertignat.

— Le fils de ?

— Oui.

— Je comprends...

À cet instant, la femme du maire entra.

— Excuse-moi, Ruben, mais il y a là Jacob Lavaudieu et son valet.

— Qu'est-ce qu'il veut ?

— Te parler. Il affirme que c'est urgent.

— Tu lui as dit que j'étais avec les gendarmes ?

— Tu penses ! Il m'a répondu que c'en serait que mieux.

Après avoir, d'un coup d'œil, consulté ses visiteurs, le maire ordonna :

— Fais-les entrer, Elisabeth.

Jacob Lavaudieu, une sorte d'hercule, donnait toujours l'impression d'être à l'étroit, quel que fût le lieu où il se trouvait. Il était suivi de Devi Espontaille, son valet Après de brèves salutations, Bardet demanda en montrant le malheureux demeuré :

— Il a commis une sottise ?

— Non ! Oh ! non ! Il est brave comme du bon pain. Devi, raconte à M. le maire, ce que t'as vu.

L'innocent se dandinait d'un pied sur l'autre, un sourire béat sur son visage poilu.

— J'ai vu l'homme.

— Quel homme ?

Il ne sut que répondre et son patron se porta à son secours.

— À cause de l'état d'énervement où Devi était, il n'a pas su me dire, mais je crois que c'est le fils Bertignat.

— Nom d'un chien !

Ensemble, le maire et le chef crièrent :

— Où est-il ?

À nouveau, Lavaudieu protesta :

— Je vous en prie ! criez pas ! Vous allez l'affoler et on n'en tirera rien !

Il mit, avec douceur, sa main sur l'épaule d'Espontaille.

— Où as-tu vu Jonas Bertignat ?

— Dans la combe des Sangliers.

— Il t'a parlé ?

— Non.

— Tu le connais bien, pourtant ?

— Oh ! oui, avec la jolie demoiselle.

Pour les gendarmes, le maire souligna :

— Rachel Collonges, la fiancée du garçon dont nous parlons.

Lavaudieu reprit son interrogatoire :

— Pour quelles raisons, il t'a pas parlé ?

— Y pouvait pas.

— Pourquoi ?

— Parce qu'il était mort.

Le maire ravala son éternel juron tandis que le fermier continuait :

— Tu es sûr qu'il était mort ?

— Il commençait à puer.

Le chef posa la question le préoccupant :

— À ton avis, de quoi est-il mort ?

— Il a dû tomber.

Aux gendarmes, il fallut spécifier que la combe des Sangliers se situait à l'aplomb du trou vertigineux, célèbre dans le coin. On partit dans la camionnette de la maréchaussée. Avant de quitter le village, Ruben voulut qu'on passât à l'atelier de Jessé Laffarre, le menuisier, qui avait toujours deux ou trois cercueils en bois blanc, disponibles.

Quand on sut la mort de Jonas, Vivezargues, pendant quelques heures, parut pris de folie. Les plus âgés invoquèrent les villes maudites de la Bible ayant subi la colère de l'Éternel. On mena une enquête délicate et le chef Bardet apprit que le seul ennemi du fils Bertignat était le pasteur à qui il avait volé sa fiancée. Mais, à l'hôpital, on assura que Joseph Espalem, en cure de sommeil, n'avait pas quitté son lit depuis son arrivée. Après examen du cadavre, le médecin légiste affirma qu'il n'y avait pas la moindre trace suspecte sur le corps et, partant de là, force était de conclure à l'accident. Une fouille attentive — mais prudente — des lieux et les cassures fraîches des branches depuis le bord du ravin jusqu'en bas confirmèrent l'opinion du chef. Nul n'aurait pu échapper à la mort au terme d'une pareille chute. Cette remarque servit d'oraison funèbre à Jonas Bertignat.

Eleazar rentrait d'un voyage à Privas où il avait espéré retrouver son fils, lorsqu'on lui annonça la visite du maire. Parce que c'était dans sa nature infatuée d'elle-même, il se persuada que Ruben venait demander un armistice. Il reçut son visiteur avec une certaine bonhomie.

— Alors, l'ami, vous m'apportez enfin des nouvelles ?

— Monsieur Bertignat, je suis pas votre ami.

— Je sais, je sais. Mais j'imagine que vous ne venez pas me voir pour me confier votre hostilité.

— Certainement pas. Il y a des heures, dans la vie, où brusquement, ce que l'on se figurait important, nous apparaît sans intérêt.

— Où diable voulez-vous en venir !

— À votre fils.

— Jonas ? Vous avez du nouveau ?

— Hélas !

— Hélas ?

— Jonas est mort accidentellement, monsieur Bertignat.

— Jonas est...

Eleazar jeta autour de lui des regards de bête traquée. On eût pu imaginer, à le voir, qu'il cherchait à fuir. Il chancela et le maire le retint. Bertignat, levant vers lui un regard vitreux, murmura :

— Comment est-ce arrivé ?

— Il est tombé dans la combe des Sangliers.

— Vous avez raison... plus rien n'a d'importance, maintenant. Où est-il ?

— Au temple.

— Je rentre à Privas immédiatement. Je l'enverrai chercher dès demain. Pour moi, Vivezargues, c'est fini. Je vous souhaite bonne chance, monsieur le Maire.

— Je vous plains de tout cœur.

— Merci et adieu.

Les vieux — on le sait — ne sont guère attristés par la mort d'autrui. La disparition des jeunes les touche mais avec, toutefois, un méchant relent de vengeance. Celle des plus âgés ne les affecte pas car ils savent que leur séparation ne sera pas bien longue. Ainsi, lorsque Josuah apprit le malheur arrivé à Jonas, il eut recours à la Bible pour tenter de justifier les sentiments qui l'agitaient et dont il avait un peu honte. En rejoignant sa petite-fille et sa bru, il perdit, d'un coup, son allant et chercha de quelle façon leur annoncer le drame atteignant les Bertignat. Il regardait Judith préparer une soupe de poireaux-pommes de terre et Rachel qui cousait une dentelle au col d'un corsage. Comment réagiraient-elles ? Il demanda :

— Qu'est-ce que tu fais, Rachel ?

— Je travaille à mon trousseau.

— Je pense pas que ça soye la peine...

Elle abandonna son ouvrage pour fixer son grand-père.

— Ça veut dire quoi ?

— Que tu te marieras pas avec le Jonas.

Tout de suite, Judith fut en action. Délaissant ses pommes de terre et ses poireaux, elle se mit à côté de sa fille. Ce fut le jour de la grande révolte de Judith.

— Ça vous amuse, vieux malfaisant, de la torturer?

Persuadé qu'il agissait avec tact, Josuah s'indigna.

— Tu oses me parler sur ce ton, toi, une étrangère?

Sous cette injure répétée, la mère de Rachel feula, ce qui annonçait une bataille impitoyable.

— Si vous avez assez de nous, espèce d'ingrat, dites-le seulement et on fera nos baluchons, la petite et moi!

Il ricana, mauvais :

— Pour aller où?

— N'importe qui, ici, nous hébergera en attendant!

— En attendant quoi?

— Que vous partiez à l'hospice!

Chaque fois qu'on faisait allusion à l'hospice, Josuah se sentait perdu.

— Tu... tu me laisserais mourir à l'hospice?

Comme d'habitude, le cœur de la bonne Judith parla plus haut que sa colère.

— Vous savez bien que non, mais pourquoi vous chagrinez notre Rachel?

— Moi!

— Dame! pour quelles raisons vous lui répétez qu'elle se mariera pas?

— Parce que c'est plus possible.

Rachel gémit :

— Et pourquoi n'est-ce plus possible?

— Parce que Jonas est mort.

La fiancée tomba comme une masse sur le parquet, évanouie, tandis que Judith traitait son beau-père d'assassin et lui promettait de l'étrangler de ses propres mains au cas où il s'agirait d'une méchanceté. Lui ayant fait respirer du vinaigre des quatre-voleurs la mère aida sa fille à reprendre connaissance et l'accompagna dans sa chambre où, après l'avoir couchée, elle s'efforça — vainement — de la consoler. Lorsqu'elle sut la vérité,

Judith approuva son beau-père, décidé à envoyer Rachel au plus tôt à Valence, afin de la changer de décor et de la distraire. La petite, endormie, Josuah entreprit de raconter avec force détails à sa bru ce qu'il savait de l'accident ayant coûté la vie à Jonas Bertignat.

* * *

Pendant la courte enquête des gendarmes, Deborah avait vécu un véritable calvaire. À chaque instant, elle croyait entendre le pas de la maréchaussée dans la cour. Elle avait beau se répéter, comme une litanie, que personne ne l'avait vue et qu'on ne pouvait pas la soupçonner, la peur la rongeait d'être, malgré tout, découverte. Sitôt qu'elle se calmait et apaisait en elle cette fièvre qui lui ôtait tout appétit et lui interdisait le sommeil, elle se trouvait non plus devant les policiers, mais face à l'Éternel et elle gémissait et elle pleurait... Elle avait commis un crime et il n'était au pouvoir de personne, même pas de Dieu — à moins de se mêler abusivement des histoires des hommes — de faire en sorte que ce qui avait été n'ait pas eu lieu. L'enfer s'ouvrait devant elle et nul n'avait la possibilité de la sauver. Les gens qu'elle rencontrait dans le village (il lui fallait sortir de chez elle pour les courses élémentaires sous peine d'éveiller la curiosité) étaient frappés par son aspect hagard, la négligence soudaine de sa tenue. Il y en avait pour se demander si, en dépit des nouvelles rassurantes répandues dans Vivezargues, Joseph n'était pas beaucoup plus malade qu'on ne le racontait. Cependant, on n'osait plus aborder Deborah, sans que quiconque soit capable de donner les raisons de cette soudaine timidité.

On se préoccupait de la mort de Jonas dans un autre foyer, celui des Aïlhac. Saül ne comprenait pas pourquoi sa femme et sa fille affectaient une si triste mine. Il s'inquiétait d'abord de leur santé. Apprendre que tout allait parfaitement de ce côté-là, l'énervait d'autant plus qu'il ne devinait pas ce qu'il se passait. Tandis que Deborah errait comme une âme en peine, Zelpha et Sarah — pour des raisons bien différentes — arboraient des visages lugubres, tellement lugubres qu'un soir, n'y pouvant plus tenir, Saül refusa de manger sa soupe tant qu'on ne lui aurait pas expliqué ce qui motivait le bouleversement trop apparent de son épouse et de leur enfant.

— Je suis sûr que vous me cachez quelque chose de grave !

— Mais non...

La dénégation de Zelpha manquait assez de conviction pour que le boulanger commençât d'avoir peur.

— Ce serait pas notre Sarah qu'aurait fait une grosse bêtise, des fois ?

Tout de suite, Mme Aïlhac prit la mouche.

— C'est ça ! insulte ma Sarah, père dénaturé ! T'aurais pas oublié que c'est moi qui l'ai élevée dans les bons principes que m'ont donnés mes parents !

— Dans ce cas, qu'est-ce qu'elle a ?

— La mort de Jonas.

— Ah ! Je me doutais pas qu'elle avait tant d'amitié pour ce malheureux garçon.

— C'est pas ça... Jonas, notre Sarah, elle s'en fout complètement.

— Alors là, j'y suis plus !

— Pas difficile, pourtant ! Maintenant que le fils à Bertignat, il est plus là, Rachel redevient libre et qui sait si elle retournera pas vers le pasteur ?

* * *

Au cours de la visite qu'il rendit à Joseph, le maire lui apprit la mort de Jonas. S'il attendait une vive réaction de la part du malade, Ruben fut déçu, le pasteur se contentant de remarquer avec componction :

— Cela prouve que l'Éternel s'intéresse aux soucis de ses créatures.

Les Aïlhac accueillirent le manque de réaction d'Espalem comme une sorte de promesse autorisant tous les espoirs. Mise au courant, Deborah se flattait de connaître assez son frère pour se persuader que son apparent détachement masquait une joie profonde due à la perspective de retrouver sa Rachel.

Cédant aux prières de sa femme, Saül, en compagnie de Zelpha qui sentait la victoire proche, s'en fut chercher le pasteur à Privas, lorsque ce dernier fut autorisé à rentrer chez lui. La boulangère avait eu soin d'emporter quelques gâteaux qu'elle obligea son protégé à manger, en soulignant qu'ils avaient été faits par Sarah, à sa seule intention. Toutefois, Joseph refusa de s'arrêter chez les Aïlhac, même si la jeune fille de la maison devait en être fort déçue. Saül, rangé dans le camp de sa femme (il estimait toujours qu'avoir un pasteur pour gendre renforcerait sa position sociale), la soutint dans son entreprise afin de garder un moment le pasteur chez eux. En vain.

Deborah hésitait sur l'attitude qu'il convenait d'adopter en face de celui qui réintégrait le bercail. Malgré tout ce qu'elle avait imaginé, elle ne sut plus que dire ni que faire au moment où son cadet se présenta devant elle. Il ne l'embrassa pas. Elle n'osa pas l'embrasser. Il se contenta de lui adresser un bonjour des plus indifférents auquel elle répondit sur le même ton. Alors qu'il montait dans sa chambre défaire sa valise, Deborah prit conscience qu'entre son frère et elle, quelque chose avait cassé, irrémédiablement. Elle ne pouvait accepter que les phantasmes de l'amoureux déçu puissent briser leur existence. À la fin du repas — qu'elle avait particulièrement soigné — elle tenta d'entamer une discussion.

— Tu es au courant pour le fils Bertignat ?

— Oui. Je prierai pour lui.

— Sans doute, mais son absence arrange tes affaires...

— En quoi ?

— Voici Rachel libre à nouveau, et si tu tiens toujours à l'épouser...

Sous les yeux effarés de sa sœur, Joseph piqua une crise de fureur quasi démentielle.

— Moi ! me marier avec elle qui m'en a préféré un autre ? Mais pour qui me prends-tu ?

Médusée, elle l'écoutait, sans réaction. Un véritable vertige creusait, dans son esprit, d'insondables abîmes. En plein désarroi elle avait envie de hurler : « C'est moi qui ai tué Jonas et je l'ai fait pour te sauver ! Je me suis vouée à l'enfer pour que tu sois heureux, pour qu'il n'y ait plus d'obstacle entre Rachel et toi ! » Mais sa gorge tétanisée ne lui permettait pas d'articuler le moindre son. Elle fixait son frère avec des yeux de folle. Il était trop préoccupé de lui-même pour s'en apercevoir. Son emportement apaisé, le pasteur s'était assis sur la plus vieille chaise, celle dont on craignait sans cesse qu'elle cédât sous le poids d'un visiteur. Joseph était redevenu calme.

— Même en admettant qu'elle veuille encore de moi, je ne pourrai plus jamais avoir confiance en Rachel. Ce séjour à l'hôpital m'a fait du bien. J'ai eu le temps de réfléchir. J'ai l'impression que je vivais en dehors de la réalité. Je serai heureux de quitter Vivezargues et d'être mis à la tête d'une paroisse où l'on ne me connaîtra pas. Si je dois me marier un jour, je demanderai à une fille simple, saine et courageuse de devenir ma femme. Quelqu'un comme Sarah Aïlhac, par exemple... Qu'as-tu ? Tu ne te sens pas bien ?

Incapable de répondre, Deborah vacilla sur son siège et tomba le nez dans son assiette.

* * *

Mlle Espalem reprit doucement conscience. Son regard s'accrocha aux meubles familiers pour se hisser hors de cette torpeur où elle avait le sentiment d'être engloutie. Elle était dans son lit et ignorait comment elle y était venue. Un pénible mal de tête embrumait ses idées. Elle s'efforçait de se rappeler. Pourquoi ne se souvenait-elle pas de s'être couchée ? Elle essayait de retrouver, dans sa mémoire, les événements de la veille, à partir du moment où Joseph était entré. Elle tentait de toutes ses forces de faire revivre les instants vécus avec son cadet. Il s'était assis, elle lui avait parlé de Rachel et il avait répondu... il avait répondu... Elle ne parvenait pas à réentendre la voix du pasteur... Soudain, ce fut comme un abcès qui crève et tout coula, emporté dans un même élan : la colère de Joseph, ses cris, son mépris inattendu pour Rachel qu'il avait tant aimée, sa résolution de ne jamais l'épouser malgré la disparition de Jonas. La disparition... ! D'un élan, Deborah s'assit sur son lit avec une envie de hurler ce qui l'étouffait, ce que seuls Dieu et elle connaissaient. Elle tremblait des pieds à la tête et un froid incongru la paralysait lentement tandis qu'une voix grondait en elle, une voix aux accents haineux, menaçante :

— Tu as tué pour rien ! Tu t'es vouée aux flammes de l'enfer pour rien ! Tu as assassiné ce malheureux garçon pour libérer ton frère et celui-ci refuse ta liberté ! Tu as perdu ton âme pour rien !

* * *

On avait mis l'accident de Mlle Espalem sur le compte du mauvais sang qu'elle s'était fait par suite de la maladie du pasteur. On la plaignait. On la respectait et, elle, elle avait envie de leur crier qu'elle était une criminelle et qu'elle ne méritait que le mépris. Elle se réfugiait dans l'absence. On ne la voyait presque plus dans le village. Pour expliquer son comportement, elle se disait très lasse, accablée par une fatigue dont personne ne comprenait les raisons. En quelques jours, elle avait beaucoup vieilli, des mèches grises éclaircissaient sa chevelure brune. Elle n'osait plus se regarder dans la glace de sa chambre ; quand elle s'y résigna, elle eut du mal à se reconnaître.

Josuah n'avait jamais été d'humeur mélancolique. Malgré son âge, il ne cessait pas d'échafauder des projets. Ne travaillant plus, il offrait, en cadeau, ses idées aux autres. Toutefois, depuis le départ de Rachel, il semblait ne plus s'intéresser à grand-chose. Il parlait peu à Judith qui errait dans la maison, sans prêter attention à ses mouvements. Quand il y avait un brin de soleil, il s'installait dans la cour jusqu'aux premières fraîcheurs du soir. Lorsqu'il faisait froid ou bien qu'il pleuvait, le vieux s'asseyait derrière la fenêtre et regardait la pluie tomber. Alors, le gris du ciel était à l'image de ses pensées. Poussé par le vent du souvenir, il remontait le cours de son existence que jalonnaient tant de croix. Sa mémoire demeurait assez fidèle pour que, sur chacune de ces tombes, il pût mettre un nom. Son père, sa mère, ses deux sœurs, son frère, sa femme, ses fils... que de morts, sans compter les amis de toujours. Dans la pluie qui tombait drue et semblait ne pas vouloir s'arrêter, Josuah voyait l'image de sa vie, une vie obstinément poursuivie en dépit de toutes les misères, de toutes les plaies. Quoiqu'il se fût laissé pendre plutôt que de l'avouer, il aimait sa petite-fille et, s'il s'était dressé contre son mariage avec Jonas, c'est qu'il savait qu'en entrant dans la famille Bertignat elle aurait pénétré dans un monde nouveau où ni Josuah ni Judith n'auraient eu leur place. Rachel les aurait oubliés. Que deviendrait-elle, désormais ? Jonas, c'était fini, Espalem pas de reprise possible d'autant plus que Judith — toujours à l'affût des ragots — racontait que Joseph fréquentait beaucoup chez les Aïlhac qui, eux-mêmes, du moins les femmes, se rendaient souvent chez les Espalem. Pour elle, il ne faisait pas de doute que Sarah aspirait à devenir l'épouse du pasteur. Mais, au fond, quelle importance ? La pluie ne cessera jamais de tomber, ni les hommes et les femmes de vieillir avec leurs joies et leurs peines. Pourquoi se révolterait-on ? À quoi bon se battre contre le temps ? La mauvaise saison arrivait et l'on s'enfermerait dans les maisons silencieuses où on attendrait le printemps. Combien de printemps, Josuah avait-il attendus? Il répondait à ces questions qu'il se posait par un haussement d'épaules. Il est des histoires auxquelles il est préférable de ne pas penser quand on est vieux. Judith parlait aussi de Deborah et, avec son beau-père, elle commentait l'allure nouvelle de la sœur de Joseph. Ils la plaignaient sans bien savoir pourquoi.

* * *

Le temps coulait doucement, emportant les morts et les soucis des vivants : le passage des Bertignat n'était plus qu'un fait divers. Sans rien savoir de Rachel, on ne manquait jamais de demander de ses nouvelles à Judith, laquelle se contentait de répondre qu'elle se remettait peu à peu, sans fournir d'autres précisions. Josuah avait réapparu et le village en était heureux. L'Ancien poursuivait de longs conciliabules avec le maire. Espalem, en attendant qu'on lui attribue une nouvelle paroisse, aidait son successeur à remplir son office, tout en passant une partie de ses loisirs dans la boulangerie. Zelpha Aïlhac y achevait de tendre son filet où le jeune homme était, chaque jour, plus enserré. Prisonnier heureux, il se laissait gâter et ne se souciait pas plus de Vivezargues que de sa sœur. Jamais il ne se permettait la plus légère allusion à Rachel. Les curieux s'interrogeaient : avait-il ou non oublié celle qui — affirmait-il jadis — était toute sa vie? Seuls Josuah et Deborah ne s'étonnaient pas d'une attitude incompréhensible pour la plupart. Le premier parce que sa longue expérience des hommes ne lui laissait pas ignorer qu'ils étaient, au cours de leur existence, capables du meilleur et du pire. Il savait que les engagements les plus solennels sont vite dissipés par le vent qui balaie l'humanité d'un bout de l'année à l'autre. Quant à Deborah, murée dans son désespoir, elle n'avait plus la force ni le goût de s'occuper des autres.

C'était au tour de Jospeh de ne pas comprendre le

comportement de sa sœur. Sachant depuis toujours la sagesse, la pondération de son aînée, il se sentait complètement désemparé par son silence et sa négligence vestimentaire. Aux questions qu'exaspéré il lui posait, elle ne répondait pas. Comment aurait-elle pu lui apprendre qu'elle était une criminelle ? Plusieurs fois, elle avait été tentée de se rendre à Privas et de dire la vérité aux gendarmes, mais elle craignait que le scandale, qui suivrait obligatoirement son aveu, ne portât un préjudice irrémédiable à son frère dont les projets matrimoniaux seraient ruinés. Il était à prévoir que le synode se montrerait sévère avec un pasteur vivant dans une atmosphère aussi trouble.

Des brumes de plus en plus épaisses occupaient le paysage, estompant le décor familier, donnant l'impression que la nuit vous avait emporté dans un pays étranger. On se sentait oppressé, mais sans inquiétude vraie car on savait que tout cela n'était que fantasmagorie passagère. Le soleil reviendrait et le ciel bleu, les fleurs, les soirées lumineuses, la belle vie. Simplement, il fallait être patient.

Les citadins imaginent que les paysans aiment l'hiver, la claustration obligée, les petits travaux ménagers où les bricoleurs-nés font merveille. Ils se trompent. Les gens de la terre ne sont vraiment à leur aise que dans la lumière du jour, dans le vent, sur la glèbe. C'est alors qu'ils pensent à des problèmes qui, durant la mauvaise saison, ne leur effleurent même pas l'esprit.

On s'enfonçait paisiblement dans l'hiver, au creux de maisons heureuses ou tristes. Parmi les premières, celle des Aïlhac. Zelpha et sa fille passaient des journées entières à préparer le trousseau de Sarah car, bien que rien ne fût encore officiel, on s'attendait, d'un moment à l'autre, à une démarche de Joseph. Tout le monde était au courant. La majorité des villageois se montrait indifférente. Il y en avait, cependant, quelques-uns à qui l'hypothèse de ce mariage déplaisait. Ceux-là étaient les mêmes qui, au cours des mois passés, refusaient de condamner Rachel. Ils n'aimaient pas le pasteur.

Deborah, par sa présence quasi intemporelle, sa pâleur, son silence, faisait songer à un fantôme dont elle avait adopté la démarche légère. En elle, on ne divinait plus le poids de la vie. Joseph, qui ne comprenait pas, n'était pas homme à s'interroger longuement sur ce qui ne se révélait pas facile à saisir. Un jour où la soirée s'allongeait, morne, lourde, Deborah, ravaudant des chaussettes, regarda son frère plongé dans sa Bible. Pour la première fois, il lui parut étranger. Cette constatation l'effraya mais, très vite, elle admit que son crime seul l'écartait du reste du monde. Le sort des damnés. Pour ne pas se mettre à pleurer, elle eut recours au bavardage.

— Joseph, depuis ton retour, tu n'as jamais demandé des nouvelles de Rachel...

— Rachel ?

Sur le moment, il parut étonné comme si on faisait allusion à une inconnue, puis il se reprit.

— Ah ! oui... Rachel. Elle ne m'intéresse pas.

— Pourtant, rappelle-toi, tu l'aimais beaucoup. Tu prétendais ne pas pouvoir vivre sans elle...

— C'était autrefois... Je ne me soucie plus d'elle.

— Elle est très malheureuse...

— Je n'y puis rien... À propos, j'ai reçu un billet du synode. À partir du 15 janvier, je devrai occuper le poste de pasteur à Saint-Cierge-la-Serre, une toute petite paroisse... Ils veulent m'éprouver. Dis donc, tu ne voudrais pas te rendre chez les Aïlhac ?

— Moi ? pour quoi faire ?

— Demander la main de Sarah.

— Tu recommences ?

— C'est la vie. Tu iras ?

— Je ne t'ai jamais abandonné. Pas de raison pour que je commence aujourd'hui.

* * *

Le cœur de Zelpha Aïlhac battit plus vite quand elle aperçut, au loin, Deborah qui, visiblement, s'était imposé un effort vestimentaire. Elle comprit immédiatement qu'elle touchait au but et que Mlle Espalem venait pour Sarah. Elle alerta aussitôt son mari qu'elle arracha à sa sieste et sa fille qui se regardait complaisamment dans son miroir. Quoique rusée dans les calculs de portée immédiate, la boulangère était d'intelligence fruste. Elle aussi était persuadée qu'avoir un pasteur pour gendre constituait une sorte de passeport pour le paradis.

Maintenant, ils étaient tous réunis dans la cuisine, lieu sacré pour la famille Aïlhac qui y prenait toujours ses plus importantes résolutions. Saül achevait, discrètement, d'enfoncer les pans de sa chemise blanche dans son pantalon enfilé à la hâte. Immobile, les paupières baissées, les mains jointes posées sur la table, Sarah jouait, en toute innocence, la vierge jetée sur le marché aux esclaves. Deborah semblait — avec son regard atone — à mille lieues de là. Le silence s'éternisant, Zelpha prit la directive des opérations.

— Ça fait un temps qu'on vous avait pas vue, Deborah.

— Le travail de la maison, la longue absence de mon frère...

— Il va bien, le pasteur ?

— Oui, je vous remercie... c'est même lui qui m'envoie.

Saül fit entendre un bon gros rire chaleureux et déclara :

— On s'en doute !

Un coup d'œil sévère de sa femme le renvoya au silence. Deborah ne l'avait pas ecouté.

— Vous ne le savez peut-être pas, Joseph a été nommé dans une nouvelle paroisse, à Saint-Cierge-la-Serre, au nord de Privas... Maintenant qu'il est guéri de ses illusions, il songe à prendre femme et à fonder un foyer.

— Il a raison !

— C'est pourquoi je suis venue vous prier de lui donner votre Sarah en mariage.

Incontinent, la future Mme Espalem fondit en larmes. Surpris, Saül s'enquit :

— Qu'est-ce que t'as ?

— Je suis si heureuse, papa...

— Ah ?

Zelpha ne voulait pas qu'on perdît du temps à des balivernes.

— Moi, je suis d'accord. Et toi, Saül ?

— Ben, si la petite...

Sa femme lui coupa la parole.

— Elle, elle est d'accord. Alors, on est d'accord, Deborah. Ma Sarah deviendra votre belle-sœur.

L'aînée de Joseph approuva.

— C'est une bonne fille... J'aurais voulu que tout cela se passât il y a quelques mois... J'ai toujours souhaité que Sarah entre dans notre maison.

— Dans ce cas, tout est pour le mieux.

Saül qu'on oubliait intervint.

— Faudrait causer des sous. Nos jeunes gens se nourriront pas de l'air du temps.

Deborah répondit sereinement :

— Des sous ? On n'en a pas. On n'en a jamais eu.

Le boulanger, interloqué, regarda son épouse.

— Mais alors...

Zelpha s'emporta.

— Tu dois te rendre compte qu'au service de l'Éternel, on n'accumule pas des mille et des cents ! Et puis, des sous, on en a pour deux et s'ils nous aident pas à faire le bonheur de notre fille, à quoi qu'ils nous serviront ?

Sarah eut un râle de tendre reconnaissance. Saül, honteux, se tint coi. Consciente de sa victoire, la boulangère prit, sans le vouloir, un ton condescendant pour déclarer :

— Puisque nous sommes d'accord, vous pouvez

annoncer à Joseph... (elle marqua un léger temps d'arrêt pour voir la façon dont Deborah réagissait à cette familiarité, mais cette dernière était, par l'esprit, bien loin de là) qu'il vienne quand il voudra, mon époux et moi le recevrons comme un fils.

* * *

Trouvant dans l'annonce de la nouvelle une belle occasion d'offrir et de boire quelques tournées, Saül ne se priva pas d'apprendre la chose à ceux qu'il rencontrait. De son côté, Zelpha confia l'événement, sous le sceau du secret, à quelques bavardes connues pour telles. Le boulanger, croisant Josuah, lui souhaita le bonjour. Il avait beaucoup de respect pour l'Ancien.

— Vous vous offrez une petite promenade, malgré ce froid ?

— Je vais juste à la mairie et je rentre... à propos, Saül, c'est vrai ce qu'on chuchote ?

— Quoi donc ?

— Que Sarah et le pasteur...

— Tout juste ! Il y a longtemps qu'elle espérait ça, ma petite !

— Je crois pas que vous devriez, vous, vous féliciter de ces accordailles, Saül.

— Parce que ?

— Parce qu'il y a quelques mois, ton pasteur, il se mourait pour ma petite-fille.

— On peut changer, non ?

— Sans doute, mais c'est pas rassurant pour l'avenir.

Sur ce, Josuah reprit sa promenade et le boulanger se hâta de rentrer chez lui et de mettre Zelpha au courant de son entretien avec l'Ancien. La boulangère vit, dans ces propos pessimistes, la preuve d'un dépit.

* * *

Ni les Collonges, ni les Brenat, ni Deborah n'assistèrent aux fiançailles de Joseph Espalem et de Sarah Aïlhac. Les premiers se dirent pris par leur visite bimensuelle à Rachel, les deuxièmes arguèrent d'un rendez-vous à Privas, la troisième déclara souffrir de l'estomac. C'était la seule qui ne mentait pas. Ces défections humilièrent Zelpha, mais ses largesses lui attirèrent suffisamment d'amis pour qu'elle pût oublier les absents.

La vie, dans Vivezargues, reprit son cours hivernal. À Noël, tout le monde se retrouva au temple où Joseph prit place auprès des Aïlhac. Josuah invita Deborah à se mettre entre Judith et lui.

Elle avait envisagé de mourir. C'eût été facile. Elle refaisait la promenade qui avait coûté la vie à Jonas. À son tour, elle irait au bord du gouffre et glisserait... Mais effacerait-elle son crime par un nouveau crime ? Le suicide demeurait, aux yeux de l'Éternel, une abomination. Joseph ne se doutait pas — et pour cause — des angoisses de sa sœur. De plus, il se souciait essentiellement de son avenir immédiat, avenir dans lequel Sarah n'occupait plus la première place, mais bien sa future paroisse qu'il était allé visiter. La date de son départ approchant, il fallait songer au mariage. Zelpha tenait à ce que sa fille accompagnât Joseph en qualité d'épouse. Une fois de plus, Espalem envoya son aînée en ambassade.

Zelpha reçut Deborah avec de grandes manifestations d'amitié. On se mit très vite d'accord sur la date des noces et la boulangère confia, en souriant, à son hôte, que Sarah était déjà occupée à préparer ses malles. Mlle Espalem confessa qu'elle-même était en retard pour les siennes. Mme Aïlhac manifesta une telle mauvaise foi qu'il fallait vraiment une Deborah tout à fait étrangère au débat pour ne pas s'en apercevoir.

— Pourquoi boucleriez-vous vos valises, vous aussi ?

— Mais, pour suivre mon frère !

— Ah ? Je devine qu'il n'a pas osé vous parler...

— Me parler de quoi ?

— Voilà... Joseph et Sarah préféreraient être seuls pour aborder une existence nouvelle.

— C'est mon frère qui vous l'a dit ?

— Oui... Vous m'en voulez pas, j'espère ? Je suis qu'une intermédiaire.

— Bien sûr...

Deborah partie, Zelpha eut un sourire heureux qui ne s'était pas effacé quand Saül la rejoignit. Le boulanger examina sa femme avec une telle insistance que celle-ci ne put pas ne pas s'en étonner.

— Pourquoi que tu me regardes de cette façon ?

— Toi, tu aurais commis une saloperie que j'en serais pas autrement étonné...

À peu près au même moment, Deborah racontait sa visite aux Aïlhac et ajoutait :

— Figure-toi qu'elle m'a dit que tu lui avais demandé de m'apprendre que tu ne voulais pas que je t'accompagne dans ta nouvelle paroisse ?

— Tu dois comprendre...

— Quoi ?

— Que deux femmes commandant dans un même foyer, ce n'est pas une solution.

— Alors, tu abandonnes ta sœur ?

— Tout de suite les grands mots !

— Je partirai cette semaine.

— Où iras-tu ?

— Je ne sais pas.

— Avec quel argent ?

— Je travaillerai.

— Écoute, il n'y a qu'à vendre le peu que nous avons.

— Tu en auras peut-être besoin un jour, surtout si tu as des enfants. Ce qui arrive est de ma faute, je me suis trop souciée pendant trente ans, de ta santé et je n'ai pas pensé à te donner un caractère. Je ne souhaite pas que tu sois malheureux car je ne peux oublier l'enfant que tu as été, mon enfant.

* * *

L'attitude de Saül à son égard irritait profondément Zelpha mais, au lieu de s'en prendre à elle-même, elle rendait Deborah responsable de sa mésentente conjugale. Le besoin de se justifier fit qu'elle rapporta à qui voulait l'entendre les excellentes raisons qu'elle avait eues d'écarter la sœur du pasteur du futur couple. Contrairement à ce que la boulangère espérait, ses confidences d'abord hautement approuvées, se retournèrent contre elle, quand on en eut discuté dans les familles, voire au café. Petit à petit — la jalousie envers les Aïlhac trop riches, aidant — Deborah, loin de s'en douter, devint l'exemple type de la victime de toutes les ingratitudes. Dans la boulangerie, la clientèle obligée achetait son pain sans prononcer un mot autre que ceux nécessaires à la satisfaction de leur demande. L'atmosphère de la boutique était devenue glaciale. Zelpha enrageait. Les tentatives de dialogue échouaient lamentablement, même avec des amis de toujours. Ainsi, Ezrah Malvières, le boucher.

— Ça va chez vous, Ezrah ?

— Oui.

— Vous partez vous promener dimanche ?

— Non.

— Vous êtes pas très causant, aujourd'hui ?

— C'est pour celles qui parlent trop...

— Une pierre dans mon jardin, hein ?

— Tout juste.

Saül, devinant que le débat risquait de s'envenimer d'autant plus que les clients prenaient fait et cause pour Ezrah, intervint :

— Zelpha, tu ferais bien d'aller dans la cuisine.

— Et pourquoi que j'irais dans la cuisine ?

— Parce que je te le dis, bon Dieu !

— Saül, je...

— Tu veux que je t'y mène, dans la cuisine, à coups de pied dans le train ?

Déjà, l'assistance savourait la correction annoncée, mais Zelpha trompa leur attente en se retirant, tout en maugréant.

Le boulanger poussa un gros soupir et esquissa un sourire timide à l'adresse de son visiteur.

— Vous voyez Ezrah... c'est difficile d'être maître chez soi...

— Saül, on se connaît depuis toujours ou presque. J'ai une grosse estime pour vous, mais votre Zelpha, ce qu'elle a fait à la pauvre Deborah... avec le respect que je vous dois, mon bon ami, c'est une foutue garce !

Le boucher parti, Saül regagna la cuisine où sa femme et sa fille se restauraient. À la vue de son mari, la boulangère sentit renaître la colère qu'elle avait dû maîtriser devant le boucher.

— T'es fier, sans doute, de la façon dont tu m'as causé devant Ezrah ?

En réponse, Saül allongea à sa femme un soufflet qui la réduisit immédiatement au silence. Le boulanger leva une main menaçante sur sa fille.

— Si je savais que tu sois pour quelque chose dans les manigances malpropres de ta mère, je t'en collerais une que tu te rappellerais toute ta vie !

* * *

Joseph, de son côté, n'en menait pas large. Pour si occupé qu'il fût de sa propre personne, il ne pouvait pas ne pas prendre conscience de l'hostilité de Vivezargues à son endroit. Cela se traduisait par une froideur plus ou moins insolente des gens rencontrés. Certains, comme Josuah, ne lui rendaient point son salut et Judith tournait effrontément la tête quand elle le croisait. À la maison, Deborah ne desserrait pas les dents depuis que son frère lui avait interdit son nouveau foyer. Ils étaient malheureux tous les deux. Deborah ne doutait pas qu'il lui aurait suffi d'un entretien avec Joseph pour qu'il la priât de rester en sa compagnie. Mais elle savait aussi que, si les hommes ignoraient tout de la mort de Jonas, l'Éternel savait la vérité et qu'écarter la meurtrière de ce qui, jusqu'à présent, avait constitué l'essentiel de son existence, devenait la souffrance indispensable à un possible rachat.

Le boucher avait offert d'emmener Mlle Espalem à Privas. Jusqu'au moment où la camionnette d'Ezrah entra dans la cour, Joseph n'avait pas totalement cru au départ de sa sœur et quand elle descendit l'escalier, portant la valise contenant tout son bien, il demeura figé, incapable de parler. Sous l'œil réprobateur du boucher, Deborah embrassa son cadet.

— Adieu, mon pauvre Joseph, je ne pense pas que nous nous reverrons. Sois heureux sur le chemin que tu as choisi.

Il attendit qu'elle ait quitté la pièce avec Ezrah pour pleurer.

La camionnette emportant Deborah remonta lentement la rue principale de Vivezargues. Ezrah le faisait exprès, un peu par sympathie pour sa passagère, un peu pour le plaisir vaniteux d'être l'objet de tous les regards.

Celle qui partait croisa Josuah qui se découvrit et la salua d'un geste large. Les témoins furent profondément troublés et eurent l'impression que quelque chose de grave se passait car jamais, on n'avait vu l'Ancien enlever dehors son chapeau. Ce fut là le dernier geste d'amitié de Vivezargues envers Deborah.

Épilogue

Ulysse s'arrêta, s'essuya les lèvres avec son mouchoir et m'interrogea :

— Alors, que pensez-vous de mon histoire ?

— Elle m'a intéressé, mon cher ami, et je pressens que je vais rêver longtemps à votre Deborah.

À cet instant, Madeleine entra, silencieuse et autoritaire.

— Pardonnez-moi, mais l'heure avance. Le car pour Condom part dans dix minutes.

Saugue se leva le premier et me dit :

— Ne vous mettez pas en retard. Je vous accompagne.

Madeleine voulut protester mais se tut et s'en fut chercher un pardessus, un foulard, un chapeau et une canne. Elle dorlotait son Ulysse, celle-là ! C'est dans des moments pareils que les vieux célibataires, pour si endurcis qu'ils se prétendent, s'interrogent pour décider s'ils se sont trompés ou non. Je pris congé de Madeleine avec le plus de conviction possible. Ni froideur ni chaleur dans ses salutations. Je devinais qu'elle me trouvait importun. Elle n'appréciait guère qu'on vînt troubler — si peu que ce soit — son petit monde clos.

Ulysse et moi allions à pas lents, ainsi qu'il convient à des messieurs âgés, soucieux de ménager leur cœur et leurs jambes. Nous parlions peu et les gens qui nous croisaient devaient penser que nous étions deux vieillards uniquement préoccupés de goûter les ultimes tiédeurs de la saison.

— Ulysse, vous êtes-vous rendu à Vivezargues ?

— Bien sûr... mais une quinzaine d'années après avoir appris ce que je vous ai raconté. Naturellement, il ne restait que quelques-uns de ceux et celles ayant joué un rôle dans cette affaire. J'ai su que Rachel Collonges s'était mariée du côté d'Avignon, que Josuah, Judith, le maire et sa femme étaient morts. De Joseph, nul ne se souciait. Un grand voile d'ombre était tombé sur cette assez pitoyable aventure.

Le chauffeur du car faisait tourner son moteur. On eût pu penser qu'il m'attendait. Je pris congé d'Ulysse, convaincus l'un et l'autre qu'il n'y avait que très peu de chances pour que nous nous revoyions sur cette terre. Nous échangeâmes une étreinte fraternelle. Saugue, une fois que je fus installé, me passa ma valise par la fenêtre.

— Ulysse, je ne sais s'il s'agit d'un secret, mais comment diable avez-vous appris par le menu les différents épisodes de cette saga ardéchoise ?

Saugue fit entendre un rire aimable et eut le temps de me lancer, avant que la lourde voiture ne démarrât :

— Très simple, ami. Avant d'être à mon service, Madeleine s'appelait Deborah Espalem.

Mars 1987.

Table

Romans de

CHARLES EXBRAYAT

aux Éditions Albin Michel

LA ROUTE EST LONGUE, JESSICA

UN MATIN, ELLE S'EN ALLA...

JULES MATRAT

CEUX DE LA FORÊT

LE CHÂTEAU VERT

LES BONHEURS COURTS :

* La Lumière du matin

** Le Chemin perdu

*** Les Soleils de l'automne

**** La Désirade

RACHEL ET SES AMOURS

La composition de ce livre
a été effectuée par Bussière à Saint-Amand,
l'impression et le brochage ont été effectués
sur presse CAMERON
dans les ateliers de la S.E.P.C. à Saint-Amand-Montrond (Cher)
pour les Éditions Albin Michel

AM

Achevé d'imprimer le 4 septembre 1987
N° d'édition : 10010. N° d'impression : 1883-1378.
Dépôt légal : septembre 1987

Imprimé en France